故岭西边

南来 著

山西出版传媒集团 北岳文艺出版社
BEIYUE LITERATURE & ART PUBLISHING HOUSE
·太原·

图书在版编目（CIP）数据

故岭西边 / 南来著 . —太原 : 北岳文艺出版社，
2021.6
ISBN 978-7-5378-6386-5

Ⅰ. ①故… Ⅱ. ①南… Ⅲ. ①长篇小说—中国—当代
Ⅳ. ① I247.5

中国版本图书馆 CIP 数据核字（2021）第 059583 号

书　　名：故岭西边
著　　者：南　来
责任编辑：赵　勤
助理编辑：李向丽
插　　图：田　阳
书籍设计：张永文
印装监制：郭　勇

出版发行：山西出版传媒集团 · 北岳文艺出版社
地　　址：山西省太原市并州南路 57 号
邮　　编：030012
电　　话：0351-5628696（发行部）
　　　　　0351-5628688（总编室）
传　　真：0351-5628680
经 销 商：新华书店
印刷装订：山西出版传媒集团 · 山西新华印业有限公司

开　　本：890mm×1240mm　　1/32
字　　数：237 千字
印　　张：10.5
版　　次：2021 年 6 月第 1 版
印　　次：2021 年 6 月第 1 次印刷
书　　号：ISBN 978-7-5378-6386-5
定　　价：59.80 元

故岭西边

序

每年白露时节我们姐弟都要推掉私事公干，相约回村一趟，进行一次重要的集体劳动——打核桃。我家的核桃树全村最多，各种身份编制算在一起，至少上百棵。父亲在世时，完成的最后一个“五年计划”就是栽种核桃树，老地新地，梁地沟地，无论以前是产麦子还是收玉米，统统进行了核桃化改造。即便如此，父亲意犹未尽，在与“王老令公”经过好几轮认真的“经贸磋商”之后，把他位于我家宅院窑背后面的二三十棵核桃树整体收购。“王老令公”是村里的老革命，当年上过战场，晚年提出了“乌龟说”“长寿论”等系列爱村主义核心价值观。这桩“生意”能谈成，着实费了些力气。当然，讨价还价费的是口舌脑力，大不了“买卖不成仁义在”，真正费力气的是果木园的改造。果木园是生产队时的集体资产，两道沟种着好几百棵果树。刚刚允许承包时，父亲把其中一道沟包了下来。然而，父亲并不善商贾，果实丰盛时根本卖不出去，一箱箱的好东西放在北窑，最终被我们蚕食殆尽。更要命的是，果树没几年就开始老化，病虫增多，枯萎衰朽，一季下来结果百八十斤，真是聊胜于无。果木园并没有靠果木发了什么财，它之所以能够成为父亲一生积极进行经济建设的经典案例，关键在于成功的战略转型。

两三年的时间，父亲母亲把果木园五六十棵果树，一棵一棵锯倒裁短，一棵一棵刨出根来，然后赶着马骡，一车一车将枯枝、树根拉拽回院子里，接着开始填坑平土，除茬耙叶，运粪洒肥，修坝筑堰，种播秋粮……

美美收了几年秋粮，父亲病了。气喘咳嗽，尤其春冬两季，严重时晚上睡觉不能平躺。医院检查是高血压、心脏肥大、瓣膜关闭不全。这种病和重体力劳动有一定的关系。我们几番苦劝，又收了两季秋粮后，他才把沟里的这块果木园的地勉强撂开。这次病拿住了人。

果木园休息了一年多就被纳入“五年规划”，全部种上了核桃树。父亲合计，核桃树好养活，基本不用修枝喷药，也不用浇水灌粪，野生着就能挂果收获；核桃也好采摘，有几根顺手的枣木杆子，站在地上就能把青果敲下来，不会上树也问题不大；核桃还好储存，只要及时去掉青皮淘洗晒干，或吃或卖放个几年不成问题。父亲知道，他的儿女们不会再在村里的地里苦熬苦受了，上百棵核桃树，只要每年秋天回来一次，即便收成不好，也能有大几千块钱的收入。核桃树，是父亲在土地上留给儿女们的最后遗产。

父亲走后的第二年，村子身底的煤窑被大矿兼并，开始大机械开采。一道道裂缝沉陷犹如蟒蛇般在田地、家舍、梁梁峁峁游走，西岭村被迫拆迁。我家的老宅新院，那些祖辈留下的椽廊、铭柱、蜈蚣墙、月亮门，那些爷爷一手抚弄起来的玉黄树、芍药花、葡萄架，那些父母经历了烧砖、塌架、灌窑，用汗水和泪水修建起的砖瓦大院，在一个下午全部被轰隆隆的挖掘机，推进了深沟……

我的乡村，地窖里冒出的白烟，泡桐上落下的甜花，村庙里点着煤油灯的复式小学，阴雨天哞哞叫的地牛，坟墓边突突突的鬼火，磨坊里二哥画下《春归图》的黑板，泵房里母亲缠上毛布条的阀轮，槽头打着响鼻的我们亲爱的马骡，失去孩子不吃不喝的大白猪……还有老棉袄里揣着米花糖的吴甲老头，总是站在供销社火炉边烤手的傻呵呵的邻村大姐……那片太岳山上小小褶皱里曾经的过往，好像瞬间断线的风筝，飘飘摇摇挤挤匝匝飞奔至我记忆的前台。我无法向他们告别。

在几百公里之外的城市，我像伏在槽头吃着草料的马骡一样，一字一句写下我逝去的家乡故园，土地生灵，一草一木，断断续续三年多的时间。

在那三年多的时间，母亲生了两次大病，日渐蹒跚老去。为了照顾方便，我们在县城给她买下住处，但每年清明一过天气转暖，老人家就闹着要回村里去住。新村修在马路边，一户一户紧挨紧，三排房子，院子不大，连棵果树都种不下。夏天热闹一点村里也就住着一二十位中老年人，清早傍晚勉强可以凑在街门前说说笑笑。

去年撤村并镇，西岭村人口太少，和附近的两个村子合并起来。西岭，这个名字正式从行政序列中被取消。谁也说不清她到底存在了多少年，从谁开始在这片山梁塬峁开荒种树生儿育女安瓜点豆。乡土家园荒芜消散，我们的儿女只能零星记得幼时老家炕上的老猫、树上的知了、架下的黄瓜以及爷爷割草时逮回的小野兔。对于土地村庄，这显然不是全部，不过好在他们还记得。即便是我，写下这么多的乡村故事，比之那片土地上的曾经，也不过是星星点点，雪泥鸿爪。记录这些生活，不过是心疼这些逝去的珍贵，留恋生命里那些真切的陪伴、感动以及忧伤。

每年的白露时节核桃熟了，我们姐弟就会回到故乡去，回到果木园，即便山路已被野草覆盖，被塌方阻隔，即便核桃树已经老化，挂果不多，我们还是想去地里走走看看。无论山河如何变迁，当青绿的果实从树上落下，当坚硬的果壳在阳光下风干，那都是岁月留给后人永恒的福享，都是故岭对游子们深沉的召唤。

2020 年 10 月 20 日

目录

一 | 何处

村里有位老人闲来总会向人推广他的研究成果，他说，西岭村的形貌，远看就像一只正在爬行的乌龟，哪里是背哪里是尾，哪里风水最好，哪里人财不旺，一套一套，头头是道。老人的爱村主义价值观系列主要有两个核心论断：一是这个村的人长寿，二是这个村能出大官。长寿一说，倒勉强可以印证，百岁老人有，八九十岁的也曾有好几位。至于大官，从我记事起，三十多年，顶多也就出过两个在县城工作的科级股级干部。也许在老人眼里，能吃上供应粮穿上中山装那就是大官。

至于乌龟形貌，方圆十里八村大都这个样子，东边是沟西边也是沟，沟底是喜阴的杂粮玉米，梁上是耐旱的小麦谷子。向阳的南坡就是窑洞院落一家一户。如果非要说它像龟，那也是只小小龟，因为它只驮着三十来户人家。如果非要说它像龟，那也是只土鳖旱龟，因为腿脚两边只有些潺潺的山溪，屁股后面也只有条名叫石村沟的小河，还得指望着到了夏季山洪才能发发小威。

西岭村如果是个市，是可以分为这样三个区的：上头道、下头道和枣园里。这样的分区很重要，比如，到了饭点，玩耍的孩子如果还没有回家，大人们除了扯开嗓子喊，还可以向路上的村人打听，村人就会说，刚才在哪个区的枣树桑树上好像看见过。再比如，卖瓜磨刀爆米花的来了村里，喊上几嗓子后嫌累，就可以歇在某个“区”的大树荫下等买卖。七邻八舍因了这点儿“热闹”自然会口口相传，用“区”定位导航。

一村三区，规划科学、布局合理——庙宇在下头道区，学校在下头道区；水库在枣园里区，磨坊在枣园里区；百千年的老槐树在上头道区，算粮领钱的会计家在上头道区。20 世纪 80 年代后期，手头逐渐有了点活钱，孩子们也一天天长大，大人们不得不为儿子们娶妻另过盖房修舍，于是新区就出现了。尽管有了新区，也有个大气的名字——坝里，但这老三区仍然是二环以内，村的心脏。

我家的庭院在上头道区，是西岭村仅有的三处有模有样的四合砖院之一。

二 | 风和水

晋中盆地的南缘，太岳吕梁两山狭路相逢，隔水而峙，两位大腕同时亮出了肌肉，怒目而视，寸步不让。西岭村所在就是东边的肱二头。有了“肌肉”，宅院就变得有了“势”，依山而建，藏风向水，不再是盆地里的大院那样展展躺在大地上，而是成了半卧半躺。这一卧，风水就起了，故事就多了。

和周围的村子相比，西岭村算是特别。别的村大都直接建在峁顶塬上，唯独我们，进村出村都得爬坡下坡、大起大落——村子完全是在一处山坳之中。虽然确实是避风向阳，但出来进去都得一公里的上再一公里的下，确实很不方便。但据老人们说，那些年常常是兵荒马乱，这样的“大起大落”恰恰是天然的一处屏障。想想也是，比起发展经济来，安全和稳定当然永远是压倒一切的首选。不过，那些平入平出的村庄，也没听说过就多遭了多少强盗兵匪、赖皮流氓，西岭村也没听说因为窝了这么一下就躲过了哪一次的浩劫和苦难。恰恰是这一块龟卧枕藏、僻静幽寂的风水宝地，在后来的某年人迁屋毁、田荒树萎，满身疤痕地衰没在茫茫大山。

我家的庭院应该是在“乌龟”前腿的位置，坐西北，面东南。20 世纪 80 年代，“新区”没有开发的那些年，院子背靠的是一个大的山包，山包上都是田地，种玉米种高粱，收谷子打核桃。小的时候，我家的一块自留地就在窑背的山包上，母亲清早蒸上馒头以后，还能到自留地里干活儿，因为绕上去用不了五分钟。有时候地里的活儿太缠手，她就会在窑背上喊姐姐她们添火或者端屉。院子前面是一条深沟，名叫井沟，当然沟里是有一口井的，这口井也是早些年村子里唯一的生活用水供应地。虽然后来建了水库，再后来有了自来水，但在我小学的时候，这口井仍然发挥着巨大的应急功能。沟里有井，可见地下水是相当丰沛的。山管人丁水管财，从风水上讲，我家的院子背山向水，显然当时是讲究过的。

三处砖院，一座在下头道区，一座和我家的院子紧紧相连。下头道区的那座破败得最厉害，可能是由于人丁太旺，很早就分了若干的支系，到后来都是堂兄好几家住着，就像一个大杂院，墙垮门破自然也就你靠我我靠你，最后没人打理，经年累月越来越不像一个院子。不过我清楚地记得，它的院墙和房檐早就坍塌了，但大门却一直孤零零地立了很多年。那个院子的大门完全是砖砌，比我们上头道这两个院子的好像都高都宽，这倒也还罢了，最厉害的是，它门楼上面的匾额是砖雕，砖雕上面三个大字：谦受益。

三｜三个字

谦受益，满招损，这么高大上的话我是上了初中才知道它的意思的。记得当时课本中的议论文单元有一篇吴晗的《说谦虚》，开头第一句便是："'谦受益，满招损'，这个格言流传到今天至少有两千多年了。这是普遍真理，任何地区、任何时代都适用的真理。"上了大学后才知道这话在刘勰的《文心雕龙》里用过，最早出自《尚书》。因为这块砖雕的匾额，这三个字缠绕了我很多年，它那被风雨侵蚀得蓝白蓝白的样子怕是无论如何也忘不掉了。

在这么一个偏僻的小山村，普通庄户人家的门楼上居然很早就镌刻了这样的话，不能不让人诧异。这一家的主人也姓曹，他们家祖上是什么情况，即便是他们自己也说不清楚。人世兜兜转转，后来当你看到整个院子断壁残垣、污迹遍地的破败之象，当你听到堂弟兄们为了些许鸡毛蒜皮、蝇头小利摔盆子砸缸，实在无法还原他们的先人当年经历了怎样的磨砺和腾达，又怀揣了多少对后世的殷殷寄望。

这座院子有大门，还有二门。二门也是十分讲究，就像一个四通的亭子，四个方正的立柱也是完全用青砖砌成，上面是飘檐式的顶，门前是垫脚的石条。正对主屋的一面装了木门，平时是不打开的，兼具了照壁的功能，只有婚丧嫁娶才会“隆重”开启。这样的讲究，颇有点儿故宫太和殿的小意思呢。小的时候，由于他们家的这个“曲折”的门便于追逐躲藏，于是成了我们打打闹闹的主要阵地之一，经常有小丫头们被“闪”得气急败坏，哇哇大哭。

印象中，这座院子的大门在我小学没毕业就坍塌了，“谦受益”也不知去向。大门坍塌，二门就成了大门，后来没几年，二门也毁了，换作了木栅。由于他们家紧挨学校和村庙，又地处三区来往的要道，所以，村人是眼见着它一点一点消逝的。

上头道的这两座砖院紧紧相连，邻家在左我家在右。邻家这座是三处之中最好的一座。说它最好不是保存得最好，而是老人们说它当年修盖得最为讲究，并且大家清楚地记得土改前地主老财还在里面住着。村人们所说的土改，我想应该是1950年的土改。所以，在我记事时，老财主早已死去二三十年了，这座院子已经归了穷苦人民。一院三户，正屋里住着幼年就失了爹娘的光棍汉，两厢也都是出身好的同志——左边厢是老财主长工的后代、解放战争扛过枪的复员退伍老军人，右边厢是当时的生产队长。

四 | 石塄

邻家这座院子的占地大约是我家的 1.5 倍，这多出来的 0.5，“石塄”出了大力。“石塄”长十来米、高五六米，霸气十足地在已经下落的地势上又为他们家支撑起了好几间房的面积。地势本来是这样的：◣，可能是当年取了好风水之后，地基面积不够，于是顺坡就势人工又夯了个：◥。新旧结合、阴阳归一就变成这样：■，就能在上面建房修屋。之所以叫“石塄”，是因为新地基的外立面完全是由一块块大青石垒筑起来的，虎气得很。“石塄”是方言的叫法，翻译过来差不多就是石崖。石塄的形成是我的想象和推理，至于它有怎样的前生，无从考究。反正直愣愣多出这么一大块。

由于村庄地处高岭上，要从河滩运来石料并不是件轻松容易的事情，尤其是以当时的交通和物力。所以整个村子，包括前岭后塬的民宅最多就是木料砖瓦，基本上见不到石料的影子。这么个石塄横空出世，你可以想象地主老财当年的实力。进村爬坡“大起”之后，站在塬上，第一眼看到的绝对是这个虎气的家伙。它就是西岭村的金字塔、天安门、自由女神像。石塄的脚下是村里的主干道，挑粪的、担水的、赶车的、卖货的、上学的、串门的，忙忙碌碌的、优哉游哉的，石塄上每天都斜映着他们的身影。

20 世纪 80 年代后期，村里开始一人一票选举领导人，也就是通常所说的海选。其中有一个程序是张榜公示选民，父亲是村里的老会计，写写算算的事情自然都是他的，但这样的“政治任务”对他来说显然是第一次。我看他先把一张张的大红纸横着叠成若干等份，取了横线，然后再小心地摊开铺平，纸角本来已经用砚台压稳了，可他不放心，还要喊我过来“再摁住点”。我已经摁了好半天，他却还在仔细看着名单。终于拿起毛笔了，还要在嘴里把要写的名字再念叨一遍。三四张红纸足足写了一上午。写完之后，他又让我一个一个读上面的名字，“要和名单上再对一对”。当时大姐二姐都已经是“选民”，读到她们的时候，我就念“大姐”“二姐”，父亲却好像没听懂似的，非让我“念名字”。墨汁彻底干透之后，我拿了笤帚刷子，父亲提了糨糊板凳，

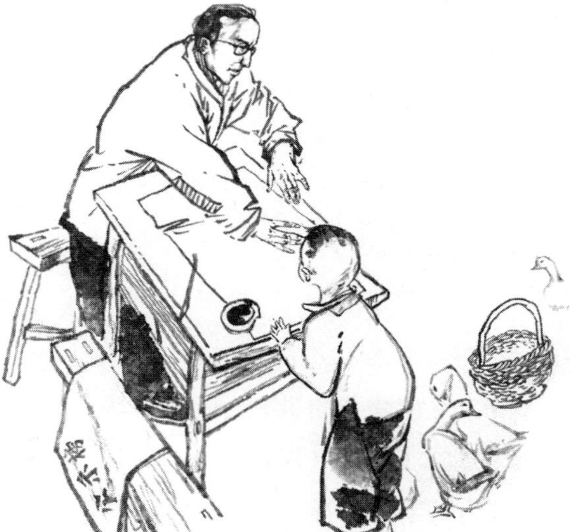

来到石塄下，先将墙面扫干净，再把红纸一张一张地贴上去。应该是个冬天，冷风吹得石塄上干枯的蒿草沙沙作响，冻得人哆里哆嗦。糨糊刷上去很快就有了冰痕，要刷好几遍才能粘牢。萧瑟的村庄，在它的眉心间突然点了这么一片红，倒是挺好看。

西岭村的攀岩比赛也常常会在石塄上举行，运动员每次都是一大一小：主屋里的光棍汉和老队长的大孙子。队长的孙子小名驴驴，是我的发小，有聊无聊常常倒地就是几个空手翻。光棍汉无牵无挂，号称“狮子二杆”。好汉见好汉，准有好戏看。石塄历经多年风雨，石缝之间有些凹洼。他们就蹬踩着这些凹洼攀缘而上，布鞋赤手，无牵无拽，五六米高的石塄三两分钟也就“登顶”。他俩这“勇敢者的游戏”，常常让我们这些起哄的猴崽子目瞪口呆、欢呼雀跃。当然，这样的游戏结束之后，随之而来的往往是，驴驴妈拿着笤帚疙瘩气急败坏冲出屋来呼叫追打。我的发小闻声而动，一溜烟早已顺着山路唱着小曲奔向井沟了。石塄上的光棍汉吐着烟圈，咧着大嘴，咳着笑着任邻家责骂。

五 | 石梯

邻家这座院子的讲究，除了石塄之外，还有两个玄妙之所，一处是用来上窑背（屋顶）的石梯，一处是用来储藏的地窖。

北方的宅院大都一家一户紧紧挨着，除非是地形实在不允许，很少孤雁单飞。这样挤着的好处显而易见，乡里乡亲热热闹闹，有个事情都好照应。但毛病也是显而易见，东家走水、西家失鸡，难免会生出很多的闲气。从实用的角度来说，最大的缺点是上窑背比较麻烦。村里人谷麦粟豆，菜丝瓜干都得晾晒，就得有个能躲开鸡狗骚扰的僻静地方，窑背无疑是最好的选择。可这样挤扎的住法，要想留出一条专门的通道实在太难。想到自家的窑背，除非是搬了大木梯，要不就得出了大门沿着村道七拐八拐绕上老远一遭。这样一来，晒点菜丝瓜干倒也将就，但要是谷麦粟豆等等，扛上扛下就能累个半死。老财主的院子就成功解决了这个受罪的大问题，既不用大木梯，也不用绕远路，因为人家院子里就有专门可供上下的石梯。石梯用地巧妙，藏在东房和东厢房之间，陌生人进院后不留心根本看不到。结构呈ㄣ字形，就像现在城里有钱人别墅里的复式楼梯一样。所有台阶都是石条做成，从东厢房的侧面走起，八九个石阶后，开始折向正面东屋墙壁，三五步的横台，就钻进一个刚能转身的小小门洞，然后折而上，再跨七八个石阶，窑背上暖洋洋的日头就照在头顶了。

它的讲究，不仅在于设计精巧，通道整体都在屋檐的遮挡之下，避风避雨，更让人惊叹的是那横台的匠心，面向院子的一侧首尾都有很粗的圆木立柱，脚旁边是尺高的青砖护栏；另一侧是完全的砖壁，只在右上角留了一个脑袋大小、上弧下直的孔洞。上面巧，下面更妙，横台的下面高低宽窄正好是一个灶台。西岭一带的房屋布局，基本都没有单独的厨房。灶台和土炕就是一体，烧饭和起居都在一屋。灶台的烟道就在炕底，一把柴炭同时解决温饱。这样有个问题，就是夏天的时候，饭还得吃但炕却不能再热。于是每家每户都会在院子里砌一个简单的灶台，专供夏天使用。一来家里可以凉快些，二来院里烧煮，屋檐下摆桌，很是方便。或者干脆端了大碗，坐在门槛上、蹲在墙角处都是不错的选择，眼馋的鸡狗也会因此得到不少的福利。

老财主的“夏灶”居然别出心裁地安在这横台之下，又避尘又省地，绝了。站在院子里抬头，横台的立柱和护栏基本上就构成了一个戏台的模样，文文雅雅，超凡脱俗。不知什么时候，这样的文雅被公社电影放映员同志发现了，结果每次到村里放电影都会选择这块宝地。绳子往两边圆木立柱上一扯，嘿，不大不小的银幕展展阔阔。彩色动画片《大闹天宫》，评剧电影《刘巧儿》、豫剧电影《七品芝麻官》，故事片《保密局的枪声》《黑三角》《喜盈门》《月亮湾的笑声》《许茂和他的女儿们》……繁星满天、笑声满院，放映机吱吱唧唧的声音和它投出的光带，让这个破败的四合院彻底穿越了时光。

那个上弧下直的孔洞是干什么用的呢？七八岁的我们经常会扒着沿、踮着脚从那儿望出去，大半个村子尽收眼底。村里老人说，财主家最怕土匪强盗，这实际就是一个观察哨。既然这样，我们玩耍就因地制宜，专门指定二小、三蛋他们做“强盗”，如果找到我们之前被我们从“观察哨”看到，就算他们输。寒假暑假，这个“观察哨”里常常会有一个圆头圆脸的小脑袋，一双大眼睛贼溜溜乱转，不一会就会大声地喊叫：我看见你们啦，我看见你们啦，你们在下头道的老槐树后面，哈哈哈……

“观察哨”除了观察还有什么用？现在想来，也许老财主因为肚肥腰圆石梯爬得太累，需要站在这里歇歇腿喘口气；也许四合院里大小婆姨太吵太烦，他就抬步上楼到这里散散心透透气；

也许就什么也不想什么也不做，背着手看着村子里来来往往的乡邻们，只是静静地发发呆……

六 | 地窖

这个宅院另一处玄妙之所，就是用来储藏的地窖。地窖的位置在宅院二门的东墙不远，十分隐蔽。四合院一般是两进，据说也有三进的，但我没有见过。两进的院子，就有大门和二门，大门是总开关，防贼防盗防野兽，二门实用功能不强，也就是用来划区和装饰，是外庭和内宅的界碑，也算是大户人家的仪仗兵。对庄户人家来说，二门顶多也就是拦一下外院里自由散漫的鸡鸡狗狗。

我见时，他们家的二门院墙已经塌去一边。剩下东墙一边紧贴院墙处，复原老军人架了一个大石槽，大石槽上拴着他们家的大骡子，据父亲说，这是当时生产队最出力的牲口。生产队刚解散的时候，队里的牲口必须分到家户，可习惯了一起劳作的人们，一下子要单门独户喂养牲口还是有点心里没底，尤其是对膘肥体壮的就更不敢下手。于是就三五家结成一个小的互助组，共同接收。我们家当时入了复员老军人孟大伯这一伙，所以我常常会跟着父亲到这里给大骡子提水喂料。每次到了这个地方，无论大日头，还是半后晌，我都会不由得往那个地窖口瞅瞅。

地窖口大约一米见方，没有突出的外沿，也没有明显的标志，就那样鬼鬼祟祟地藏在了墙角。地窖早已废弃，地窖口当时就是虚摆着一个木栅，防止有人不留神天黑踩空。我问父亲，地窖里面是个什么样子？父亲说，他也没下去过，听村里曾经下去过的人说，很深很深，但谁也没有到过尽头。问过这个问题后，我的心里就有点后悔，一股寒意不禁从后背升起。每次去喂牲口的时候，都是紧紧跟住父亲，不想看那个地窖口但又忍不住要看，这和多年以后对待《午夜凶铃》《魔镜》以及希区柯克的感觉很相似。

上了初中的某个暑假，我们几个小后生不知道是玩嗨了还是实在太无聊，在驴驴的撺掇下，就想下地窖看个究竟。这个主意一提出来，我坚决反对，内心当然是恐惧，但给他们的理由是，这大夏天的，万一里头有蛇怎么办？结果招来一通嘲笑。我说，那好，那你们下去吧，我在外面接应，万一你们下去以后遇到什么特殊情况，喊一声就行。结果又是一通嘲笑，这次还毫不客气地夹杂了许多的脏话。当然，有几个心地还算是善良的家伙就开始劝我了：

咱们下去就在前面看看，不会走多远……

没事，我把我爸在矿上用的头灯拿来，可亮了，什么都能照见……

要下就一起下，同甘苦共患难，这点儿事就怂了，还算不算朋友？以后还耍不耍了……

下就下吧，我只好答应，但该带的东西都得带上，头灯、铁锹，还有火柴、绳子，对了，谁家有过年没放完的鞭炮，最好能带上些……大伙又挤眉弄眼笑话了半天，勉强算是按我说的分头准备去了。

大家拿着“装备”过来集合的时候，二小的妹妹也跟来了，刚上二年级的她非缠住她哥也要跟着一起下去，被我们一致拒绝了，她站在窖口哭了起来。连唬带哄大半天，最后还是我说，等我们下去先看一下马上来接你，这才把这个“女汉子”搞定。一切停当，我们拖开木栅，开始下窖。

本来打算先往里面扔一挂点燃的鞭炮，结果谁也没有拿来。驴驴主动要求第一个先下，我说等一下，咱们先找点干柴火点着扔下去，一来吓唬一下里面可能的虫虫怪怪，二来看看氧气够不够。这次没人反对，也没人嘲笑，毕竟是初中生，常识还是有一点儿的。于是一团火扔了下去，里面立刻被照亮，我们几乎异口同声，被惊得大叫一声。

七 | 白烟

地窖和我们想象的完全不一样。我们以为它就是一个简单的坑洞，只不过可能要比普通人家的大一些深一些罢了，没想到它“豪华”得实在让人不敢相信。四四方方的竖井大概有三五米深，都是砖壁，东西两面砖壁之上，均匀地布着马蹄形凹槽，应该是用来下窖时落脚的。我们点燃的柴火并没有落在窖底，而是落在了一个斜阶之上。火光一开始很大，我们看得清楚，那是石条铺成的台阶，尽管上面满是枯枝败叶，但露出的横脊一棱一棱地在向斜下延伸。火光不一会儿变小了，几个干透了的玉米棒子皮，易燃，但持续不了多久。在它快要熄灭之前，我们数了数能看到的台阶，大概七八个。

下还是不下？我们的“探险小组”分裂了，大都开始犹豫，由于之前对我的嘲弄，现在虽然大家心里都有些害怕，但脸上嘴上都还不大好意思。只有驴驴仍然坚持：怂了是不是，这有个啥，下下下，我先来。说着他已经在窖口的边沿蹲下，开始向井内探腿。二小拦住说，别着急，咱们往下再扔点柴火看看吧。大家都同意，驴驴也没吭声，缩了腿站了起来。

大家正要转身再去找些柴火，这时候窖井内突然大亮，吓得二小的妹妹大叫一声闪在了他哥身后。我们壮了胆子往窖里一看，原来是刚才扔下去的柴火把里面的枝叶引燃了，火势骤起，顺着台阶在一点一点扩大。火光比之前大了许多，窖内就看得更清楚一些。竖井下去是一个两块石条拼成的小平台，然后就是台阶引导的斜井。入口处的门洞很高，应该足够一个大人站立，有弧形的上顶，就像修造住宅一样，立砖码边一丝不苟。

窖内毕竟潮湿，引燃的火势向下延伸，越来越弱，不一会儿半燃不燃，开始产生大量的烟，直到后来完全不见火光，整个门洞和竖井浓烟弥漫，呛得我们只好往后退。大约是正午时分，干红的日头晒得我们每个人都汗淋淋的。几个半大的后生，背心短裤，傻了吧唧，围着地窖，看着一团一团的白烟从地窖里钻出来，一点儿一点儿向蓝色的天空升腾而去。

烟雾引起了大人们的注意，下头道“谦受益”院子里的胖大婶还没进大门就大声喊着驴驴他妈，气喘吁吁地问，你们院里甚东西着火啦？咋那么大的烟啊？驴驴他妈没有应答，可能是下地干活儿去了，倒是把退伍军人的老婆惊动了出来。这是一位脾性极慢的大娘，圆脸厚唇，肉乎乎的双层下巴。好半天她才推开房门，不紧不慢地问了一句，谁呀？咋啦，你说甚哩？

我们几个听到“谦受益”大婶的喊叫后，知道情况不妙，早已迅速跟着驴驴藏到了东厢房的背后，反复叮嘱二小的妹妹不要出声。后来就听见胖大婶说，哎呀呀你们家地窖咋冒烟哩，快快快……大概没等脾性慢大娘走出二门，就听见叮里咣啷的声音，“谦受益”大婶早已提起了马槽旁边喂骡子用的水桶，哗的一声，我们看见空中的白烟断了根。

地窖探险就这样意外地没了下文。

后来某一天，忘了是什么时候，驴驴既神气又神秘地和我说，他一个人偷偷下去过了。他说进了门洞之后，一直是慢坡台阶，不过七八个台阶就有一个小平台，就像竖井底开始那样。门洞里面是弧形的窑洞，全是砖砌，砖壁上均匀地布有一个一个的凹槽，应该是放油灯照明用的吧……他说，走了大概五六分钟，里面有很多的老鼠窜来窜去，实在害怕得不行，就出来了。

谁知道他说的是真是假。

八 | 妇论

村里七嘴八舌头的妇人们聚在一起常常会研究地窖之谜，她们普遍的结论是：村子里现在还在世的人里头，只有这座砖院主屋里的光棍汉“狮子二杆”下过地窖。她们的结题报告既婆婆妈妈又入情入理，既拖沓冗长又环环相扣，既注重索隐探佚又注重考证推理：

①谁不知道这是地主老财的院子，既然是财主院子，哪能没有金银财宝。②以前的人光景细致，金银财宝哪会自己吃光喝光，绝对会攒着备着防个万一，绝对会惜子疼孙存予后辈。③那时候又没有啥银行呀保险啥的，所以贵重东西百分之二百是藏埋在了院子里头。④财主是在土改的时候突然死的，根本没来得及向后人交代什么。况且院子也早不是他们家的了，连他的儿子、媳妇都被成天价批斗，不可能在那时候把东西转移出去。⑤土改后就三家分院了，队长和老军人身份在那儿呢，不可能偷偷摸摸去寻宝，唯一值得怀疑的就是光棍汉。⑥光棍汉无牵无挂天不怕地不怕，再说他也没什么来钱的路子，这些年吃啥喝啥。⑦守着这么个好院子，光棍汉不可能不琢磨惦记点儿啥。⑧既然惦记，光棍汉就不可能没下过地窖。

对妇人们的这番“公诉词”，“狮子”从来都是正面回应：我要有那寻宝的本事，还会待在这村里弄吃喝？我要有那发财的好命，还至于现在还搂不上个女人睡？——他的话不能说没道理。至于下没下过地窖，“狮子”挠着大腿嘿嘿说：下去倒是下去过……接下来也是油灯呀老鼠什么的。居然和驴驴偷偷告我的一模一样！真不知道他俩到底是盆碰了瓶，还是瓶碰了盆。

地窖里藏金埋银这事并非没有一点儿谱。当年山西的晋商主要在晋中，太谷、平遥、祁县、灵石，这些地方都留下了他们气气派派的院子。太谷的晋商大院叫三多堂，三多取多子、多福、多寿之意。据说宅院的曹氏家族原本建有“福、禄、寿、喜”四大宅院，不消岁月折腾，有的破败，有的毁坏，只留下这“寿”字形的“三多堂”还算完好。这寿字的三横是一个三层楼的城堡，很有看头。游览三多堂，导游肯定会把你带到一间屋子的炕边。这个炕上有个不大不小的洞，据说，这便是通向地窖，以及更远处的入口。导游还会告诉你，这个通道下去一可以藏金藏银，二可以避祸逃命。他们还说，据当地老人讲，快要土改之前曾在山的另一边见过成群成队驮银的骡子，十几里绵延不绝，应该是当时的主家听到了什么风声，提前把正经家当从这里转运了出去。

这座砖院的地窖到底是什么功用，那一条一条石阶的尽头到底是金银财宝还是世外桃源，成了永远的谜。直到后来，它的命运和整个村庄一起发生了翻天覆地的改变。

石塄、石梯、地窖，这个西岭村曾经最豪华气派的院落，在它的残年与我们相遇。日头里，石塄上长长短短的稀疏人影；星空下，石梯前一村老小难以忘怀的老旧电影；烟雾中，我们小伙伴在地窖口的胆战心惊……在残颓的时光里，就像一位老者，既宽仁豁达又深邃厚重，既絮絮叨叨又欲言又止，既无力改变什么又极力想留下什么。风雨和乱世一道一道，一刀一刀，每一次它都在劫难逃。带着百十年世间的炎凉，带着无以言说的伤痕和荣光，在汾水之东、太行山间，松柏山岭，翠峰之巅，矗立着衰败着，一天又一天。

这座财主的砖院和我们家的院子比肩而立，虽然有近半个院子的面积差距，虽然气势派头无法匹敌，但就完整传承而言，我们家的宅院保护得要更好一些。

九 | chuán láng 考

村里的这三座砖瓦四合院，按我们当地的方言统一称之为“chuán láng”院。chuán láng两个字该怎么书写呢？说它是方言土语吧，可听着文文雅雅，应该是个正规词语；说它是正规词语吧，可很多年来，我既没见大人们写过，也没在书上见到过。

láng字还好解些，或许就是“廊”字吧，好像也只有这个字能和宅院有关。但也不一定，因为我们的方言最明显的特点是“两个压根没有”：一是压根没有声母“f”，只要见了“f”，俺们全部把它念成“h”；二是压根没有前鼻音，一股脑儿俺们只会

发个后鼻音。举个典型的例子，比如说“吃饭”，按我们的方言就是“吃晃”，由饭到晃，虽然可笑到有些不可思议，但这都是老老老祖宗他们定的，谁能有什么脾气？所以，这láng说不定也会是“栏”字呢，勾栏、雕栏也都和庭院有关的。

再说这chuán字，反复查了字典搜了百度，能有结果的，只有“穿廊”一词，解释是：将两座建筑物从中间联系起来的廊房。廊房倒也算是有的，无论是“谦受益”家、老财主家，还是我家的宅院，除了正堂的主屋，两侧也都有房舍，不然也没办法“四合”。可是光有房子不算数啊，人家条目里是有限定条件的，有资格叫作穿廊的房子还必须能“将两座建筑物联系起来”。这“两座建筑物”就着实让人犯难啊，三座宅院虽然也还算排场，可它毕竟不是晋商豪宅，分门别户，庭堂众多，可以联系联系。更不是皇宫大内，需要在保和殿和太和殿之间穿廊穿廊，去哪儿找那“两座”建筑物可以让联系啊。再者说了，即便两侧的这些房舍真有“穿廊”的本事，问题又来了，为什么先辈古人放着气气派派的主屋正房不予理会，偏偏盯上这“低声下气”的偏房作为一个庭院的代言呢？所以我觉着“穿廊”虽好，怕是这农家宅院高攀不上。

再去记忆中仔细搜索，突然发现，该不会是“椽廊”二字吧。三座宅院的正房前面都有相似的屋檐，这屋檐是砖瓦结构：下面石墩立柱，上面梁椽卯榫，顶上泥浆青瓦。这样的屋檐之下自然是可以称为廊的，而要结构这样的屋檐，椽木是当然的主力，如果是三间主屋，没有百八十根等粗的椽木怕是成就不了场面。一根根的椽木就像齐刷刷的列兵，头顶青色的瓦帽，为主人家遮雪挡雨，成全名望。细想想，这椽廊二字，虽然字面略略有点笨拙，但气神劳功却是极好的。

从形象代言的角度说，用屋檐代表宅院也是极妥的。不是有那句很著名的话嘛：人在屋檐下哪能不低头。这屋檐当然指的是地盘，是门户，是一个个院墙之内的张王李赵家。

这种构式的屋檐，有没有更贴方言音准，更合形象气质的权威官名，也不知道是专家先生们没兴趣研考，还是这课题项目过于深奥，或者笨蛋如我明明有现成的词汇，学识不够还在这里瞎琢磨。无论怎样，chuán láng姑且“椽廊”吧，算作我的考证。

十 | 老亲戚

有了屋檐，山村的院子就有了温暖，日头的影子就会从窗棂上、门角边轻轻地走过，叽叽喳喳的燕子就会在檐下静谧处搭一个胖乎乎的小窝，消融的冰雪就会顺着瓦楞不紧不慢地滴答滴答……有了屋檐，再大的雷雨都会被挡在外面；有了屋檐，收获的谷穗和豆荚都可以静静地躺下，一点儿一点儿地干透，然后轻声细语让她们怀里的宝贝们懒洋洋地迸落……屋檐之下有爷爷时常的咳嗽和喘息，屋檐之下有妈妈一年又一年轻轻贴上的窗花……

屋檐和院门是一座庭院的“骨架”，大户还是小户，寒舍或者豪门，从这“骨架”上一瞧便知。他俩一里一外抛头露脸担承着一户人家的门面。四合院的“骨架”自然要神气一些的，除了椽廊和大门，还会添上二门和院墙。我家的宅院如果不算椽廊和窑洞，大体是个正方形，有二门在中间一隔，内宅外院又成了等大的两个长方形。里面的长方形，老老小小饮食起居；外面的长方形，牛羊鸡犬卧跑鸣吠。

爷爷的老亲戚中有位风水先生，有一年不知因了何事登门，还小住了一些日子。因为当时年幼，老亲戚的模样我已记不太清，但是他的两样宝贝，却印象极深。一样是他的山羊胡须，白得就像雪一样，长过脖颈，他不停地用手捋着，捋过之后似乎还透着银光；另一样是他怀里的一件物什，名曰：罗盘。

罗盘是一个木制的扁圆器物，底面平平，上面鼓鼓，鼓鼓的“山丘”上，是一圈一圈的墨线方格，就像迷宫一样，方格之内密密麻麻写着文字画着图形，有黑有红。当时我只认得文字大概有甲乙子丑等等，图形就是些长长短短的横杠，后来才知道，这图形是八卦，这文字是地支和天干。“山丘”的正中央嵌着一块圆圆的玻璃，玻璃里面有一枚两头尖尖的菱形指针，一头红一头白，不停地抖动，后来知道这叫指南针。罗盘是一块暗黄色的木头，通体又被刷了清油，黄澄澄亮晶晶，中间绷着一根红绳。

老亲戚从他对襟的棉袄里掏出这件宝物的时候，外面包了棉套，就是小绳一拉就可以束口的那种。他小心翼翼地掏出，小心翼翼地解绳，然后小心翼翼地取出，全程谨慎得快让人窒息。罗盘被放在八仙桌的中央，他和爷爷对坐，拨弄了半天红绳之后，就甲子乾坤青龙白虎地开始给爷爷讲起了这座宅院的长长短短。对于一个大字没识几个的幼童，我的心思完全倾注在了那个不停抖动的指南针上，刚想动手摸一摸，手还没有上桌早被爷爷喝止。偶尔听到山羊胡老亲戚一句半句的，好像是说，这宅院是极好的，大门二门椽廊都有着最妥的位置和朝向，按理是人丁该是再旺些……

十一 | 匾

风水的事情我哪里懂得，但因为那既神秘又好玩的罗盘，所以觉得山羊胡爷爷高深的“理论”都对极了，再加上自己亲身体验到的，这院子里角角落落无尽的趣味和欢乐，对他的敬仰就更多了几分。也许是老爷爷实在可怜我盲目崇拜的眼神，临行前居然专门掏出他的宝贝，让我拿在手里摸玩了一阵子。我的亲爷爷紧贴身旁反复叮嘱，要小心些要小心些……那个晃呀晃呀的指南针，轻轻拨动了一个幼童对世界的好奇心。

尽管我对老亲戚高屋建瓴内涵深刻的系列重要讲话全部赞成，但心底其实还是有一点点小小的嘀咕，那就是院子的大门。院子坐北朝南，它却是东西洞开，而且还正对了邻居家的院墙，出门就是一条宽约两米的逼仄小巷，好像专门要避开热闹，一副极其害羞的模样。作为一个庄户人家，即便祖上当时可能多少算是宽裕，但也不至于彻底摆脱了农业生产吧。既然要农业生产，就少不了车马犁耧、锹锄镢耙，这些物什长长宽宽钩尖环刃，哪一样都不是省油的灯，即便是宽宽敞敞的大门，要想让它们能顺顺当当进得来，利利索索出得去都要十分小心。可我家的这个大门，宽窄且不论，单就门里门外那些个石条铺成的台阶就会让你苦不堪言。祖父、父亲和我们，因为这个颇为讲究的大门，多费的工，多受的苦不计其数。以至于我常常想，祖上即便是大财主大地主，那也得雇长工短工伺候吧，就这院门怎么能招聘来人嘛。莫非祖上不是耕读传家？

青砖大门，宽约两米，高有三米多，外两阶，内三阶，每阶都是整块的石条。从院子整体气派推断，门顶原来应有檐斗，但从我记事，上面只是堆土和茅草，就像戴了顶极不相配的破旧毡帽，从两扇门板的破损程度看，这顶毡帽大概也戴了不短的时间。

曾听父亲说，大门上本来有块匾额，“破四旧”的时候给撬了毁了，所以，门框内上半部分一直是一个长方形的空，就像缺了上门牙。“破四旧”的威武场面无法想象，但就从这敲人“门牙”的手法看，实在够狠心。匾额上究竟是怎样的内容，父母隐约记着大概是木雕的三个字，至于是三个什么字竟然记不清了。

据我的考究，是该有个“崇”字的，因为在我家大大小小的一些古旧器物上总会有这个字出现，及至后来，在交公粮的麻袋上，在磨面用的簸箩上，为了防止与别人家的混淆，父亲都会照例拿毛笔写上这个字。至于是崇文、崇德，还是崇仁、崇善，是自制还是官赐，是阴文还是阳文，是墨着还是朱描，究竟是无法推断了。

两扇门板是松木，经年风雨，满身裂纹，下角处已经磨成圆弧，门槛不高，鸡妈妈吃饱喝足后时常领着它的孩子们从这儿钻出去旅游，坡上草间，窑背树下，寻找属于它们的美好和快活。

十二 | 加密锁

母亲说，她嫁到我们曹家时大门上的那块匾额还在，后来被撬毁的情形也大致记得，爷爷因为想留匾与撬扁的人发生争执，被喊去队里批判好几天。匾最后还是被撬掉了，爷爷也想过拿别的什么木板补上这颗“门牙”，可终究都不相配，于是索性就让它空着，也不至于脸面上的事过于草率。

大门的主要功用当然是安保，别看这个大门已经破旧，但落实起三级防护责任来一点儿也不含糊。第一级是搭扣和铁环，搭扣是一个铁制的小机关，内外相连，两扇门板闭合时，外面的旋钮一旋，里面的铁钩就会与另一扇门板上的铁圈扣合或者脱离。这样的防护任何人都可以毫不费事地打开，当然更多的是象征性意思。一是家里人回来方便，旋钮就是；二是村里人串门，看见门搭着，就知道家里有人在，熟惯的喊上一声旋开也就进来了；三是门这样搭着，轻易不会被风吹开，鸡鸡狗狗的也不至于动辄跑出去糟害别人家。门板外面的两个大铁环比较常见，家人都要外出时，一把大铁锁将它俩勾起来咔啪一声就可放心而去。

第二级安保就加了防卫功能，承担此项功能的是一个木制的内锁。外表看它与普通的门闩无异，也是一块横木推来推去，但玄妙之处在于可以暗暗“加密”，一旦“加密”之后，单是用手和臂力根本不可能将门打开，更不可能在门外用器械将门闩拨开。开门的办法只有一个，那就是拿专用的钥匙来。这个玄妙的锁具用什么原理，我已记不大清，只记得门闩底部有细长的凹槽和不少圆孔。所谓的专用钥匙，大概有十几厘米长，形似古时铁锁的钥匙，但它同样是木制的。记得开锁的时候也是要插进去拉一下子。虽然这个门闩有如此神秘的加密功能，但我从来没见大人们使用过，一般也就是每晚把门闩一上就好。这个门闩有如此神秘的加密功能，自然就成了我们的一件玩具，父母和姐姐们去生产队劳动，留下年幼的我和哥哥在家，我们就会动用机关把大门锁死，隔一会儿再兴致勃勃地跑过去用木钥匙将它打开。

十三 | 呵浪一声

三级安保，抗风险能力自然是逐级递增的，第一级是警示，第二级是加密，到了第三级就必须硬扛。无论西安还是平遥的古城，你看它们的防卫工作也基本上是分三级的：第一级是墙头的瞭望哨和炮台，可以提前警戒和远程制敌；第二级是墙外的护城河，你如果非要来，我吊桥一升把你淹死；第三级是瓮城，实在没扛住人家，最后只好试试关门打狗。据说国家领导人出行也是分三级的：第一级是出行或出访地的安保力量，也就是当地的武警和警察；第二级是中央警卫局的黑衣人；第三级是贴身的保镖——坏人铁了心要硬来的时候，最笨的办法也许最管用。

我家大门的第三级安保，也是用了一点儿笨办法。在大门的内壁两侧各嵌了一块正方的巨石，巨石中间有一个碗口粗的圆形凹洞。很小的时候，我不知道它是干什么用的，经常好奇地将手臂伸进去“探险”，冰凉凉的，能完全吞没我的小臂。后来问父亲，父亲说，这是用来挡门的。看我更加疑惑，他就动手给我演示了一番：先将大门关好，把那个设有玄关的内锁锁上。然后好像很吃力地抱起一根沉甸甸的木椽，调整好角度，先将一头插入左边的凹洞中，再摆动另一头对准右边的凹洞，最后一步就是将左边已插入的部分倒退一小截出来，以便右边一头伸入，左右略做均衡，一根结实的木椽就紧紧挡在大门里面。木椽早已遗失，整个演示，父亲都在玩“空手道”，看得我又是惊奇又是好笑。想想看，玄关木锁再加粗木椽，你说这一般的山狐野狗、地痞蟊贼哪有本事进得来啊，即便是绿林强盗，等他奶奶的想出办法来，110 估计也到了吧。

这样的三级安保，在现在看来，似乎有些小题大做，可是在咸丰同治光绪宣统、民国北洋皇军伪军那些年，一个小山村的人家，没有这些，如何能够稳稳地睡下？1980 年代的暑假里，我常常会坐在大门的门槛上翻看各种各样的小人书，不时地，对着门墙上的两个凹洞发呆，左边看看，右边看看……知了在门口的枣树上叫着，相当有节奏十分有耐心。

在我们的方言中，关门的声音，尤其是关上大门的声音，通常表达为：呵浪儿。“儿”是助词，接近“地”的意思，类似表达还有“忙忙儿”（慢慢地）。“呵浪”是象声词，为何是这个音，无从考究，即便按发音习惯相近词来琢磨，好像也找不出普通话中够味儿的匹配。我喜欢这个“呵浪”，仿佛有一种意气风发的快感，有一种雷厉风行的利落，也有一种抖落风尘的惬意，甚至有一种小船归港的喜悦。父亲永远是大门最亲密的伙伴，黎明即起，喂骡挑水，出外劳作，他打开它；夜幕四合，田园静好，鸡栖人安，他关上它。记忆中，常常是深冬，母亲和我们差不多已经睡了一觉吧，呵浪一声，父亲回来了，随后就是他咳嗽的声音，然后老棉鞋扑踏扑踏地迈过庭院——他去生产队开会去了，不是分到了好土地、揽下了水电工，就是阄到了果木园、承包了磨面坊。

十四 | 月亮之门

多少年来，心里时常会突然响起父亲“呵浪”一声关上大门的声音，然后开始还原他迈过庭院的身影，有时甚至是在梦里，流着泪哽着喉——那该是月明的夜晚吧，树木的枝丫映在地上，白天融化的雪水一处一处，漫成薄薄的冰，睡了一天的老猫翘着尾巴在椽廊上轻轻地游走，瑟瑟的风吹动柴草，槽头的骡子不紧不慢地嚼着草料，咯噌咯噌——他的宅院，他的田园，他的孩子们，他怀着欢喜和踏实的心情，思谋着来年的光景。月亮就在他的头顶，伴着他走过下头道的麦秸垛，走过石塄，走过门前的小巷，停在宅院的上空。

两进的四合院，二门就像是在中间画了一道线，内院椽廊厢房饮食起居，外院柴厕窝舍牛羊鸡犬，二门的墙叫蜈蚣墙，二门的门是月亮门。蜈蚣墙的名字因何而来，我曾认真寻过答案，至今尚无最契然的解释。墙体形似蜈蚣？不，方正的青砖，精致的弧线并无半点勾挑。墙上常有蜈蚣出没？不，暖阳照着，芍药开着，哪能容得蜈蚣们藏身。于是我只好继续发扬“chuan lang 考”的精神，翻典籍上百度，辩语音对嘴型，比较靠谱一点儿的解释是，先人们是不是曾经种了一种爬墙植物叫飞天蜈蚣，因为此草入药可以解毒消肿，明目退翳，治跌打损伤，痈肿疮毒。古来缺医少药，这样一可以美化庭院，二可以疗伤自治，想来先人们定是这么智慧聪明的。

月亮门开在蜈蚣墙的正中，是一个标准的圆门，就连最底端脚踏的石条也是两头翘翘，严丝合缝融为圆中一段弧线。影视或戏剧中的才子佳人们暗递情愫时，常常会有月亮门，但它们的月亮门都是瑞士名表 Ω 那个样子，圆到下半部分突然向下取直，就像门牙缺失留下一个豁口，这样的门可能顾及到了一些出入时的实用，但文华不在，诗意顿消，叫作月亮门其实是不够圆满的。大概张生、崔莺莺他们是真不知道世界上是有真的圆圆的月亮门的，否则也不至于就在那样残缺的“月亮门”下吟什么：“月色溶溶夜，花阴寂寂春；如何临皓魄，不见月中人？”……“兰闺久寂寞，无事度芳春；料得行吟者，应怜长叹人”；唱什么：“碧澄澄苍苔露冷，明皎皎花筛月影”“绿依依墙高柳半遮，静悄悄门掩清秋夜，疏刺刺林梢落叶风，昏惨惨云际穿窗月”了。

十五 | 一利一弊

老宅的月亮门曾是我们的同乐门，儿幼之时兄弟姐妹常常手脚并用展开比赛，看谁能够停留在圆弧的最高位置，那时俺们可是真不知道世上还有蜘蛛侠这档子事儿。

为了能让内院更安静些更干净些，免受鸡狗们不文明行为的侵扰，母亲曾经亲手为圆门做了两扇木栅。那些粗细均匀的木条也不知道她是从哪里找来的，反正钉子锤子叮叮梆梆地忙乎了一整天，我和哥哥跑前跑后扶着摁着，是她得力的帮手。等父亲傍晚回来的时候，木栅门已经安装到位、运转自如了。每扇木栅都有一根木棍作为“轴承”，轴承的底座是一块木墩，木墩上面挖了圆圆的坑，为了让木栅开闭灵活，凿挖和打磨这两个小坑着实费了不少的工，我和哥哥不仅用上了刨子、凿子，而且还用上了圆规、砂布。为了防止被风吹开，或者被外院那些不安分的家伙们撞开，工程快要完工的时候，我们又在母亲的提议下，用粗粗的铁丝做了精巧的小门搭。木栅安装在内院的一侧，这样从大门进来后，看到的只是圆弧之内整整齐齐的竖条，就像木制的笼屉那样。父亲看到我们的杰作之后，一边推拉一边说，嗯，像个样子，是个东西。对于一个熟稔木工，会打马车能做立柜的人来说，能得到他这样的评价，母亲和我们都乐不可支。有了木栅之后，圆门自然就少了一些美感和诗意，不过，阳光会给它们投下影子，上午在内院，下午在外院，就像琴键一样，而且是旋转的舞台。有了木栅之后，最不高兴的当然是外院那些自由散漫惯了的家伙们，特别是那只脖颈上有着橙色羽毛的公鸡，常常把它大红的鸡冠从栅缝中伸进来咯咯咯地叫着，眼神里透着严重的不满，满脸都是抗议。至于那些老母鸡们，有了带头的，自然就更加疯狂任性：它们把一坨一坨冒着热气的臭屎拉在了圆门的踏脚石上。看来全世界的抗议大抵如是，惹不起你我就恶心你。这最终成为木栅门在运行了大概两年之后被迫拆除的主要原因之一——母亲实在不能忍受串门的邻居迈过圆门时候的表情。这似乎也印证了那句名言：天下之事，兴一利必生一弊。

经了这一弊之后，母亲也只得承认变法失败，由着它们吧，大不了勤扫几次院子。当然，后来终于还是有了更好的办法，完美地解决了这个陈年积弊，这是后话。圆门解禁之后，母亲打扫院子的次数比以前更勤了，因为她已经习惯了那两年内院干干净净的日子。可是某一年的春天，父亲却突发奇想，要把刚从集市上买来的小猪仔放在内院饲养。不知是什么原因，那一年乡里掀起了养猪热，村村户户都大干快上的。庭院之外本来是有猪圈的，可父亲说，这么小的猪仔不能直接就放猪圈里，一是可能被狼狐叼了去，二是天气还冷，放在院子外面照顾不好。显然，他对这次投资相当重视。来来去去，母亲终于同意了，于是，一扇门板横着挡在了圆门上，两对猪娃开始哼哼哼地满院乱跑。出来进去，全家人都得高抬腿才能跨过那两尺多高的“门槛”，没办法，“高层”达成了一致，连爷爷都一声不吭地拥护着，我们这些买书买笔买本买纸只花钱不挣钱的小孩儿就更不好有什么意见了。

圆门更多的欢乐还在于它身旁的一丛花和一棵树，花是芍药花，树的名字我至今都还不能准确翻译。每年的春夏，这一花一树就像圆门按时寄出的礼物，让人期待让人沉醉。

十六 | 是芍药

爷爷特别喜爱栽花种树，庭院内外，角角落落，到处是他的成就。花有芍药、玫瑰、吊金钟、美人蕉……树就更多，桃、梨、杏、李、柿子、葡萄、苹果、核桃……真是凡所应有无所不有。

品种越来越多，可用的地方越来越少，爷爷愣是学会了嫁接。一到秋天你会看到，一棵树上结着两样的果实，早熟的已经起霜红透，晚熟的还在青红青红地害着羞。爷爷栽种的所有花木之中，有两种是全村绝无仅有的，就在方圆几里也极少见到。这一花一树都栽种在了圆门的旁边，足见爷爷对圆门是看重的，对这丛花这棵树也是看重的。

这一丛花是芍药花。由于方言的原因，多年来，我们并不知道它就是大名鼎鼎的芍药，直到去年和哥哥姐姐们闲聊忆旧，才有人提出来，那么好看的花，肯定是有名气的大品种，该是有个响响亮亮的官名的。又是一番辨音解义“si ye 考”……不会是芍药吧？上网一搜，天，面容、身姿、春期、香消，真是芍药！把我们惊得目瞪口呆。谁都没想到，在一个普通的山村小院的墙角，几十年默默陪伴我们的竟是一位花界名角。谁也没想到，这位仅次于牡丹被尊为“花相”的名角竟然是那样的好侍弄，不讲究。谁也没想到，土里吧唧叫了人家几十年，人家还年年怒放没意见。

一辈子躬耕务农的爷爷想来是并不知道他的 si ye 就是芍药的。他不知道韩愈的“温馨熟美鲜香起，似笑无言习君子”，他不知道柳宗元的“欹红醉浓露，窈窕留馀春”，他不知道《红楼梦》里“憨湘云醉眠芍药裀”，他也不知道张大千的一幅《芍药图》能够卖到近百万……但爷爷懂得两个字：喜欢。他把它栽种在了庭院之中最上眼的位置，他在它的周围做了最漂亮的围挡——挑了棱角齐整的青砖，一块一块斜倚起来，地面上只露出一排尖尖角：▲▲▲▲▲▲。这样的装饰看上去或许有几分笨拙，但也许爷爷正是想表达拙中藏美的深意呢，更何况，整日里和土石打交道的他，这已经算是最最柔情的表达了呢。

每年春天，爷爷都会小心翼翼地紧贴▲▲▲▲▲▲再扎上高约尺许的高粱秆篱笆，为的是防止不听话的鸡狗进去糟蹋。这还不放心，在它们还没有噌噌长起来的时候，他还要将藤木筛子扣在上面。每年秋冬的时候，爷爷会在枯败的花茎上先覆盖上一层厚厚的谷叶，再轻压上几层黄土，为它过冬防寒。每年，当篱笆扎好之后，爷爷从地里干活回来，掸过尘土之后，总会坐在椽廊下的台阶上，眯着眼抽着旱烟，瞅着他的 si ye，看着它返了青，吐了蕊，开了花，看着它一天天地盛开长大。我不知道，这时候爷爷是不是在想念一个人，很早就离他而去，连他的两个小孙孙都没见过一面的——奶奶。

十七 | 安乃近

奶奶走的时候不到六十岁，那是 1970 年农历的腊月，因为重感冒。村里人一般不会把感冒当病，头疼脑热都是扛着，该干啥还要干啥，顶多就是额上拔个火罐，铜钱刮刮脊背，要不就是多盖层被子发发汗睡一觉。年关将近，可能是忙里忙外受了风寒，奶奶的感冒同样没引起重视，只是晚上的时候，父亲喂了她两粒安乃近，蒙头睡下。没想到半夜时候，奶奶呼吸急促、大汗不止。母亲说，整个被褥都给湿透了，严重脱水。当时“文革”正盛，寒冬腊月的深夜，父亲急急去寻乡医，然而怕被批斗，乡医竟躲得不知去向……

我查了“安乃近”：安乃近系氨基比林和亚硫酸钠相结合的化合物。20世纪20年代开始作为解热镇痛药用于临床，作用于体温调节中枢，使皮肤血管扩张，血流加速，出汗增加，散热加速而降低体温。70年代本品所致严重不良反应引起临床广泛关注，陆续报道指出安乃近临床应用有引发致命性粒细胞减少症的危险，据此美国1977年停止该产品多种剂型的临床应用。

父亲抱憾终生。后来他买了大量的医学书籍，愣是自学成了没有注册的“赤脚护士”，几十年为村人打针扎针，敷膏换药。

奶奶不仅走得恓惶，而且连丧礼也不能办。“文化大革命”的年代，破除四旧的年代，一个乡村的妇人抚儿育女一辈子，连人世间最后的体面都被剥夺。母亲说，披麻戴孝不可能，就连烧纸上香也得在晚上偷偷进行。腊月二十八，奶奶下葬，没有灵棚，没有纸幡，没有吹打，就像她没来过这世上一样。天寒地冻，她被暂厝在了一处向阳的山岗，等待爷爷百年之后才能一起入祖坟安息。

一家人洗洗涮涮，准备过这个1970年的年。

正月里，爷爷又添了一个小孙子，但这样的欢喜似乎并不能冲淡他的悲伤。奶奶的突然离去让本来就话不多的他变得更加沉默寡言。开春之后，他主动向队长要求，要去奶奶厝居的山地春耕。于是，村人看到一个老人和一头耕牛，在那个山岗上岑寂着来来回回，日头把他们的影子缩短又拉长。土崖上粉红的桃花很没意思地盛开着。后来有村人发现，爷爷在不停地自言自语，一犁又一犁，过来过去，喃喃不歇，他在和奶奶说话。好几天傍晚收工，爷爷都在奶奶的坟头号啕不止……

爷爷根本没注意到，贪吃的黄牛正在离他越来越远，最终因为一口返青的草，跌落到山崖下……

队长和民兵连长找上门来说，春耕时节，损坏集体的耕牛，有意无意说不清，公社革委会决定严肃查处，不仅赔钱还要坐牢。爷爷和父亲反复央求，人家容了一夜。父亲说，就是砸锅卖铁也不能去坐牢。爷爷说，这么一大家子，孩子们还小，没了家当怎么养活他们？反正就这条老命，钱不赔，人由着他们去。母亲说，父子俩商量了一夜，争执了一夜，黎明的时候，爷爷把自己的铺盖卷了起来，用绳子扎紧，准备队长们一来，就跟着他们去坐牢。

父亲趁着去厕所的机会，溜出去找到了队里当干部的一位曹姓本家族亲，让他无论如何向公社的头头们疏通，并签字画押立下了赔偿字据。天亮之后，队里的人没有来。

那张字据的副本，我们见过，公章、名章、父亲的手印。

奶奶留下的唯一一张照片，是一张两寸的合影，就在老宅的椽廊下面，和我的老姑以及她的侄女。穿着灰色的斜襟袄，坐在一张太师椅上，瘦瘦的脸颊，凹陷的眼窝，高高的额头，梳着发髻，没有阳光，只有一丝浅浅的笑容。

我和哥哥上了县城的高中后，专门到新竹林照相馆，把奶奶从那张合影中翻拍分离出来，放大成单独的遗像，可惜年代久远又像素不高，勉强四寸大小。每年过年，我们都要把爷爷奶奶的遗像拿出来，紧挨紧摆在一起，点蜡祭供，上香磕头。

十八 | 玉黄

圆门前的芍药花是什么时候栽种的，母亲说，应该是“文革”之后，爷爷出了一趟远门，去他远嫁的妹妹家住了一阵子，好像花苗就是那次带回来的。挑回最好的黄土，又混合上鸡粪牛粪草木灰，也就不足一平方米的地方，爷爷实在是饬弄了个够。就这样栽种下之后，他还在嘟囔：也不知道水土服不服，能不能长成个样样。

第二年花就开了，村人乡亲们叹为观止。

那个哄哄闹闹的年月结束了，奶奶也过了九周年的祭，最小的孙孙也开始上学，生活继续，宅院焕发着光彩。

圆门带给我们的第二件礼物是一棵果树，它结出的果实，我们叫作玉黄。玉黄的颜色真就像黄玉一样，成熟之后皮肉都是黄澄澄的，温润鲜亮特别提神。吃起来既不酸也不甜，肉唧肉唧，多少有点涩涩的。大小恰如核桃，但它的身上并没有“脊”，反而是有一道浅浅的“凹”，对，这一点，像桃。这棵玉黄树之所以珍贵，我以为，并不是它的味道有多么特别的甜美，而是因为在这个小村庄，它独一无二。树种从何而来，不得而知，我所记忆，它已经年年挂果。树长得并不高，最高的枝头也就三四米的样子，采摘十分容易。遇到大年，雨肥正好，累累果实将枝头压低，哥哥姐姐探手可得。尽管母亲三令五申，不成熟不许吃，但这样的“家规”，只管住了我这样的可怜虫，作为家中老幺，永远是哥哥姐姐的小跟包，在这些事情上只能羡慕嫉妒恨，所以只好偶尔打点“小报告”——如果他们不能及时“利益共沾”的话。

玉黄树在内院，紧贴圆门，春天的时候，开着粉白粉白的花，有三五枝丫从圆门的顶上伸出来，搭在青砖的墙头，相当好看。盛夏时节，芍药在左，它在右。一高一低，一娇一茁，各美其美，美美与共。清晨把院子打扫干净，阳光把圆门投影成长扁的椭圆，年幼的公鸡无聊地左看右看，无节制地学着打鸣。母亲在灶头忙碌着，蒸汽把铁笼屉顶得砰砰直响。爷爷不知道在院外忙些什么，不断地听到他咳嗽的声音……

全村人都稀罕着我家的玉黄，每年果实快成熟的时候，总有馋嘴的村人借着串门过来“瞧瞧”。那时差不多是快要开学的日子，哥哥姐姐和我的小伙伴们上得门来各种“求耍”，但眼睛总也离不开那满树的黄。人情事理总是要的，三颗五颗十颗八颗，玉黄承担着我们家国际文化交往的重要角色，所以，真正到了收获的季节，下面的果实就基本被“交往”出去了。留下树冠梢头的几枝，越发老到了，黄得耀眼，父亲把书包往胸前一挂，踩上高凳将它们轻轻摘下，放在凉窑的木箱里。爷爷会给姑姑留一些，母亲会给舅舅留一些，等他们来。

那一年，玉黄树引发了一场“事故”。

大概是 1980 年吧，村里买回了第一台电视机，黑白的。我至今清楚地记得，作为村里会计的父亲，接受“组织”委派，要去供销社买电视机时眉飞色舞的神情。他特意向母亲说，要带我一起去！

十九 | 吋

老幺当然有老幺的好，这一点天下所有的老幺们肯定都心有戚戚。作为老幺，虽然免不了要做哥哥姐姐的跟包，有时会惹人烦招人白眼，甚至是嫌弃和责骂，但爹娘下意识的那份特别的疼爱那是哥哥姐姐们永远不可能得到的。那份疼爱，和现在独生子女所能得到的独爱完全不同，倒是有点像以前的经济特区和现在的自贸区，别人没有的你有，别人不能做的你能做，不答应别人的答应你——幸福是从比较中得来的。

在坑坑洼洼忽上忽下的山路上坐自行车，那可真是件受罪的事儿啊。老式二八，永久牌的，三角梁，后座上有可以扳起来用于夹货的弹簧夹，停车支架不是斜撑，是搂底。年幼的孩子，大人是不会让坐在后座的，前面的那根横梁，就是屁股唯一的寄托，两只手只能抓在不停摆动的前把，抓紧了，骑车人受不了，抓松了，自己受不了。特别是在下坡俯冲的时候，屁股硌着，胳膊晃着，尘土呛着，再加上心脏承受着离心力，整个人那是相当的不好啊。可是，每次当父亲说要骑车带我出去时，作为“特区”的我还是非常的高兴，这次更是去干“大事”，所以，什么俯冲不俯冲的，只盼着父亲现在就立刻动身。

近十里的山路，上上下下，这次居然一点儿都没感觉到俯冲，就听见自行车的链条和刮泥板哧啦哧啦飞快地摩擦着，父亲好像在轻轻哼唱着什么，迎面而来的风是那么的舒服。

电视机是早就委托供销社订好的，他们只是转运，所以不存在挑选。一个大纸箱子，上面写着大大的几个字：春笋电视机，旁边还有略小一点儿的字：14 吋黑白。笋和吋我都不认识，是父亲现教的。笋倒无所谓，这个吋，一个字居然可以读两个音——yīngcùn，真是让我大开眼。在拦柜员（我们就是这么叫售货员的）的帮助下，大纸箱子很快被父亲绑得结结实实。回程的路，虽然是走着，但我一路蹦跳着，恨不得马上到家把它端出来。遇到上

坡，我便使上全部的力气在后面推，以至于父亲不得不说，匀着点儿用劲，小心厥着俺儿。

到家之后，大箱子直接上炕，红色的壳，黑色的钮，鼓鼓的脸蛋，脑袋后面还有两根可以拉长的细“辫子”，太漂亮了。就连爷爷最心爱的老猫都忍不住，带着它出生不久的孩子们，喵喵喵地围了过来。通上电之后，“大脸蛋”上哧哧啦啦闪出无数的雪花点。父亲一边看着说明书一边说，现在天还没有黑，电视台还没有放节目，没法调试。我和哥哥姐姐以及闻讯赶来的左邻右舍多少有点儿泄气。

先去通知人吧，父亲说，每家每户都必须告到，今天晚上都到咱们家“看电视”！

天还没有擦黑的时候，内院外院已经挤满了村里的男女老幼，拄着拐棍的，带着板凳的，甚至还有担心夜里冷提前披着棉衣的。母亲和我们都成了服务员，这个大伯要喝口水，那个大娘要找个凳子，叽叽喳喳，嘻嘻哈哈，就像我家请来了戏班要办喜事。

父亲已经把八仙桌摆到了椽廊下面正屋前，担心高度不够，八仙桌上面又加了小方桌。说着笑着，天已经完全暗了下来，两根长“辫子”天线被再一次拽了出来，雪花点又开始哧啦哧啦……院子安静了下来，大家都已经或站或蹲或坐或倚找到了自认为最得劲的观看点。父亲不停地在摇动那两根长“辫子”，突然一下，哧啦没有了，先是暗暗的人影，渐渐地声音图像都出来了，院子里又喧闹起来……

这个太岳山区叫作西岭的小村庄第一次看到了县城之外的世界。虽然是黑白的，虽然只有14吋，但从每个人闪动的眼眸里，可以看得出激动与惊奇，在这个黑夜，就像划亮着的无数根小火柴。

那一晚，电视里播放的是黑白故事片《啊！摇篮》。

二十 | 啊！摇篮

《啊！摇篮》是谢晋导演的代表作之一，摄制于 1979 年，是由祝希娟、马晓晴等主演，讲的是当年延安保育院转移的故事。那时屁大点儿的我哪知道这些，即便就是村里大人们恐怕也没有一个人听说过这些当时已经红通通的人物，这是同一个国家里两个完全不同的世界。今夜大家是来看“热闹”的，在“热闹”里，无非是“一群好人”冒死逃过了坏人的封锁，救下了“一群干部们的后代”。

这样的“热闹”对于刚刚上学的我们，其实连好人坏人也没有留下，小伙伴们凑到了一起，不一会儿就开始在里院外院疯一样地你追我打，压根停不下，直到那首插曲响起——《爷爷为我打月饼》：

八月十五月儿明呀
爷爷为我打月饼呀
月饼圆圆甜又香啊
一块月饼一片情呀

爷爷是个老红军哪
爷爷待我亲又亲哪
我为爷爷唱歌谣啊
献给爷爷一片心哪……

童声演唱，浅显易懂，关键是那“打月饼”，一下子就稳住了我们。这大概是我自己学会的第一首歌，《学习雷锋好榜样》是老师教的，不算。

现在重新再看这部电影，尽管会觉得很多的表演和处理很夸张和过头，但不得不让人佩服它的“认真”，那是一个文艺“认真”的年代，三十多年过去了，文艺的主题已经获得了空前的解放，我们可以拍《武媚娘传奇》，可以拍《心花路放》，可以拍出十二亿票房的《泰囧》，然而，中国的影视似乎永远不会再“认真”。这样的题材如果放到现在，为了收视和票房，说不定片名会叫作《勇救“红二代”》吧。

我家的“喜事”办得非常好，直到“黑白故事片”结束，“鼓鼓的脸”上出现了“再见”的黑白方条，机子里也只剩下“兹兹兹”的电流声，村民们仍然不愿离去：有夸队里办了好事的，有夸电视就是比电影图像更真的，有拉住母亲的手家长里短的，当然也有抱怨买一回就该买更大时的……那一夜，宅院就像人民大会堂，就像天安门广场，就是西岭村咚咚跳的心脏。

第二天大清早，出“事故”了。

先是早起的爷爷，在院子里大声地叫唤，后来，母亲也起来了，也开始在院子里大声地说着话，他们好像都生了很大的气。

我们都很害怕，乖乖地赶紧起床……原来是：玉黄树受欺负了。

昨晚人多嘈杂黑咕隆咚谁都没有注意，爷爷最心爱的玉黄树被一些馋嘴的“坏人”扳断了不少枝杈，甚至好几枝比较粗的主干都耷拉着半根受伤的胳膊，没有完全成熟的玉黄果被扯拽得满地都是，叫人怎能不心疼。尽管心疼，可爷爷对“吃”没意见：吃就吃吧，本来就是个吃食，为甚要扯断我的树，这主干要是生病，怎么弄？这些丧良心东西……母亲和爷爷生气的理由不一样：断上几根枝条没些甚，来年肯定会再长出来的，关键是孩子们平日里管着不让吃，这下倒好，今年这还吃个甚？！……

父亲最后成了这场“事故”的直接责任人，无论爷爷还是母亲，都把气撒给了他，数落他“总是不知道瞎操些甚的好心”。在我的记忆中，父亲的一些好心也确实有点儿过了头。

二十一 | 派饭

那些年，公社干部时常会因为一些收公粮弄水利的事儿进村蹲点，按道理，他们来公干，生产队是会给他们派饭的，其实就是家家户户轮着接待管吃饭。虽然组织是这么规定的，可干部们并不十分情愿，因为“有的婆姨们做下的饭实在不好吃”，他们向队长反映，队长笑着说，谁家的饭不是饭，人家的老汉（老公）不是吃得美美的？只有派饭才最公平哩，就是头驴每天把它拴在同一棵树上也不合适啊。那个时候的公社干部基本没什么架子，经得住玩笑话，就是公社书记来了，也能心平气和地和百姓拉呱。父亲心软，再加上总觉着自己好歹是个队里的干部，所以，每次见了这样的尴尬情形，就会打圆场，就会把这些下村的干部招呼到家里吃喝。母亲起先很是热情，觉得人家是干部，又是客人，总会尽量把地里有的菜蔬都用上，然后再炒几个鸡蛋。这些鸡蛋除了生病和年节，平日里我们都很少能吃上，它们是要被卖到供销社换回一家人的吃穿用度的。所以，时间一长，母亲难免私下里就有了牢骚，可父亲总是听了这次的抱怨，下次还是照样。记得有位干部姓乔，是公社的电管员，也算当时的“八大员”之一吧。人长得文雅，说话也谦和，比父亲年长几岁，可能是两人性格投缘，每次蹲点他都不请自来，总要和父亲温上一壶散酒，谈天说地，大有点儿曹操刘备煮酒论英雄的意思。时间久了，就和家里亲戚一样，我们都叫他乔伯伯，可生性爽朗又快人快语的大姐偏不这样叫，她和父亲一样，就老乔老乔地叫着。老乔并不生气，甚至常常和大姐开玩笑，叫她快刀小曹。老乔是电工，二八的自行车上总是斜挎着一个白色帆布的电工包，包的正中间印着红色的五角星，下面写着毛体的“为人民服务”。老乔有个绝技，就是骑车背杆，近十米长的绝缘杆（用来控制变电站的高压开关），既不绑也不扶，就那样横扛在肩上，两手握把骑着自行车，无论风雨坡洼，可在山间公路上潇洒穿行。

还有一位县里的干部也总爱来我家，姓什么忘记了，塌肩驼背脸色发白显得病恹恹的，但能说爱笑，喜欢谈古论今，动不动就甘罗十二为宰相，搞得我小小年纪还真就滋生了不少官瘾。那个时候的干部和老百姓确实挺鱼水的，至少在农村是这样。他们常常一蹲就是很多天，晚上就住在我家隔壁的那幢砖瓦院里，和那位能上石塄、敢下地窨的光棍——狮子二杆睡一条炕上。

这次放电视伤玉黄的“事故”，确实也是因为父亲的好心。据父亲说，本来电视机买回来是应该先放在队长家里的，可队长说他们家院子小，怕盛不下村里的男女老少。父亲本来就喜爱鼓捣些新鲜玩意儿，队长这么一说，他自然就大包大揽了过来。

无论如何，“事故”是发生了，老爹气老婆怨，父亲也很沮丧。他让我们把地下的残果都捡起来，安慰了爷爷和母亲几句，然后找队长说明了“受灾”情况。队长看来也没什么好办法，父亲回来说，还继续在我们家将就些日子吧，等农闲了再开会抓阄确定放映地点。这样，这台黑白春笋电视机在我家就安营扎寨了不短时间，每天天黑，父亲把它搬出来，摆弄好，成了专职放映员。爷爷和母亲也慢慢接受现实，照旧招呼左邻右舍的村人喝水拉呱看电视。只是爷爷闲不下了，他也不怎么看电视，隔一会儿就会起身穿过圆门，在院里院外溜达溜达。

二十二 | 运动

黑白“春笋”在我们家热闹了几个月后，被转移到了“谦受益”家，父亲终于从光荣的义务放映员岗位上退了下来，队里开会定下了专门的放映人，是挣工分还是发补贴我记不大清，反正不是白干。爷爷也不用再去担心他的果木，但晚上在院里溜达的习惯似乎已经养成，好几次我们从“谦受益”家看完电视回来，都见他一个人在月光下躬着腰、背着手站在圆门那里，也不知道是等我们回家，还是看着这椽廊房舍，想起了他的爹娘旧事。站在圆门正中的踏脚石上，内院椽廊都在眼下，三间正房青砖码面木格窗棂，椽廊就像它的帽檐，让屋子显得标致而有精神。

南方的宅院，我只去过为数不多的几位名人故居，比如韶山的毛泽东故居，乌镇的茅盾故居，凤凰的沈从文故居、熊希龄故居，苏州的沈万三故居等等，感觉虽然地处南方，但这些院子却并不怎么特别注意防水，倒是北方的宅院好像大多怕水怕得要命，山西的许多有名的大院，房屋基线一般都会比院子高出很多，甚至进了院子，都要再上一个高台才会进到正房主屋。实在让人不得其解。我家的老宅院也是一样，屋和院的落差竟然差不多有两尺，院子对屋子是抬头敬仰，屋子对院子则是君临颔首。这样人为地制造阶级对立，看来已经不是基于排水的考虑了，完全是基于排场。要成全这样的排场，就得有平台和台阶，台阶就在圆门和主屋的轴线正中，就像故宫太和殿那个样子，只不过没有盘龙的御道，宽度也就是一米，台阶也只有三级。台阶上去自然就是平台，平台一米多宽，贯通三间正房。站在院子里看，平台就像一个不高不低的长条箱子，由于年代久远，这个箱子虽然漆皮尚在——石条打边，青砖铺面，但已经没有了棱角——石条已经磨秃，青砖已然暗淡。

椽廊就建在这个平台之上。椽廊的结构前章已有记述——下面石墩立柱，上面梁椽榫卯，顶上泥浆青瓦。立柱，我们方言叫作míng柱，我想应该写作“铭柱”吧，因为它们不是普通的柱子，柏木材质，每一根的直径估摸都有两尺，一个成年人张开双臂都不一定能把它完全抱拢，这样的虎气，不配以“铭”字是说不过去的。更何况，它身高丈余顶天立地，支撑这一个宅院的排场，就像人民大会堂前的立柱一样，它的精神象征已经远远超过了它的实际功用和美学意义。再加上父亲说，这四根大柱子上以前是挂着朱漆的木板，上面木刻的对联，词句非常的好，可惜也是在“文革”破四旧的时候给拆掉了。至于到底是什么词句，父亲已经忘得光光的。问他为什么不抄写到一个地方记下来，他说，在的时候谁能想到没？运动一来谁还能顾得上抄抄写写？仔细想想，即便抄下来又能怎样？

四根铭柱就像四条汉子，立在屋前台上，可惜它们再粗壮，也只能抵挡些日月的风雨。可能鬼精的南方人早就想到了这些，所以他们从不在这些场面上多下多少功夫，一间茅屋照样可以闹革命。

二十三 | “芬芳”

“四条汉子”粗壮的身体，没有靠得住的脚跟和脚踝是不行的。脚跟是愣头愣脑的立方石，脚踝胖嘟嘟，就像一个石头做的鼓。无论立方的石基还是胖嘟嘟的石鼓，多少年的风雨剥蚀，石匠们一锤一凿留下的斜纹依然清晰可见。每次看到它们，我脑子里都会油然而生一个画面：粗臂大锤，叮叮笃笃，石屑飞溅。周游河山，皇宫相府或豪门大院里，这样的石基和石鼓并不鲜见，比起这样的脚跟和脚踝，可能要精致奇巧百倍，但看到它们，我的脑海中从来不会生出石匠们奋力的画面，也许是只有自然纯朴才会带着灵性吧。这倒有点儿像看到大街上美艳的女人，美则美矣，但总是让人不来劲。你知道，“大汉”们这样站立，对于一个时常跟着哥哥姐姐们爬坡下沟的孩子来说意味着什么——我们岂能放过这屋门前现成的“拓展训练”？踩着石鼓抱着大柱向上攀爬，就成了我们日常的“体育课”。父亲母亲对于我们这样多少有点危险系数的体育课从来没有喝止过，反而会站在一旁笑着观看。大概就像《动物世界》里，老豹子看着小豹子练习上树一样吧。

有一天，“小豹子”终于还是出事了。

那时的我大概正上“幼儿园”。说是幼儿园，幼儿倒是不少，但实在算不上“园”。20世纪六七十年代，国家正在“备战备荒”“多快好省地建设社会主义”，人民公社如火如荼。无论农村还是城市，两三个孩子的家庭只能算是刚“及格”，尤其在农村，三四个很普遍，五六个不算多，八九个也没什么好奇怪的。集体劳动磨洋工的时代，人多的家庭就可以挣到更多的工分，人多力量就大。二三百人的西岭村，我这个年龄同一属相的就有十三个。所以，凑个“幼儿园”根本不成问题。之所以说它根本算不上“园”，是因为老师根本不是什么老师，就是队长他老婆；估计也就是念过一两年书，刚刚脱盲吧。玩具也没什么玩具，除了十几个白色的小皮球和两副系着红绸的铜镲儿勉强可以拿得出手之外，剩下就是一台废旧的柴油发动机。

每天一早，爷爷和父亲母亲被村里的大喇叭吆喝着上地之后，我就会被已经上小学的哥哥“捎”到“幼儿园”。“幼儿园”在枣园里区，是两孔新挖出来的土窑洞，新筑的土墙，院子里胡乱栽了些小树。由于紧挨着生产队的“饲养园”（牲口们吃住的地方），每天一入园，我们就不得不闻着骡马粪便的味道。你可能觉得这样的规划有点问题，怎么能让祖国的小花朵天天闻腥逐臭呢？一开始，我和小伙伴们也常常向父母哭诉，但后来才明白，这样的规划真是藏着智慧。三四十个不大的孩子，不是你哭就是他尿，队长老婆怎么能招呼得过来！一个很好的办法就是拉着我们到隔壁的饲养园。饲养园那就是城里的动物园啊：大青骡噗噗地打着响鼻，黑犍牛不停地嚼动着嘴巴，大红马长长的尾巴在亮油油的屁股上左甩一下右甩一下，还有那个动不动就扯开嗓子啊欧啊欧喊叫的老毛驴……谁还顾得上哭闹，谁还会想到骡马的粪便是臭的呢？

也许正是在幼儿园时落下的“病根”，到现在我还一直有一个怪癖，觉得骡马的粪便并不怎么臭，反而有种难言的“芬芳”。

二十四 | 屁屁开花

我们在“幼儿园”既不学儿歌，也不学跳舞，更不教拼音算术，我们就是玩儿。你可以端一缸水和泥泥，他可以拿个碳锹扬土土，“老师”的唯一任务就是不要让我们哭闹和磕碰着。那些个皮球和铜镲，总是锁在“老师”的柜子里，我们很少能见到它们，只是在刚入园的时候，为了哄我们“归顺”，有那么两天开了开眼。间或，队长的小儿子（刚会走路）会拿一两个小皮球在地上滚，我们虽然眼馋，但也不敢上去抢，怕“老师”训。那些年，那东西是个稀罕物什，谁家也买不起。

倒是那台废旧的柴油发动机，“老师”不会怎么管，我们可以随意拿着摇把，插进那个圆孔里瞎鼓捣，虽然根本没劲把它转动起来，但每个人的嘴里都突突突突，仿佛已经发动了似的。我们也会被组织起来丢手绢、捉小鸡，但是自由惯了的熊孩子们实在完不成个样子，不是你推了他就是他拽了你，一会儿就闹成了一锅粥。这个时候，“老师”就会把我们整起队来，不停地喊着“一二三四”，向饲养园进发，看驴去。

“小豹子”出事是在爹娘的眼皮底下。那天傍晚，大概吃过晚饭，我和哥哥姐姐又开始在屋前的铭柱上“拓展训练”，父亲母亲也坐在院子里乘凉。可能是天色已暗，我又在“幼儿园”疯了一天，胳膊没劲脚底打滑，一把没有抱紧，从铭柱上摔了下来。

这样地摔平常也是常有的，高度不高，也无大碍。可那天，椽廊下面正好放着一个小凳子，小凳子上又正好露着一颗冒尖的铁钉子，那时候，嘿嘿，我还穿着开裆裤——屁股顿时被拉开了一道口子。疼啊，哭啊，鲜血啊……全家乱作一团。

睡觉都得趴着，第二天是没法去“幼儿园”的。大概一个星期之后，当我重新闻到熟悉的骡马粪味儿，伙伴们笑得人仰马翻，早都知道我的屁股开了花，对他们这种夸大其词公开造谣的可耻行径，队长老婆并不制止，反倒也跟着笑眯眯，还说想看看我的屁屁到底长好了没有。我没有让他们得逞，因为母亲已经亡羊补牢，赶着为我缝制了不开裆的新裤子，从此，我告别了开裆，捂盖了那条淘气的疤，正式成为一名懂得害羞的人。

我们村的“幼儿园”好像就办了那么一两年，我们是第一届也是最后一届“毕业生”。我到了上学的年龄，村里也开始分骡分地联产承包，“幼儿园”也就解散了。现在想来，感觉蛮幸福，尽管老师、设施都不是个幼儿园的样子，可生在那么一个小山村，咱好歹也是在家门口上过幼儿园的人。三十多年过去，现在的很多乡村，不要说还会有什么“幼儿园”，六七岁的孩子上小学就得跑到县城去，爹娘只能跟着背井离乡、打工租房。

直到现在，每到暮春，当城市夹高楼缝里生长的泡桐花开始落下，我都会想起我的“幼儿园”。饲养园的墙边，曾经长着一棵泡桐，可能日日受着骡马粪的滋养，高高大大，遮天蔽日。它的花就像一个个紫色的喇叭，在最鼎盛的春天成群地落下，捡起来，揪掉后茎，把喇叭含在嘴里，轻轻一吮，真能甜掉下巴。

二十五 | 现在开始播音

幼时的艰难和疼痛，就像春雨之于青苗，虽有几分清冽，但更多的是浸润和滋养。虽然因为挑战“大汉”们的“权威”，我的屁股被破了相，但伤口结痂之后，我们的“拓展训练”又重新开始了，父母仍然和以前一样，并无更多的叮嘱，倒是细心的二哥，在每次“训练”开始前，都要把周围清理一番，而且很警惕地护卫在旁边，生怕我的屁股蛋儿再次遭殃。父亲说，正中的两根铭柱上，曾经有两个非常漂亮的铁钩，形状就像孔雀的脑袋。在他小的时候，每到过年，他的爷爷，我的曾祖，都会把大红的灯笼高高挂在那孔雀嘴上。孔雀样的铁钩，我们未曾见过，父亲说，大炼钢铁的时候被“细心”的队长发现了，撬下来扔进了公社的土钢炉里，炼了。它的命运几乎是天注定的，即便躲过了1958年的“大炼钢”，恐怕也躲不过1966年的“破四旧”。

两只“孔雀”飞走之后，在铭柱上留下了两个窟窿，后来家家户户通了广播，父亲就在左边的窟窿上补了一根方钉，挂上了广播匣子。右边的窟窿一直就空着，我的攀爬能力大幅提高以后，曾经趴到那个窟窿的位置，仔细端详，我看到，深深的孔洞，几只蚂蚁进进出出。

那个广播匣子一直陪着我长大。我们上学没有，也不需要闹钟，每天一早匣子都会准时“开始播音”。先是一男一女重复“灵石人民广播站”，声音闷闷的，显然是刚刚从热被窝里钻出来，还没有来得及喝口水。接着就是“广播体操现在开始”，“一二三四、二二三四……”广播体操结束之后，就转播中央人民广播电台的新闻和报纸摘要节目，一两秒嘶嘶的电流声音之后，就会响起雄壮激昂的《歌唱祖国》——这档早晚两次的节目如今还在，而且片头曲也一直没变。现在，如果下班能在六点半之前，我都会把车里的调频转到这里来，不是为了“中央台消息”，而是为了听听那个曲子，就像惦记着一根老冰棍。

在我年少的记忆里，一只巨大的手好像始终揪着我的耳朵，控制着我的听觉。从最早的敲钟，到队里的大喇叭，到铭柱上的广播匣子，再到可以选择短波和中波的半导体收音机。这只手虽然也在变换着姿势，但它如影随形，不离不弃。

所谓敲钟，其实敲的不是钟，而是一截不知从哪里寻来的铁轨。这截铁轨就挂在石塄旁边一棵高大壮硕的枣树上，锈斑斑，黑黢黢，正好在上端有个圆圆的孔，可以让粗硬的铁丝钻过去，把它悬空吊起来。

二十六 | 小常长

村里敲钟一般只有两种情况：一是晚上队里要开会，二是“小常长”要往地里送饭去。

生产队的会大都是在冬天农闲的时候。寂寥的冬日，晌午过后，连往地里送两次粪的工夫都不到，月亮就上来了。窑背上的烟囱里只剩下一丝丝的青烟，人们闷了火，关门闭户坐在各自的暖炕上浅声慢语说着闲话。突然就会传来当当当的声音，上锤不等下锤，声音混沌一片，连山谷里的回音都来不及喘口气，门前果树上的鸟儿被惊起，扑棱棱飞走了。爷爷那只胆小的老猫仓惶地从院里蹿进家里，迅速跳上炕头，喵的一声，惊魂不定。一阵子惊天动地之后，队长开始喊话：各家各户注意啦啊，今天晚上要在庙里开会……他那个急性子，连喊话都是话连话，根本不停顿，即便重复第二遍的时候，中间都不打半点磕巴。这种会多数是党的会，父亲是不用去的，他是队里好多年的会计，可不知道为什么竟然不是党员。不去开会，他就会坐在桌前统计工分，噼里啪啦打着算盘。

这半截子“钟”更多的时候属于我本家的一位大叔，他家住在“谦受益”院子里，他老婆就是那位发现我们在地窖里燃起白烟的胖大婶。大叔官名常长，个子却不到一米五，还略有些佝偻背，所以村里人都叫他“小常长”。多亏他的这第二字读作cháng，如果是读zhǎng，长成这样的个头，岂不太有点儿不够听话？常长叔人很瘦，常常是件洗得发白的蓝色中山装，无论冬夏都不扣扣子，就那样在身上晃着，里面一般是大红的秋衣或者背心。年纪不大就有哮喘，嗓子里总是嘶嘶作响。因为他身体不好，队里不能把他当作一个全劳力，只算半劳力，半劳力也得挣工分，所以就给他安排些苦轻的活。往地头送饭就相对苦轻，这个工作最早是由妇女们轮流干，后来不知道他怎么说服了队长，就由他“承包”了。

往地头送饭是农忙的时候必需的一项工作，山区土地，圪圪梁梁，不少田地在村外，有的单程距离都有五六里。春种、夏割、秋收，一年三季农人都有那么十天半月，要和老天抢时间，回家吃饭来回跑路会误时误事，地头解决就成为没办法的选择。由于要对付老天爷，农村人养成不少看似不可思议的生活习惯。比如，我在上高中之前，吃饭时间一直是：早九点，中两点，晚随意。

早九点是因为大人们起床之后，要趁着天气凉快和歇了一夜的精神先去地里干活。妇女们揉好面馍上了笼屉，也要去自留地里忙活一阵子。等他们一天之中第一轮的劳动结束，笼屉上也就熟了，抖衣扫尘开始早饭。早饭之后，直到晌午两点，日头开始大显神威，他们的第二轮劳动才会收场，回来擀面做饭。中午饭的两个小时，正好就能躲过日头爷的嚣张。然后，他们再去第三轮的劳作，直至天黑日落，回来熬米汤、做晚饭。无论小学还是初中，作息时间表都是按着这个节奏，并没有因为是教文化的学校，就搞起洋务派，就摆调家长，就不尊重农人农时。只有在县里统一组织期中、期末考试时，我们才被迫像城里一样，被窝里钻出来就吃早饭。

往地里送饭只送早饭，一到点，常长叔就会站在那棵枣树底下，当——当——当，一锤一锤，看似不紧不慢，但却十分用力，余音震人心魄，真有点儿像黄药师的笛子。

二十七 | 送饭

生产队的劳动，大姐二姐是参加过的，二姐说，刚刚参加那样的劳动时她哭过很多次，体力跟不上倒在其次，关键是心里和面子上受不了。比如，在盛夏麦收之前，要对已经长到尺高的玉茭进行第一次锄草。队里所有的劳力被分成若干小组，每组一块地，大家会从地头同时开始，不到半个小时，距离就会拉开，熟练的老手，可能已经到了另一边的地头，不熟练的她们，常常是地的中央都不到。到头的老手，坐在地畔说闲拉呱，死活出不去的她们汗如雨下。

当然，会有好心的大爷大妈到头后会折返回来接一接她们，但这样的情形并不会每天存在，因为要挣一样的工分，人家不可能时时发扬社会主义的无私情谊。等她们好不容易锄到地头了，老手们已经歇了好半天，队长催促着下一轮又开始了。来不及休息倒也罢了，关键是，一趟过来之后，队长偶尔还会检查，锄得不太干净的，别人继续休息，你得重新返工。我问二姐，大姐就没哭过吗？二姐说，大姐手快嘴快，糊弄个队长绰绰有余。

生产队的集体劳动我没有参加过，但我们家的“集体”劳动，我是参加过的。上了初中就是半大的小子，家里早已联产承包，周末假期跟着父母下地就是时常的“作业”。麦收之后，骄阳似火，暑假刚刚开始，谷苗正好过了脚踝，得对它们进行间苗。庄稼的种植大致是两种方法，一种是点种，比如玉米、土豆，以及白菜、番茄等蔬菜作物；一种是播种，比如小麦、谷子，以及糜粟、高粱等等。点种，是手工操作，一粒一粒的种子或一株一株的秧苗，在下种时就被巧媳妇们控制好了株距行距。播种，是机械操作，种子被倒进一种叫耧的农具里，牛骡牵引，一排一排种下去。耧这样的播种机只能控制行距和稀稠，也就是只能做到把种子一行行种入土地里，再没有能力让它们单门独户分家另过。小麦、糜粟这样的作物是不用间苗的，它们就爱挤着生长，挺多是经验不足的农人误判了年景，稀稠不能顺了旱涝，多收或少收那么三五斗。但谷子它们不行，种子颗粒太小，种的时候没法点种，长的时候又不爱热闹。所以在它们长出来以后，就要间苗——把“多余”禾苗拔掉，顺便隆土锄莠。

间苗这种活计，一两个人不能干，因为速度快不了，干一整天都不见个模样，禾苗却是一天就会蹿高不少，这种活儿必须全家总动员。正是数伏的大热天，土地就像烧饼的鏊子，稍微猫腰低头，你就会看到对面的坡和树已经被升腾到热气虚焦，鼻腔里全部是土块焦干的味道。手里握一把小锄，脖子里搭一块毛巾，蹲在谷苗的土垄上，一株一株地拔，一苗一苗地过。腿麻了跪着，腰酸了趴下，每一个毛孔都在大口地喘息着，吐出它们所连通的所有水分……终于有一次，看着锄到地头后折返回来接我的父母他们，发麻的双腿跪在地里，再也无法承受的泪水奔涌而下。这是我在地里唯一的一次流泪，尽管后来更累更苦的农活儿也都干过。

是一种说不出的无力和酸涩。

诗人艾青曾写道：为什么我的眼里常含泪水？/ 因为我对这土地爱得深沉……

两个姐姐初中毕业就参加了队里的劳动，她们的命运被时代驱使，走得磕磕绊绊，辗转辛苦。姐姐们说，那时候，最盼的就是看见“小常长”。他来了，饭就来了，无论劳作进行到什么程度，不等队长喊，大家都会马上停下来，跑到地头，寻找各家的饭袋。无论什么样的饭食，大家都不会攀比，实际上也没什么好攀比，差不多都是窝头、大饼。谁家要是包了野菜包子，槐花锅垒（一种蒸制的面食），那就等于是给大家发红包，先抢光了再说。

村子里，我们这些放了早课的孩子，时常会看到正挑着饭袋出村的常长叔，就会十分愉快地喊起那脍炙人口的顺口溜：

小常长，敲铛铛，一锤一锤不慌张。
枣树就像他婆姨，到点就往底下站。
爱咳嗽来气又短，敲罢铛铛提裤裆。
不是队长像队长，不催公粮催送饭。
东家拌汤忘了盐，西家米汤实在咸，
都是铛铛惹的祸，挨千刀的小常长。

二十八 | 大喇叭

那样的年代，就如同铁锤敲击铁轨后的回音，干脆而短促。人们不需要为未来或者明天谋划什么，听号令就够了。铛铛什么时候从那个硕大的枣树上辞职离岗的，完全没有印象。我只记得那枣儿又大又甜，绝对是村里的头一份。枣树崖下住着一位特别长寿的老奶奶，时常会看到她颠着小脚，拄着拐杖，戴着雪白的方巾，佝偻着从井沟的坡上爬上来，坐在枣树下东瞅瞅西望望晒着太阳。枣树是她家的，但她从来不看着守着，反倒是见了人就招呼，拍拍身旁的石凳：歇歇吧，过来坐坐吧，过来吃枣吧。

铛铛辞职后，大喇叭就上岗了。大喇叭上岗的那一天，就像村里的节日，哇啦哇啦响了一整天，一会儿唱戏，一会儿唱歌，一会儿讲评书，一会儿说相声，更多的时候是队长呼呼呼、嘣嘣嘣、喂喂喂地在话筒上试扩音。

三组喇叭，每组两个，分别矗立在“乌龟”的左前、右后，以及龟盖上。有了它们，队长早中晚都会在家里发号施令，老队长虽然性子急，但安排起农务来听着却有条不紊，谁去割草，谁去挑粪，谁去梁上耕地，谁去井沟锄苗，就好像坐在中军帐里的诸葛、韩信。

有一天傍晚放学的路上，我听到大喇叭里“韩信”在念父亲的名字，安排的任务是：今晚到谷场值夜护粮。每到夏收秋收的时候，这就是一项规定动作，村里的男劳力都会被安排到谷场边的变电房里值夜。变电房里有一条不大的小炕，两人一组大家自带铺盖。护粮的意义其实也不大，那个年月明目张胆敢偷敢抢的并不多，倒不是丰衣足食自觉性高，而是政治气氛浓后果很严重。

第二天一早，我们还没起床，父亲就扛着铺盖回来了，笑嘻嘻地把我们推醒，铺盖一展，里面是两把热乎乎香喷喷的干炒黄豆。我们兄弟一哄而上，嘎嘣嘎嘣，那个香啊。母亲嗔怪着，虽说为了孩子们，虽说就这两把，你也不要这样啊，毕竟那都是集体的东西。父亲没说什么，只是坐在炕边抽着烟，看着饿猫一样的我们嘎嘣嘎嘣地嚼。

大喇叭的最后“播音”，先是放了一段马季的相声《友谊颂》：

> 一轮红日正在升起，霞光万道，照亮了沉静的海域。蔚蓝色的天空飘扬着鲜艳的五星红旗。“友谊号”乘风破浪，满载着中国人民的深情厚谊。
>
> 中非人民心连心，携手并肩向前进，坦、赞铁路结友谊，万紫千红满园春。

接着呼呼两下吹话筒的声音，队长说，今天晚上到庙里开会，咱们把最后剩下的地分一分……

后来，广播匣子就进了各家各户的院子里，我们的耳朵里有了广播体操和新闻和报纸摘要，有了《金梭和银梭》《月光下的凤尾竹》，有了《小城故事》《陇上行》《南屏晚钟》，有了每周一歌……

老宅铭柱上的广播匣子挂了很多年，比铛铛和大喇叭的寿命都长，直到1987年我们家的新院子合龙口的时候，我和二哥借了舅舅的扩音机，爬上铭柱把它摘下来，当作大喇叭，在宽敞的新院落里放起唢呐吹奏的《百鸟朝凤》。

二十九 | 老头儿

新宅与老宅相距也就百米，建在我家原来的自留地上。1982年农村开始化整为零包产到户，土地焕发了前所未有的活力，土地上的人们用自由的劳动所换得的巨大回馈，让他们精神振作充满信心。村子里的“60后”“70后”，正是青春年华要吃要喝要读书要婚嫁，大人们都在雄心勃勃地谋划着家里的光景。那个属于铛铛和大喇叭的时代结束了，地里的苗，田里的瓜，笼里的鸡，圈的猪羊牛马，生活开始能够选择。

可是，爷爷却与这样的时代擦肩而过。

1983年，他重新整饬的田地刚刚盖了冬雪，自己亲自掌控了稀稠的麦子还没有返青，爷爷走了。这个在村里勤谨得出了名的老头儿，这个一辈子最爱栽树种花，最能起早贪黑的老头儿，这个一生都在土地上来回，一生都没走出过县城的老头儿，走了。七十六岁，癸亥年正月初八。

爷爷的爷爷，我的高祖，据家传的坟谱记载，曾在“光绪六年取武学第九名”，至于是童试、乡试还是会试，究竟是善骑、能弓还是长剑，上面不详细，也未曾听爷爷提及。爷爷的父亲，我的曾祖，是位账房先生，据爷爷和村里的老人讲，啪啦啪啦打得一手好算盘，甚至可以双手同时开工，曾经跟着东家在天津做了很多年的买卖，后来兵荒马乱被迫回到家乡，之后就再也没有出去。回乡后的曾祖据说很是沉沦，也许过惯了文墨日子，对田地里的农事没有兴趣，提不起劲吃不了苦，内心煎熬，动辄恼怒，整日里就是闷坐在宅院的台阶上晒着太阳抽着大烟。想来，曾祖在天津是挣了些小钱的，不然不可能轻松地过起小资产阶级的生活。家传下来的一些颇为讲究和好玩的宝贝也充分证明了这一点，有纯白铜的水烟袋，有西洋式的全铜机械座钟，有紫檀的可折叠马扎，有镂雕的洗盆及衣帽架，有玉嘴嘴的烟锅，冰裂纹的瓷盘，还有一支拐把儿的来福枪……

爷爷共有一姐一弟两个妹妹，姊妹五人，可惜弟弟幼年早丧，父亲又常年在外，所以年纪轻轻的他就不得不精通了稼穑，梁上沟下忙里忙外。好不容易把父亲盼回来了，却盼回一个陷入迷茫的郁闷爹爹。可想，爷爷当时既要地里忙活，还要照顾老爹小资的情绪，该有多苦。即便就是曾祖回乡可能带回一些财宝，估计也不会太多，一来他本身是个打工者，东家散伙肯定是无以为继，不可能让伙计拿到多少红包；二来世事纷乱银钱贬值，估计也算不了几两干货。况且，回乡前的曾祖已经养成了“高消费”的习惯，光是大烟土估计就得花掉不少“库存”吧。那些“宝贝”们，到现在看来还算值钱，可在当时，穷困的村子里根本不可能把它们变现，再加上又是强盗又是土匪的，傻子才会把它们拿出来张扬示人。所以，那些“宝贝”们就一直被藏着掖着传了下来，后来就成了我们私下的玩具，再后来，我们姊妹多，都要读书上学，日子紧巴，有一部分就被上门来的古董商忽悠着贱卖了出去。

曾祖的沉沦，让爷爷更加坚韧、勤谨、担当、细致。他的两个妹妹，我的两位老姑和他非常亲（大老姑远嫁早逝，来往不多），老姑家的孩子们更是对他们的舅舅赞不绝口，年节时候，来了不住三五天都舍不得走。

三十 | 糖罐和遗产

爷爷走后的很多年，他的外甥们还是照旧会在年节的时候来我们家走亲串门，不是带着爷爷送给他的花猫生下的猫娃，就是带着爷爷送给他的果树苗结下的果实。爷爷的大外甥语速很快，一席话之后鼻腔里总会发出吭的一声，这样的停顿一般来说是着重号，前面是回忆和追思，后面就是敬仰和夸赞。说到动情，一个老大人坐在椅子上眼泪吧嗒吧嗒掉。每年正月父亲也会带着我们弟兄去给他拜年，下山过河再上山，得走两三个小时的山路，但一想到表大爷早就备好的甜腻腻的柿子饼，香喷喷的酥肉条，一想到他对我们的亲热劲儿，路好像真的不算远。

爷爷有个箱子平时是锁着的。箱子不大但是件老物什，四条立边都是梯形状的榫卯相连，就像亲密的人十指相扣。每条边都有二三十个卯节，就像蜈蚣爪一样细密，简直就是木工匠人用手工做下的针线活儿。通体刷着黑油，正中是黄铜的底扣，铸铁的锁搭。箱子的钥匙爷爷时常带在身上，一根细链穿在上衣的扣眼里。钥匙的上面有两件“宝物”，一件是银制的小鼠，长长的尾巴俏皮地卷着；一件是两个铜制的小铃铛，狮子头模样，滚珠在它们微微张开的嘴巴里淘气地轱辘。

爷爷的箱子很少给人打开，就连父母也只是约略知道一二，并不完全清楚里面究竟藏着些什么。我是他最小的孙孙，大概也是见到箱子里神秘最多的人。

我幼儿时的早饭，常常是一罐浓稠的小米粥。母亲在每天清早蒸窝头的时候，会在一个黑釉的陶罐里放上金黄的小米和薯块，然后把它反扣于锅底，水开之后，顶得罐子哒哒哒响，陶罐里的米会自然溢出到锅里一些，那就是全家人的稀饭。而我，家里的老幺，在母亲将陶罐迅速从热汤中捞出后，可以独享那一罐浓稠的优待。

那个年代，农村的吃食既短缺又无多少花样，小米温养最能滋补，生育了的妇女、缺奶水的孩子需

要添济营养只能靠它。即便是现在，北方的女人们坐月子，上了年纪的父母公婆仍会强制每天喝下好几碗的米粥。再好的东西，每天吃都会有胃口接受不了的时候。每当看到我端着陶罐心不在焉，爷爷就会拽出口袋里的钥匙，然后晃晃上面的小铃铛，笑眯眯地喊着我的乳名，走，跟爷爷加糖去。

爷爷把箱子打开，然后取出他的糖罐——一个不大的罐头瓶，红糖白糖被他和在了一起，一勺一勺地问我，好了吧，够甜了吧？有时候我会耍赖，但大多时候，一勺就够了，我知道，爷爷舍不得。那时的糖是供给制，得凭票买，爷爷自己从来不吃，只有家里来了客人，比如他的外甥们，才会开箱放糖。

我也顺便看到了爷爷箱子里的“宝藏”，除了这个糖罐，还有一个精致的四方小盒子，上面有闪着银光的花鸟和人物，再就是叠得整整齐齐的一摞衣物，母亲说，那是他六十六岁生日时，按照村里习惯，做好的寿衣。

那个四方的小盒子里究竟放着什么，我问过爷爷，他笑而不答。爷爷重病弥留之际，将箱子的钥匙从他身上解下，亲手交给了父亲，一句话也没说。在他去世之后，父亲才把箱子打开，那个小盒子里，放着家族的坟谱，爷爷的名章，还有，他一辈子养兔卖果、省吃俭用攒下的，零零整整，六百多块钱。

三十一 | 被锁

爷爷去世时，父亲并不在身边。正月初八，病了一个多月的爷爷突然精神见好，早饭吃了不少。一个多月，他的一儿一女始终就在炕边服侍（只有大年初一，按照乡俗姑姑不能在娘家过年，她才家去一天），见爷爷有所恢复，父亲想去县城再买些药，爷爷点头，并嘱咐他，路上有暗冰不要着急，没事的。没想到，中午十一点，父亲还没有回来，爷爷却睡着去了。

乡邻们派狮子二杆去县城找父亲报信，没想到他急于抄近路，反而未能与已经回程的父亲碰面。父亲到家时，老姑已经为爷爷擦洗穿戴停当……

母亲拉着我见了爷爷最后一面。他安详地躺着，表情一如平常，看上去脸色还有些红润，花白的山羊胡搭在黑色的中式对襟领上。从未见他有过如此的放松和自在，那一刻我感觉到的竟然不是悲痛，我觉得爷爷还在，好好睡一觉就会醒来……

爷爷的病是哮喘，自从我记事，他的喉咙里就常常是咝咝咝的喘息的声音。那时是农业社挣工分，来钱的门路少，生活拮据，我们姊妹又多，但父亲还是会隔一段时间就去县城一趟，给爷爷买药。有一种药叫作蛤蟆蛤蚧精，是一个长方形的硬纸盒，里面是一小支一小支的口服液。在70年代这样的药应该不算便宜，从它很是讲究的包装上就能看得出来。药名也颇为古怪，父亲反复几次我才将它完全认得。每次买回药来，我都盼着爷爷快快把它喝完，因为那个漂亮的盒子我要用它做文具盒。有时候，我催得紧，爷爷会偷偷地让我吸上一小口，还笑眯眯地说，可甜呢。爷爷惯我们，从来没有原则。

爷爷上了年纪需要暖炕，尤其冬天的时候，炕火烧得格外暖和，几乎每个冬夜，爷爷都会就着炕火给我们煮一锅红薯，热腾腾甜腻腻，好不解馋。姐姐们怕冷都和他在主屋的炕上挤着睡。尽管爷爷需要暖和，但他执意要将最暖和的炕头让给姐姐们，自己睡在靠门窗的位置，他的解释是，睡门这儿孩子们会害怕。看到姐姐们晚上爱蹬被子，爷爷并没有烦劳母亲，而是自己拿起针线，结了布条，然后分上中下缝在了被褥上，每天等姐姐们钻进被窝后，他都会一个一个仔细地将布条系好。对于爷爷的发明，母亲知道后，笑得前仰后合。

爷爷的发明还不只这“被锁”。他最爱的老花猫总是夜间出去觅鼠，为了让它进出方便，爷爷专门在门墙上掏了个洞，还挂上薄薄的布帘，老猫在外面饱食之后，头一顶就能钻回屋里，呼哧呼哧睡在热烘烘的炉火边。主屋的门是两扇门板那种，晚上睡觉要把门闩闩上。有时候，本来已经睡下，可我们兄弟不知道想起什么事又要找姐姐，爷爷就得起来给我们把门栓打开，他上了年纪动作慢，我们难免要在外面等半天，冬天的时候院子里很冷，每次开门后，爷爷总会心疼地说，又让俺孩们在外面冻坏了。后来，爷爷想出了一个好法子。他在木窗的下面钻了一个香头大小的洞，一根细绳穿过去，一头系在门栓上，一头露在窗外面。我们要是想进主屋，只需要在窗底拉拽那根绳头，门闩就会滑动打开，再不会有一秒钟的挨寒受冻。

停灵七天，香烛纸幡，爷爷永远地离开了我们，和奶奶，他思念了十三年的妻子合葬在了一起。那年春天，圆门前的芍药花早早就开放了，格外鲜艳；那年夏天，洼里垄条的麦子稀稠正好，收获了意想不到的惊喜；那年秋天，玉黄树金黄的果实装了整整两木箱……土地上的人们饱含热情地开始了自由的劳动，爷爷却长眠于地下。这个巍巍太岳晋土莽原深处，一个很不显眼的小山村里的老头儿，与他耕作行走了半个多世纪的田地作别，与他心爱的儿孙、老猫、果木作别，唢呐锣笙，纸幡孝带，塬上隆起一堆新土。

三十二 | 蝎子娘

爷爷在世时椽廊已经严重老化，作为腿胳臂，四根铭柱虽然还很硬朗，但它们支撑起的屋檐早就开始漏雨，铺在那些椽木上的檩条桁子泥浆瓦片，腐的腐、裂的裂不成体统，常常会有泥块不经意间从顶上掉下来，摔碎在青砖地上，它们用这样的方式委婉地向主人告退和请辞。然而老主人已是暮年，无力接下它们这份沉甸甸的诉请，况且在集体劳作和政治火红的年月，主人的衣食都是问题，它们的辛苦只能被放置一边。

然而可恶的蛇蝎不管这些，它们最喜阴湿腐败，它们最爱乘人之危。当然，再严实的农村房舍都会有这样的不速之客，因为大自然也是它们的家。所以，农村的孩子几乎不可能不被蜜蜂叮过，蝎子蜇过，这是他们成长的一部分。

常常在暗夜，也许是误入，也许是过路，窗户纸上就会有沙沙沙的响声，蝎子蜈蚣蚰蜒们出动了。无论是坐着还是睡下，父亲都会在第一时间做出响应，操起鞋底拿了工具——一把长柄的铁镊子，找到这些害人虫后，迅速将它们钳住，置于死地。它们之中，最数蝎子凶顽，即便铁镊子已经将它钳死，它那长长的毒尾还要弯翘起来做垂死的反击。很小的时候，我们就养成了这样的习惯，早上起床穿鞋的时候，必须先将鞋子反过来在炕沿上磕一磕，防止那些家伙们在夜里误入其中。当然，再严密的防守，也难免万一。这时候就必须接招。

爷爷在院子里种了一种特殊的植物，不知道它的学名叫什么，我们叫它蝎子娘。墨绿色的蝎子娘肉厚多汁，有些像芦荟，但叶片是扁圆而不是长尖的，而且叶身上也没有刺，薄薄的外皮可以被轻轻揭起撕去。一旦被蜂叮蝎蛰，大人们会迅速摘一片，就像贴膏药一样，贴在患处。冰凉凉、滑腻腻，疼痛立减。不知道这样可以外敷的神奇草药，《本草纲目》有没有记载，反正一贴就灵，疗效神奇。蝎子娘并不是每家每户都会种植，常常有小伙伴哭叫着被大人拽到我家，急求仙草。生活在给予苦难的同时，其实也暗藏了密钥和解药。蝎子娘，听听这名字，乡人是多么的宽厚慈悲：孩子犯了错误，为娘的就要买单，蝎子捅下了娄子，蝎子娘就得给人疗伤。换个角度想，悠悠万物，相生相克，一片无声无息不会行动的植物，却可以给有嘴有腿有毒有刺的坏分子当娘做母。慈悲方可尊贵。

三十三 | “前敌三人组”

蛇出没是因为有燕雀。椽廊顶上的土木之地是燕雀最好的安身之所，尤其是残陋之后，鸟儿们或许觉得这样的栖居更加富有诗意，每年北回的燕子自不必说，麻雀们也越来越多地在此安营扎寨。蛇其实是胆小怕人的，一般不会在人声吵闹的地方出现，可为了这点口舌之欲，有时也会铤而走险。就在椽廊不断写出“辞职报告”的时候，那年夏天，蛇这样骇人的家伙终于在椽廊上出现了。

最早发现它的是三姐，三姐本来就十分胆小，天一黑都不敢一个人从侧屋走到主屋。有一次天刚擦黑，母亲让她拿了瓷盆送给正在主屋忙活的父亲，她提心吊胆地刚一出门，正好一只鸟儿扑棱棱从院子里玉黄树上飞走，吓得她扔掉瓷盆连喊带叫，咣啷啷，结果是更多在树上已经栖息的鸟儿被惊起，我亲爱的三姐，一下子就瘫坐在了地上，手足无措。那时的她大概二十岁。

正午时分，白花花的日头，热得厉害，知了在树上死命地叫着。大人们也不知道去地里忙什么去了，我和二哥正在屋里写暑假作业，三姐在院子里的夏灶边准备午饭。这时候，吧嗒一声椽廊上掉下一块不小的泥块。这样的声音自然逃不过三姐敏感的耳朵，她小心翼翼走到泥块边向上一望，天啊，蛇，蛇，蛇……三姐叫喊着冲进屋内，声音已经严重变形，浑身发抖，脸色惨白……

怎么办？大人们都不在。二哥和我也被吓得够呛，就觉得头皮发麻，两腿发软，每个毛孔都张得大大的。但正是迷恋岳飞牛皋呼延赞李元霸的时候，关键时候心底还真就冒起了一股英雄气。于是我俩一边安抚三姐的情绪，一边向她询问蛇的具体位置、姿态。三姐语无伦次结结巴巴，连描述都不敢描述，只说是就在椽廊顶上露着一截。

二哥和我决定出去看看。

我们从衣箱里找了三件大人的衣服披在头上，防止那家伙在我们出屋的那一刻跌落下来，而且我们排好，我做先锋，三姐居中，二哥殿后——“前敌三人组”。

站定在院子之后，我们发现事情没有想象的那么可怕。那家伙不算太粗，黑白光溜，正死死地缠在椽廊顶上南屋前的一根椽木上，首尾不见，间或能看到它在缓慢移动。我们分析，短时间应该没有掉下来的可能。这就好办。

“前敌三人组”决定分头行动。姐姐去地里找父母，二哥去隔壁找邻居以应对随时可能的变化，我去下头道区找村里会捕蛇的大叔。

等我把捕蛇专家——常长叔请来的时候，院里左邻右舍已经站了不少人，父母也回来了，大伙儿正在七嘴八舌商量对策。常长叔一到，大家就轻松了不少，甚至和他开起了玩笑说，小常长显能耐的时候又到了。常长叔个小身体弱，但不知道是从哪里学来了这捕蛇的本事。无论田里还是宅院，只要蛇出没，惊魂失魄的人们都会第一时间想到他。每每在这个时候，大家都会重复这样的谚语，家有良田万顷不如一技傍身。在与山野的共存共生中，乡人们积累了丰富的斗争经验，就像老天安排一样，每一个村庄，每一个生活单元都会有这样那样身怀绝技的能人，捕蛇、套獾、医马、劁猪，造犁、制车、垒灶、酿醋，甚至看宅、修坟、作法、打卦。他们行走在生活的风雨中，用各自的智慧服务乡里，也享受着互助的快乐。

一切听从常长叔的安排。他提出两套方案：一是上窑背揭开椽廊上的瓦片泥土，从正面克敌；二是架梯子从下面先将其斩断，然后拽出围歼。经过集体反复讨论，大家决定A方案为主，B方案为辅，两套方案各有利弊都得准备。一部分人上窑背强攻，一部分人在院子里策应，确保万无一失。

一般来说，常长叔捕蛇并不会将其打死，除非情况紧急怕毒蛇伤人。他的捕蛇工具只有两件，一件是鞭子，一件是锄头。他说，鞭子是蛇的大爷，锄头是蛇的舅舅。无论什么样的蛇，见了这两件宝物都得俯首作揖认祖归宗。

强烈的好奇心驱使我随父亲和常长叔一干人上了窑背，但大人们只让我远观不让我近前，于是我选择了一处最佳的观察点站定。他们手里都操了家伙——铁钎火棍长斧木棒……只有常长叔手里提着一把锄头。

三十四 | 捕蛇者

常长叔一人上了椽廊顶，父亲他们操起家伙随时待命。只见他不急不慌，按照院子里众人的指点，蹑手蹑脚走到敌人阵地，轻轻地将瓦片揭开，并随手清理着泥土……在揭到第三片瓦的时候，蛇身露了出来，可能是感觉到了周围的变化，那家伙开始快速移动起来……天啊，它的腹部居然有个很大的鼓包！常长叔仍然很镇定，喃喃地像在自言自语：嗯，没事，看样子它是刚吞了一只麻雀，吃饱的时候一般不会伤人……瓦片继续揭着，又揭了两片之后，常长叔吩咐，上下注意啊。大家都不再说话，感觉所有人都屏住了呼吸，我看见三姐已经在院子里完全埋头趴在了母亲背后。

常长叔直起身来，开始用锄头一片一片地继续揭瓦，又揭了两三片，蛇头出现了，左摇右晃吐着长长的信子，但身体不再移动。常长叔稍微向后退了半步说，看来应该能收，不用打了。他和那家伙对视着，僵持了大概十秒钟，将锄头弯曲的那一部分缓缓地向蛇头伸了过去。蛇头不停地吐着信子，继续晃了三四分钟之后，蛇身开始移动，一圈一圈盘在了冰凉的铁锄弯上……

院子里和窑背上的人们仍然没有一个人吭声，整个宅院只有知了扯着嗓门没心没肺嘶哇嘶哇地叫着，大家都瞪大眼睛盯着，唯恐发生突变。那家伙在锄弯上盘定之后，不一会儿又松开了，松了一半又盘紧，如此反复多次，直到最后确定安全才稳稳地停了下来，但蛇头始终翘着，信子始终吐着，仍然时刻警戒着，就像是在不断发出警告：你们可别骗我，洒家可不是好惹的。

常长叔很吃力地将锄头慢慢抬了起来，他只抓着锄把的梢头，那家伙重重的一坨，又是酒足饭饱，没有些臂力根本提它不动。常长叔小心翼翼半步半步地挪着后退，渐渐移出了椽廊顶。到了窑背上之后，将锄头轻轻放下，长长地舒了口气。大家开始说话，讨论将它放生何处，最后决定去最近的井沟。大人们两三米之外跟着常长叔，就像送亲的队伍一样直奔井沟。

经此一役，常长叔降妖除魔的美名在西岭村甚至方圆乡里再度传开。传着传着，本来不算太粗的蛇，被乡人们说成了锨把粗；本来兵不血刃，被说成了差点咬死小常长；本来阵地是在椽廊顶，愣是被说成了灶头边。外村的舅舅姥姥姑姑们听说后，吓得专程跑来家里慰问。这样的传说，一来是朴实的乡民希望夸大一些敌人的凶顽，以衬托英雄的壮举；二来是田间地头没有点儿添油加醋，不足以消遣苦累的生活。文学作品里的志怪小说神话故事，想来也都是这么来的，源于生活高于生活嘛。

无论如何，椽廊是必须进行翻修了。爷爷不在了，父亲也不用再担心大规模的工程会影响到老人家的起居。于是全家总动员，开始了大概是宅院有史以来最大的一次改造，而且更巨大的一项工程也开始在父母的心里酝酿。

三十五 | 巧劲

椽廊的主要构件是柱、梁、椽、檩、瓦。柱是铭柱，就是立在门庭前的那“四条壮汉”，壮汉肩膀上扛着的是横梁，如果说铭柱使的是蛮力，需要支撑整个椽廊，那横梁用的就是巧劲，它要承上启下联通内外。它既要让“壮汉们”的蛮力很好的顶立起来，又要让上面椽檩泥瓦的重压分散开来。这个角色当然需要极好的智慧，弄不好的话，自己栽了不说，还可能祸害一大家子。一个要向上顶，一个要向下压，面对矛盾，横梁用了三招，一是借力，二是聚力，三是分力。

它首先派几个精干分队找到了墙体，让每根铭柱都和墙体建立了联系，这样“壮汉们”就有了依靠和后援。然后它又亲自出马，将每根铭柱都连接起来，这样壮汉们就可以手挽着手，不至于孤军作战。最后，它又做起了檩瓦们的思想工作，给它们讲清楚了一荣俱荣一损俱损的道理，迫使它们派出椽木接应，并且自动集结成斜面，这样千军之威万钧之力就各得其所，即便老天降下再大的雪，扬起再大的沙，都能不急不慌轻松应对。

中国人的智慧里很早就有天人合一、太极八卦，这样的智慧刚柔相济、内圣外王。即便是扎个院篱笆，立个瓜藤架都是合纵连横借力打力。在中国的古建里，这样的哲学更是被运用得炉火纯青，特别是木结构，在鲁班师爷的精心研发和光辉烛照下，一代一代把人类的想象力发挥到了极致。

在山西北部的两个小县城里，就有两处木建奇迹。一处是应县的木塔，一处是恒山脚下浑源县城旁边的悬空寺。应县木塔建于辽代，五层六檐八角，加上中间的暗层实为九层，整个塔身无一砖一瓦一钉，全部为红松木料，共用斗拱五十四种，被称为“中国古建筑斗拱博物馆”。民国时的那位著名的才女，写下无数华美诗章，又在建筑史上立下不朽丰碑的大美人林徽因，曾在1933年的《大公报》上这样描述他的夫君，同样是建筑学泰斗的梁思成，当年从美国哈佛归国后对于应县木塔的向往：

> 我最初对于这应县木塔似乎并没有太多的热心，原因是思成自从知道了有这塔起，对于这塔的关心，几乎超过他自己的日常生活。早晨洗脸的时候，他会说“上应县去不应该是太难吧”，吃饭的时候，他会说“山西都修有顶好的汽车路了”。走路的时候，他会忽然间笑着说“如果我能够去测绘那应州塔，我想，我一定……”

这对璧人曾把全部的才思、忠诚和爱洒给了这个国家，但他们后来的命运实在让人唏嘘。这片土地上的人和草木，坚韧耐受举世无匹。

悬空寺建于北魏年间，南北两楼都以半插飞梁为基，巧借岩石暗托，形成壁上楼阁，梁柱上下一体，中间线桥相连，虚实相生，曲折廊栏，仿若天工，乡土文人称之为“悬空寺，半天高，三根马尾空中吊”。唐开元二十三年（735年），李太白游览悬空寺后，曾在岩壁上书写了“壯觀”二字。

这两处胜迹相距不远，驱车一天即可饱览。我曾数次北出雁门去看它们，近些年，应县木塔周围修起了不少仿古的房舍，新砖新瓦就像把木塔放进了一个新时代的匣子。而悬空寺当时正禁止登临，只能远观，老乡们说，有人在山后偷偷挖煤窑，直接威胁到了这座千年奇迹的安全。

宅院的椽廊顶多也就百十来年吧，对于一家山村的农户来说，能够在这段风雨飘摇、兵马杂沓、云电激荡的岁月里，保全它的骨骼和模样，相比村子里另外两座椽廊院，祖辈们已经尽了心力。翻修的事务虽然繁难，但孩子们青春年少，需要给他们一个崭新的未来，父母觉得义不容辞。

三十六 | 揭瓦

婚丧嫁娶，打墙修舍在农村这是当然的大事，需要提前好好合计人力物力财力，请哪儿的匠人备什么材料买多少酒肉，都得估摸预算，不然是无法在紧巴巴的日子里做到体面顺当的。虽然爷爷走后留下了些积蓄，但父母觉得那是老人一辈子辛劳从牙缝里省出来的，应该用在更大的、事关家庭和孩子们前途和发展的项目上，翻修椽廊固然算个不小的工程，但毕竟属于修修补补，再加上爷爷刚刚故去不久，来不来就花掉他的积攒，在感情上他们也不能接受。所以，他们决定还是自力更生，匠人就请一个，材料和小工都自己动手。

匠人是母亲娘家村里的老赵。老赵是河南人，幼年随母逃荒落户到了南焉村，打小就跟着老匠人跑工糊口，成天就是土坯泥包灰浆石料，手上的老茧不知道脱了多少层之后，老师傅才把象征大工的瓦刀递给了他。老赵一开始义务帮村里人垒灶筑渠，后来就能盖房修舍，最后终于靠了本事娶了本地媳妇，成家立业。根虽然扎下来了，但他一口的河南话，“中中中”的却始终没有变过。老赵来家之后，抽着烟登高爬低详细地察看了椽廊的上上下下，和父亲做了反复的研讨，工程勘察和预算才定了下来。父亲到县城买回招待老赵的烟酒肉，两人美美喝了一顿，翻修工作就正式开始了。

第一步当然是拆，要把椽廊顶上所有的瓦片、檩条和椽木拆下来，做一番筛选和甄别，仍然能用的要刮泥去腐码放一边，不再能用的要清点数量以便补新。这项工作数揭瓦拆瓦最为有趣。有个成语叫作“三天不打上房揭瓦”，这句话驴驴的母亲时常挂在嘴边，他们家就住在隔壁的椽廊院，驴驴是我的发小，攀塄上树顽皮第一。以前她说这个话，大家只当口头禅，现在真正看到老赵上房揭瓦，大伙都乐了，都说老赵他妈打他打得太少，否则他也不至于三天两头就是在人家房顶上干这个事情。

揭起来的瓦片必须先运送到地下。瓦片不比砖块耐摔打，为了最大程度减少损耗，老赵和父亲抬回了队里筑墙搭棚用的长椽，两根一并，上下固定，一个“滑梯”就斜架在了宅院的天地间。老赵揭起的瓦，父亲简单清理一下，就把它们放在了“滑梯”上，哧溜一下子，瓦片的凸面顺着两椽形成的凹道就滑向了地面。地面上预先专门铺好了土堆和干草，当瓦片们欢快地从“滑梯”上溜下来后，一头就扎进了肉乎肉乎的草堆里。一开始是母亲和姐姐们负责在草堆边接应，后来，我和二哥放学后看着这工作实在有趣得紧，愣是抢了过来。最爱“飞檐走壁”的驴驴同学见此情景当然不会闲着，他早已上了椽廊顶，把送瓦上滑梯的“美差”揽了下来。那时我们正上小学，放学后的作业早已在村头的石碾上，就着夕阳合伙干掉了。

一片一片的瓦，在房上房下哧溜哧溜，伴着老屋顶雨淋日晒了百十年后，它们也好像极愉快地在迎接着新生。初春的落日黄澄澄地照在我们的脸上，过来帮忙的左邻右舍，家长里短猪肥羊瘦，整个宅院就像办喜事一样，一派热闹景象。

三十七 | 伐檩兮

揭去瓦片只是掀起了椽廊的第一层被子，下面三层分别是石灰泥浆、柏木檩条和枕梁椽木。这四层被子，椽木在最底下，虽然不用经受雨淋日晒，但压力和责任却是最大。这么多年来，它们居然保持了良好的军容军纪，一根根齐刷刷端端正，真不愧为宅院的栋梁。只有少数几根因为上头瓦片破碎檩条沤烂，椽头略略腐败，但不当紧。这就省去了巨大的劳力，不然，要配齐和它们一样粗细和材质的木料，还真不是件容易的事情。先人们当年从何处采得这样好的木料不得而知，但在 80 年代初，即便有钱恐怕也无处去买，国家正在搞“四化”建设，结婚用的缝纫机手表，甚至布料都得凭票找门子，更别说木材这种战略物资，想都不敢想。村里人打家具做寿木，都是提前很多年就在院旁、沟畔、坟边种下的树木。

石灰泥浆自然是成了渣土不能再用，舅舅已经赶着他的大马车去城关买石灰去了。接下来最繁难的工作就是重新置备檩条。檩条在瓦片泥浆之下，侵蚀得最为厉害，尽管柏木木质坚硬，但终究架不住岁月之功，大概有一多半已经腐朽烂渣，曾经引发危情而最终被放生的那条蛇，正是钻了这样的空子。

父母和姐姐们出发了，他们需要在村庄周围的山岭上寻找粗细适宜的柏树枝条。这些野生的柏树在太岳山上漫山遍野到处都是，它们扎根土石汲着山泉，凌霜傲雪自生自长。这样的生长，逍遥倒也逍遥但终是难成大器。过早过多的枝杈未能剪裁，无疑成了生命向上向茁的负累，只能矮矮矬矬虬错盘扎。

大姐和二姐当时已经初中毕业不再上学。她们出生之后就是三年困难时期，紧接着就是“文革”闹运动，对于农村的孩子来说，虽然不用告别爹娘上山下乡，因为他们生而就在“广阔的天地”中，可食物的匮乏、哄闹的日子，不仅无法让他们“大有作为”，就连该读的书都没有读成个样子。现在很多有过知青经历的城里人，特别是成名成家有头有脸的人物都愿意再回到当年的公社大队走走看看。每每看到他们这样的衣锦还乡，我就不由得心生悲怆，那段日子对他们而言可能是吃了点儿苦受了点儿罪，但最终成了人生的淬火，宝贵的财富，甚至成了某种具有象征意义的光辉岁月。可是对我的姐姐们而言，却是再也捡不起的青春。

书没有好好念就回村加入生产队劳动，农村土地承包改革开始后，她们已经是二十来岁的大姑娘，已经到了寻婆家嫁人的时候。她们唯一的青春快乐可能就是在父母身边，在不断地劳动实践中学会了不少生活的技能。在人生的长路上，这些技能可能对于“日子”这样一个乏味的词汇来说，更耐用，更容易收获简单的幸福。

山岭上的松柏虽然很多，但把粗细合适的枝杈砍伐下来，并且拖拽到可以平车运输的土路上，并不是件容易的事情。我和二哥对此深有体会，虽然我们并没有参加父母和姐姐们的这项“采檩工程”，但每年快过年的时候，都要去山上采一棵“年柏”，艰险难苦自然知道。

三十八 | 柏火

所谓“年柏”，其实也并没有这样正式的名字，虽然它在人们心里的分量很重，但村里人不太讲究名堂。每年过了腊月二十三，男人们大概都要进山一趟，就像扫房子磨豆腐蒸花馍一样，进山砍柏也是村里人为“年”而做的必不可少的一项工作。因为除夕夜家家户户都要点旺火，说到旺火，你或许立刻会脑补一个黑烟滚滚的画面，因为但凡在春节元宵期间到过北方的人们，大概都见到过那样的阵仗——一座老戏台前或者乡镇的中心，黑黝黝的煤块垒成宝塔形状，大铁锅里的羊汤正翻着白浪，裹着大红或大黄古代兵勇样服装的人们，背着锣架着鼓叼着香烟，说着俚语夹着脏话正往一起赶，满地的残雪已被来来往往的人群踩成泥水。戏台上也许有人正在摆弄灯光音响，旁边花花绿绿的纸上，用黑粗的毛笔歪扭恣意地写着“今明演出《三关点帅》《四郎探母》《血手印》”……这大致就是晋北朔风之地小城镇“正月”的样子。天幕一遮，锣鼓就敲打起来了，旺火也点起来了，突突的黑烟、震天的锣鼓和汉子们嗨嗨嗨的喊声，以及浓烈的羊膻味儿把镇子裹得密不透风。炭火烧红的时候梆子戏也就开场了，蹬靴撩袍慷慨激昂，仿佛要唱尽这人世间的悲情和忧伤。

朔风卷地，烈火长喷，这样的气派当然应该属于萧峰这样的人物。

然而，汾水向南到了晋中盆地这一切就变得温婉起来。虽然也有锣鼓，但已经搭配上了秧歌；虽然也在唱戏，但梆子的力量明显减弱，戏文也变成《算粮》《教子》《金水桥》，不再那么撕心裂肺。羊汤羊杂也基本不见了，到处看见的是窗花和花馍。旺火自然也不再那么狂放，大都燃的是木材。

莽原不出千里，浓淡荤素，已是不一样的风物。

我们的旺火用的是柏木。一来是取材容易，漫山遍野到处都是；二来，柏木木质坚硬饱含油脂易燃耐烧，不像杨木，一旦失了水分就会空心松垮经不得火炼，也不像榆木，老干以后坚硬似铁，燃起它来有万分的艰难；更主要的是柏木燃烧时会散发出浓烈的松香味道，并且枝叶上的油脂爆裂会发出噼噼啪啪的响声，这香味和响声对于正在辞旧迎新的人们来说，再合适不过。

进山砍柏，主要是两件任务：一件是刨一些枯死的树枝树根；

另一件是伐一棵枝繁叶茂中正挺拔的翠柏运将回来。这两件事没有一整天的工夫是办不好的。

三十九 | 炸山

八九岁的时候我们就被父亲带着进山，开始学着完成这“男人的活计”。一般是在腊月二十七八，磨豆腐杀猪整理院子这些事情都忙完之后，妈妈和姐姐们开始蒸馍捏糕、洗洗涮涮，我们就带着斧子锯子出发了。

每到这样的日子，一醒来总会听到哧啦哧啦磨斧锉锯的声音，父亲早早起床已经开始做着准备。父亲做事有个习惯，从来不打无准备之仗。即便是去趟县城，也会拿张纸将需要办的买的一一罗列，年老的时候是这样，年轻的时候也是这样。有时候，明明看着斧子锯子都明晃晃的很锋利，可他在使用之前仍然还要习惯性地再磨一磨锉一锉。母亲常常会嗔怪父亲做事太啰唆，但父亲从来不以为然，总是淡淡地回一句：磨刀不误砍柴工。

磨刀石是一块细密坚硬的石头，方方扁扁，一大半被稳稳地立着埋在了地下，地上的部分已被磨成了弯弯的月牙。父亲坐了一个小木凳，身体就那样推着刀锋，一倾一倾……即便是我用的小斧，也照样一丝不苟，非得最后用拇指在锋刃上反复检视满意后才会下达出发的命令。

说是进山，其实也就是村的近郊，因为村就在山坳，山就包着村庄。之所以称之为“进”，大概是因为要找到合适的“猎物”，除了要攀行羊肠小道，更多的时候必须砍开荆棘，穿越乱石崖坡。

两件任务，第二件相对要容易一些。选好像样的柏树之后，父亲会拿他的大斧砍开一个豁口，然后叮嘱几句，就让我和二哥去“围猎”，他要和大哥去完成第一件更为艰巨的任务。我和二哥的“围猎”，随着年龄和力气的增长，年年都在进步。到后来，围猎基本就成了单挑，不用一个时辰也就大功告成，很快就能和父亲大哥合兵一处。

枯干的树根扎在岩石之中，必须先用镢头和岩镐在它周围刨出一个大坑，然后用锯子将它的旁系锯断，然后再刨再锯，才能最后寻到主根。

要在乱石中刨断结实的枯根，难度可想而知，所以村里有人就用上了雷管，刨不动就炸。这样的方法我们也用过一次，将三四颗雷管并在一起，埋在树根旁，然后接上长长的导火索，仿佛就像电影里炸敌人的碉堡一样，人要远远地躲在崖后，并且大声地呼喊几遍：炸山啦，炸山啦，这就算是拉起了警戒。

粗粗的导火索被点燃后，哧哧哧地冒着烟雾蜿蜒着向目标蹿去，人的心情也不由得紧张起来，其实这样的恐惧倒也不是因为爆炸本身，而是来自那不确定的后果。这样的火雷管在村里流行了几年后，又变成了电雷管，电雷管简单高效，只需要两根导线一节一号电池。埋好躲好之后，在山崖后面把导线正负极往电池上一放，砰的一声那边就炸响了。没有了等待，恐惧便无处躲藏。那山谷间骤然的巨响，让你的麻感可以瞬间传遍全身，然后就是莫名的快感。

那些年山底有很多小煤窑，雷管这些东西国家管控得并不怎么严格，只要和所谓的安全员拉点关系，都能搞到。当然他们手里只有火雷管没有电雷管，村里的电雷管全部来自二小他爹，人家在国有大矿当工人，自然要引领技术革新的潮流。

轰炸的方法并不怎么好，顶多就是松松岩土而已，该砍还得砍，该锯还得锯，再加上大人们觉得多少还是有些看不到的危险存在，所以，后来大家老老实实又回到了刨凿锯砍。但二小却由此偷藏了不少的电雷管，并和我们用它做了很多次危险的游戏，这是后话。

刨回来的树根一般当年并不能用，至少要扔在院子里再风干三两年。但翠柏是当天砍回来就要在院中栽起来的，说是栽，你知道，断根之木如何能够成活，即便大年三十在它的上面贴上大红的“松柏长青”，也只是一种寄望罢了。

四十 | 坠崖

我上了初中以后，父亲就把进山砍柏的任务交给了我们弟兄，尽管他还会一早起来给我们锉锯磨斧，但不再和我们一起进山。父亲这样做的用意很明显，就是要让我们早早得到野外锻炼，早早学会独立承担。

对于这样的安排，父亲其实是早有考虑的。在此之前的两三年里，他早已多刨了不少的树根，即便我们空手而归，也不会让旺火没有着落。然而，“少壮派”们正是血气方刚，出门之后便把三把斧头当的一声碰在一起，说，绝对要让咱爹大吃一惊。说来也是天助，首次出师，我们竟然出奇的顺利，晌午刚过，弟兄三个便扛着柏树拽着树根胜利还朝。母亲捏着油糕笑着说，看来你爹完全能够退休了。正在蒸肉炖鸡的父亲笑而不语。

没两年，大哥也“退休”了，因为他要忙着高考，进山的任务就落在了二哥和我的身上。父亲吩咐，不要恋战，只砍一棵柏树回来就好，前些年攒下的树根够烧好几年的。没想到，就在我俩“二人转”的第一年，意外发生了。

那天的天气特别晴朗，天空一如北京前两天的“阅兵蓝”，山间的柏树汲了刚刚的冬雪之后格外翠绿。我和二哥一路欢笑，兴之所至，他还给我唱起了刚刚学会的，张明敏的新歌《垄上行》：

我从垄上走过
垄上一片秋色
枝头树叶金黄
风来声瑟瑟
仿佛为季节讴歌
……
青山不寂寞，有小河潺潺流过

也许是因为任务简单，我们便有所轻敌，总觉着砍一棵柏树简直就是“温酒斩华雄”，不到晌午我们就应该能回去吃上父亲正做的热腾腾的肉碗。也许正是因为任务简单，我俩便对任务完成的质量有了更高的要求，再加上是第一次“二人转”，多少还有点儿要博个头彩的意思，于是便在漫山遍野挑挑拣拣：这一棵不够直挺，那一棵不够繁茂，这一棵叶子有点发黄，那一棵枝杈有些过多……

终于，在一处山岩边，我们看到了一棵相貌堂堂、威风帅气的家伙。二哥说，你且在这里等着，待你哥我前去侦察一番。虽然也就二三十步的距离，但中间隔着一个山坳，山坳背阴，看上去有些残雪。我有点儿担心地说，咱们一起过吧，两个人好照应。二哥坚持说，我先试探试探，万一不好过，咱们就不过去了。还没等我应承，他已经出发了，并且吩咐我原地待命，不许挪动半步。转眼他已踩着乱石拐入山坳。虽然是艳阳高照，但毕竟寒冬腊月，山风呼呼地刮着。由于看不见他的人影，我大声喊着，你一定小心啊。二哥回应，没事的。山谷里，传来我俩长长的回音。大概一两分钟之后，我就听到他大声喊道，此路不通啊。紧接着就是啊，啊，啊……

听到了二哥的惊叫和山石滚落的声音，我急忙向前冲去，一转入山坳，眼看着二哥顺着坳坡，滑下了山崖……

慌乱之中，我大声呼喊，二哥，二哥，你没事吧……山谷里只有呼呼的风声和我的喊叫，根本听不到二哥任何的回应。我被彻底吓傻，救命啊，救命啊，有人吗，救命啊……我一边发疯似的大喊，一边向通向崖底的羊肠小道死命跑去……

等我跑下山去，正在山里放羊的本村大爷，已经将他的衣服袖子撕开给二哥做着包扎，二哥闭着眼睛，神情痛苦，只是不停地说，疼，疼，疼，头上的血渗出了布条流向脖颈……

四十一 | 伤员

我被吓得一句话也说不出来，汗水泪水不停地往出冒。可大爷很是镇定从容，一边安慰着二哥，不停地和他说话，一边拿刀子在一根龙骨上快速地刮着粉末。龙骨是一种中药材，就像白色的岩石块，父亲曾经告诉我们说它是恐龙的化石，以前他也常常拿这样的粉末给我们的小伤口止血。大爷多少年在山里放羊，看来背包里专门备着这些应对跌破扭伤的宝贝。见二哥慢慢从惊厥中有所恢复，大爷对我说，腿胳膊都没事，就是头上碰了个不小的口子，你赶紧回村告诉大人，路上千万要小心。此时的我已经惶然不知所措，听到大爷的吩咐，拔腿就走，刚跑了几步，发现双腿又酸又软，心脏就像一个开足马力的柴油机，突突突，就要蹦将出来。

这条路说是路其实只有尺宽，完全是村里人去山下的煤窑上班用脚踩出来的，坡度都在四五十度，有几处紧贴崖边又险又陡，弯弯曲曲坑坑洼洼两旁都是荆棘。80 年代初村里已经开始在山下挖煤，并且有了两座小型矿井。西岭村地处山岭，河沟圪梁上的那些收获，除去公粮刨去种子化肥也就刚够口粮，村里的男人们为了生活，大都还要捎带了地里的忙活之外，下窑进坑挖煤出炭，亦工亦农贴补家用。

由于山路陡峭，我又用力过猛，所以刚翻过第一个崖头，便气喘吁吁眼冒金星，体力完全不支一屁股坐在了地上。等我气息稍匀，抬头一看，只见大爷正背着二哥从山底一步一步向上而来……

得到消息后，母亲惊得喊了一句“天老爷”顿时哭了起来，父亲二话没说，身上还系着做肉的围裙夺门而出，我和母亲紧随其后向山下跑去。等我们见到二哥，四五公里的陡峭的山坡路大爷已经背着他爬了一半。二哥已经完全清醒，头上裹得严严实实，血也止住了。我看见大爷的蓝布棉袄外面全是渗出的汗水，一大片一大片。

在乡卫生院，哥哥的头上缝了八针。那已经是腊月二十六，在卫生院输了三天液之后，父亲赶着骡子车将哥哥接回了家里。回家的路上，母亲不停地感叹，真是走运真是走运，腿胳膊都好好的，回去得好好谢忱一下人家你大爷……

过了年开学之前，二哥的头上拆了线，一条疤痕很明显。母亲又给他请了一个礼拜的假，说是让头发再长长。二哥极聪明，在养伤的那段时间怕受风不能出门，他就用父亲的毛笔自学起了水墨画，没有教材，也没人辅导，唯一能参照的就是家里墙上的年画。短短一二十天，等他上学之前，竟然能够在麻纸上像模像样地画出梅花、竹子、松树以及山水，旁边还要写上：青松挺且直、梅花香自苦寒来……

我们的进山之路并没有因为这一次的历险而中断，第二年的腊月，父亲照旧给我俩锋利了斧锯。母亲虽然不放心，絮絮叨叨说了很多安全上的注意，但也终究还是备足了早餐，让我们再次出发。我俩的工作也并没有因为这次磨难而敷衍了事，反而对柏树的选择越发精细和上心，常常在漫山遍野的雪地里一跑就是几个小时，等到把十分满意的柏树扛到山顶，坐在青石之上向下望去，白皑皑的山岭上到处是我俩的脚印。脱下棉布鞋，鞋子已经完全湿透，大大的太阳底下，四只鞋窝里冒出一缕一缕的水汽。

四十二 | 马骡

两个樵夫满载而归，松枝树根要放在外院，以备除夕晚上的旺火之用，而那棵柏树，我们就手就把它“栽种”在内院的正当中。内院整个是青砖铺地，正中间却是一块长方的石条，石条的正中又有一个拳头大的圆洞，圆洞上有个盖子，这个盖子好像就是挖洞时剜下来的，盖上去严丝合缝不差毫厘。这个圆洞究竟是什么功用，父亲也说不清，反正从他记事，就是每年过年取下盖子，掏出新土，栽上年柏。如果此洞真是专为栽柏而设，你就知道年柏在村人心里的分量。每年从石条上取出那个圆圆的盖子的时候，我都在想，这么大的宅院，我的先人们在修盖时竟然把这样的细节考虑得如此周到，莫不是老祖宗也和我一样是个精干到酷毙帅呆的处女座吧。

年柏和旺火里的故事很多，有苦累和欢愉，有坚强和成长，还有，还有我们兄弟姐妹此生解不开的谶兆，坐思夜想的哀伤。

年是岁月凝结而成的念珠，在慢慢捧出它们之前，我们还是回到正在翻修中的椽廊。

父母和姐姐大概用了半个多月的时间，山上山下的劳累，把伐来的柏枝一根一根劈成檩条，终于在院子里的梨花杏花争相开放的时候，基本齐备材料。母亲娘家村里的老赵提着他的瓦刀灰线，说着河南话叼着“大前门”，喊叫着来家帮工的舅舅、姑父和邻家叔伯上了檐顶，提灰抬料，叮叮当当，开工了。土木工程最耗人力，已经上了年纪的姥爷姥姥帮衬着姑姑她们，蒸馍捏糕烧水做饭，宅院里好一派十一届三中全会之后，社会主义农村蓬勃浩荡的春潮涌动。

整个翻修工程持续了大概半个月，当父亲运走最后一笼渣土，庭院被扫刷干净，一家人坐在圆门前的玉黄树下有说有笑吃着晚

饭，明晃晃的月亮从山的背后盈盈而起，梨花杏花簌簌落下，清辉投下树影，铭柱正正堂堂，椽廊就像一顶展簇的新帽，得意地罩在宅院的额眉，接受着主人不停地夸赞……

春耕结束的时候，一匹漂亮的小马骡来到了我们家。

那一天放学回家，一进大门我就看见了它，个头不大，黑黑的体毛，长长的马鬃，拂尘一样的尾巴在屁股上左甩一下右甩一下，崭新的笼头勾勒出一双黑黝黝的大眼睛和那肉乎乎的大嘴巴。太可爱了，我扔掉书包，一下子冲到它的近前，马上就想摸摸它的脖颈，父亲和母亲正在旁边给它准备草料，见此情状，立即起身把我拦下：傻儿子，对生人它可是又踢又咬啊。我只好退了两步，站在那儿手舞足蹈。可能是对新环境还不太熟悉，面对这突如其来的动静，马骡立刻警备了起来，两只耳朵直愣愣地竖了起来，眼睛瞪得大大的，噗噗打了两个响鼻，逗得我哈哈大笑。它却越发紧张，前蹄不停在地下啪啪地刨着，在它黝黑明亮的瞳孔里，我看到了宅院和自己的影子。

父亲说，它是一匹马骡，是姥爷邻居家的那匹大红马的孩子。那匹大红马我是见过的，小的时候，每次去姥姥家，姥姥为了哄我高兴总会带我去看它。一个大大的木头马槽旁边，大红马一身油光，总是昂首挺胸，发达的腿肌就像雄伟的山丘，如果它心情不错，就会发出嘹亮的嘶鸣，这样的嘶鸣在我幼小的记忆里比世界上任何的声音都好听。

四十三 | 槽头

马在山村并不多见，方圆几个村子，好像也就这么一匹。之所以这么稀罕，是因为山村沟沟梁梁坡上坡下，马儿虽然善奔，但遇上这样的地形，根本不能发挥。驮拽耕驾这些重体力的活儿，反倒是牛、驴和骡子它们更有用武之地。大红马耕地我是见过的，步伐矫健，体态潇洒，高昂的马头一挺一挺，长长的马鬃忽闪忽闪，仿佛不是在劳作，倒像是满怀豪情的画家在大地上泼墨。可惜它的拉拽的能力实在一般，走上七八步就要停一停缓一缓。村里人都知道马不是干这些粗活儿重活儿的料，所以每当大红马出现在田地里的时候，总会听到老农们呵呵地笑着说：胡闹。

大红马的主人何尝不知道是在“胡闹”，可好草好料地伺候着，只是生几头骡驹，显然在他的心里还不能算是物尽其用，这就是大红马尴尬的命运。如果在草原，如果在平川，如果在那些能够让它敞开四蹄的大地，即便平庸，也不至于受人讥笑。可它恰恰就流落到了这山村，即使生育了不少优秀的后代，完全可以称之为一匹伟大的母马，然而在功利和世俗者眼里这又算得了什么呢？他们要的是耕地驾辕，它连一副简陋的马鞍都不会有。

大红马没两年就不见了，或是被卖了吧。小马骡自从到我们家后，应该再没见过它的母亲。我时常会看到它呆呆地立在槽头，大大的眼睛里含着泪水，不知道那到底是不是思念。

小马骡来我家的时候，外房早已修葺，改造成了一间标准的牲口圈。因为在此之前，父亲曾经喂养过一头牛，本来指望那头黄牛能扛下土地上的活计，可是家里人口多田地多，黄牛辛苦了一季，实在跟不上父亲急性子的脾气，只好作罢。

外房在大门的正对面，紧挨着圆门，是外院最大的建筑，最早是家里的磨坊，地里收获的粮食都需要在这里碾磨成标准粉。母亲说，那时候要是到了年节，她和奶奶得在这磨坊里待上十天半月。哥哥姐姐们还隐约记得外房旧时的样子，我却全然没有印象，唯一记得的就是那台大石磨，直径大概有两米，上盘的厚度也有近尺，下盘还有一圈卷起的外沿，形成一个环形的渠道，这样可能收集起来比较方便。记事起，外房已经破破烂烂，只是放

些柴火笼担，两扇磨盘就常年立于墙角，基本下岗。

某年腊月，父亲突然将它安架起来，磨起了豆腐。也许是因为我们姊妹多，那些年又没什么好吃食可以欢乐过年，只好磨些豆腐改善改善吧。那时我顶多也就四岁，母亲把我抱到磨盘中央，父母哥哥姐姐说笑着轮流推磨，我却大享其福——玩转转，看着白色的豆浆一挤一挤流到渠道里，再从渠口一溜一溜滴落到大桶里。

四十四 | 草料间

像外房这样的厢房，早先有四间，以圆门和蜈蚣墙为轴，内院外院各有两间，内院两间东西相对，外院两间由于开设大门，与外房相对的这间只能旋转九十度，趁着院墙面向椽廊。母亲说，她嫁过来的时候，外院这间“变向房”已经不在，其余三间还有模有样。

这间“变向房”究竟是存粮还是储物无从考究，只剩下长方形的石条根基。爷爷在“长方形”内种了一颗苹果树，出奇地茁壮，树干粗得一人难以合抱，树冠就像一个巨大的华盖。炎炎夏日搬个木墩坐在树下，无论姐姐们要在电视罩上绣个芍药牡丹，还是我和哥哥翻几本连环画都是不错的选择。树干树冠虽然虎气，结出的果实却并不大，也就孩童拳头大小，脆甜得能让喉咙舒服死。每年开学的九月，红红繁繁的一树，老远就能看到，和我一起放学的小伙伴们，嘴上念念叨叨，口水不知道咽了多少。

内院的两间厢房，据父亲说原来都住人，东厢房主要待客，是客房，西厢房应该是长工短工们的宿舍，但从他记事起，不要说长工短工，就是临时工也没见过一个，家道已经败落。在我出生前，西厢房也坍塌了，只剩下了长方形的石条根基。爷爷在这个“长方形”里种的是葡萄，葡萄的根在靠近椽廊的一侧，葡萄架顺势而起，最远的枝叶绿茵茵地搭在了大门旁边的蜈蚣墙上。每年的七夕，葡萄就成熟了，大人们说，这一天的晚上如果蹑手蹑脚藏到葡萄架下，嘴里含上一颗最红的葡萄不要咽下，就会听到天上牛郎织女说的悄悄话。我们姐弟曾经照章办理，天上神仙的悄悄话半句没有听到，葡萄倒是含了一颗又一颗。

葡萄是宿根植物，冬天怕冷，等叶子凋零之后，爷爷要把它们长长的茎条从架上扯下来，一圈一圈盘在根部，上面覆上麦秸和干草，然后再拿黄土一层一层就像棉被似的盖得严严实实。爷爷是在正月走的，头一年的秋天他还把葡萄架收得很好，他的灵棚就搭在葡萄架的位置，果木若有灵性，也算是老友的送别。第二年葡萄并不怎么繁茂，家人都能理解。

那一年，父亲在葡萄架下，靠近蜈蚣墙的位置，挖了一个地窖。联产承包以后，地里的收获越来越多，土豆萝卜红薯没有个储存的地方，很容易就会脱水生芽。地窖深约两米，直下之后向内打洞，洞深高宽大概都是一米。由于空间狭小，所以每到需要取出藏品的时候，尤其是年节，我和二哥就是下窖的主力。胳膊撑在窖口，两脚踩着土壁上的马蹄形窝坑，左一下右一下，直至抵达潮湿阴冷的洞口。我因为有邻家地窖的那段可怖经历，所以每次到达洞口都要喊上一两嗓子壮壮胆，然后瑟瑟缩缩地划着火柴，点燃常年就放在洞内壁上的煤油灯……

四间厢房风雨岁月，只剩下了内院的客房和外院的外房，它俩在宅院的东边相依相偎尽职尽责。内院的客房，房梁屋瓦倒也还好，但四壁的泥浆脱落得不成样子，窗棂也都腐朽老化，早就不能待客。后来，父亲为了一家人的生计，把它拾掇干净，在里面酿过醋、淋过酒、熬过糖、磨过豆腐。由于他一人孤军奋斗，加之父亲本来就面皮薄不善商贾，生意最终也没有做大。再后来，索性收拾了缸灶，所谓的客房成了马骡专属的草料间。

四十五 | 啪嗒

内院外院两间大房，马骡享受着省部级的待遇，可这样的待遇似乎并不能排遣它失去自由的烦恼。马骡来家之前尚是幼龄，一直不离母亲左右，想奔就奔想跳就跳享受着童年时光。一番交易之后，戴上笼头，就完成了它的成人礼，从此告别母亲，失去自由，开始宿命中的艰辛。

尽管基因中早已是耐受和温顺，可马骡对命运的反抗和挣扎还是持续了很长一段时间。一开始是用蹄刨地，除了吃草吃料，就是在地上啪啪啪啪，槽头前愣是被刨出一个不小的坑来。后来是咬噬缰绳，崭新的皮绳，父亲换了好几条，最后被迫用上了原本是拴狗的细铁链。再后来这家伙悍然发动起了恐怖袭击，三姐和我成了受害者。

三姐是因为胆小，听说骡子会踢人，每次去厕所路过外房，她总是小心翼翼，继而跑着跳着试图快速通过，可她越是这样忽闪，马骡越是容易受到惊吓。有一次，父亲把缰绳拴得太长，马骡终于忍受不了这个一惊一乍的女生，摆过身体飞腿就是一蹄——好在它还年幼，力量不足，再加上三姐闪躲迅疾，蹄子也就是刚刚碰到。马骡为它的鲁莽付出了代价，父亲第一次对它使用了鞭子。能看出来父亲下手并不重，但言语和动作配合得貌似很吓人，我看到马骡眼睛瞪得大大的，鼻孔撑得圆圆的，满是惊惧和不安。

我被它踢纯粹是因为战略误判。本来我是送草料的好人，可它那天也许是过于饥饿，又或者是别的什么心情不好，当我将草料倒入槽中，拿着荆筛从它身后返回时，狗日的突然双蹄起跳，把我一下子撂翻在地。千幸万幸的是，我本能地拿筛子挡了一下，缓冲了力量，再加上踢中的是我肉肉的屁股蛋儿，所以场面尽管很野蛮也很丢人，但除了皮肉之痛并无大碍。然而，父亲这次真的动了老脾气，不仅因为这是马骡的第二次错误，而且因为它竟然无来由地对他最宠爱的老幺下了狠手。皮鞭一下一下落在了马骡油光光的屁股上，皮毛之上迅速隆起一条一条……它的眼睛瞪到了最大，鼻孔里呼哧呼哧喷着粗气，为了躲避皮鞭身体左突右闪，脑袋将缰绳拽得几乎就要绷断。

我向父亲为马骡求了情，我说可能是喂它有点儿晚了，而且我过得有点儿着急。父亲不为所动，皮鞭仍旧不停，一边抽一边大声地训诫：看你再不知好歹，看你再乱踢乱咬，看你再不长记性……直到母亲过来，才将他的皮鞭夺下。

马骡从此长了记性，直到十几年后离开我们家都再没有踢过谁，哪怕是误伤。然而，我也再没有见到它刚来家时，那种透亮警觉的眼神。对于命运的安排，它开始接受，但，常常是在深夜，我们会被一种声音吵醒，马骡用它的蹄子不停地踢着身边的木栏杆，力量并不大，啪嗒，啪嗒……

四十六 | 出征

大概也就吃了三两年的“闲饭”，马骡开始上套耕地、驾辕拉车。尽管这些活儿是它的“本分”，但就像孩子入园需要适应一样，没有哪一种动物会天然地对“规则”感兴趣。耕地需要先和老牲口拉一架犁，让前辈带一带，知道垄宽垄窄，知道竭力转角；驾辕需要几个人拖着车送到它的腰膀上，它自己还找不到感觉，倒退不进辕去。

不到两个月，马骡就顺利完成了见习期，各项考评完全合格，村人纷纷为之点赞，父亲也很高兴。春耕结束后，作物正在生长，对于马骡来说，正好是一个短暂的休整期，因为紧接着就是龙口夺食的夏收，费力费工的秋播，繁繁杂杂的秋收。为了让马骡能够很好地应对它有生以来的第一次大考，在近两个月的休整期内，父亲每天夜里要起来两趟给它加草填料。马不吃夜草不肥，牲口喂得怎么样，主要看主人晚上懒不懒。

太阳把大地烤得一片金黄，麦收开始了。对于农人来说，这就是他们每年的一场战争，其他的作物和农事虽然也有节令卡着，但都有一定的宽松度，唯独麦收耽误不起散漫不得，因为此时正值北方雨季，无论收割、脱粒还是晾晒，慢上半拍龙口一张，麦粒一旦见雨就会发芽霉变，整个一季的辛劳就可能毁于一旦。所以麦收的时节不仅是对骡马要劲的时候，也考验着庄户人家的家庭动员能力。夏至前后的十天半月，全家老少七子八婿都得上阵。20 世纪 80 年代中期，农业机械在农村还不普遍，脱粒机、扬场机是有了，三五家凑份子可以买上一台，但收割机、农用三轮基本不见，收割和运输主要还是靠人力畜力，尤其是对于山岭地形的山村来说，即便有收割机七梁八峁的也不好施展，况且那个时候联产承包才没几年，人们也根本雇用不起。

任务一急，人的脾气就会大，所以每年的这个时候，骄阳底下田间垄头夫妻干仗、爷孙动气、嫂姑高言的情形比比皆是。生活在一个村庄的人们，那个时候物质还没有丰沛到可以比吃比穿，能比的好像也就是夏收和过年。过年的时候主要是看儿孙回得全不全，旺火垒得旺不旺；夏收的时候主要看，女婿外戚来得多不多，来得多说明姑娘嫁得好，丈人岳母当得棒。所以那七月的流火不仅落在了土地上，也洒在了人们的心里。城里的女婿因为在夏收时懒懒散散表现不好，而闹出意见甚至打架离婚的不在少数，村里人把面子、人情和土地紧紧地联结在一起，有虚荣，也有使用原始力量与自然对抗中的无奈。

西岭村没有水浇地，粮食主要是冬小麦，秋粮也不少，但只留一点儿换换口味，大部分都得用来对付骡牛鸡猪。所以麦收的成败不仅关系口粮的问题，而且直接牵动着家庭的主要收入。

1985年，农历乙丑仲夏，马骡首次单枪独骑披挂出征，它以惊人的斗志和爆发力惊艳全场，父亲呵呵笑着说，没想到它人小志气大竟然是这么个急性子。

四十七 | 嘚嘚嘚嘚

西岭村完全是在一个“大起大落”的山坳之中，出去进来都要翻过一道梁。老人们习惯了这道梁，觉得有梁才暖暖和和聚风水。可后生们却觉得，因为这道梁不知受了多少冤枉罪，他们甚至曾经向村长建议，全村动员出工出力在梁下打个隧道，以求万世通畅。妇女们也抱怨说，因为这道梁，娘家人少来了多少趟，鞋底子都不知道多做了多少双……人受罪可以闲扯埋怨，骡马牲口们却只能拿身体硬扛。

我家在上头道区，如果说村口的老槐树是梁的起端，那么我们在翻梁之前就先有一个大考验，这是一个急弯加陡坡，弯是九十度，坡度有六十，坡长十几米，对于刚刚参加工作的马骡来说，这弯这坡实在够喝一壶。出去时候虽然大都是空车，但空车自重也有二三百斤，把这二三百斤连拐带拽地弄上去，人是完全没这本事。

马骡第一次面对这道陡坡，父亲直犯嘀咕，怕它拿不下来，因为在这里折戟沉沙的牲口不在少数。不要说新手，就是多少年的老革命，实在拽不动掉头回撤或者死命后退的家伙有的是，这时候主人的吆喝或者皮鞭已经完全失效，它们好像已经抱定一个主意：你打吧，打死我也是上不去了。办法只有一个，拉起刹车，垫住车轮，然后给它们卸套放行，然后再吆喝村里的后生帮忙，好几个人把骡车拉拽上去。车上如果拉着粪或载着货，就必须老老实实卸在半坡上，主人家随后一担一担挑上去。拴在老槐树上的败军之将悠闲地摇着尾巴，好像这一切根本和它无关，毫无愧色。

父亲大概觉得出现这样的场面很狼狈，所以马骡第一次出征，家庭动员很充分，母亲和我们几个孩子全部出阵，伴在车的两侧，就好像伟人们出宫一样。大家完全没料到的是，“伟人”根本没领这个情——马骡在离坡还有三五米的时候，好像已经预感到了前面的艰难，嘚嘚嘚嘚，这家伙居然提前跑了起来制造惯性，这样的惯性轻轻松松帮它拐过了急弯，半坡上真正用上两膀子力气，嘿，两分钟不用，母亲和我们这一干准备帮忙的众人还在半坡上喘气，人家就早已平稳地站在了老槐树底下。

无论空车还是荷载，马骡用它自己的秘籍多少年来从未输在这道坡下。即便后来年龄大了体力下降，也只需要父亲在半坡上拉住刹车，让它喘口气，只要气息稍匀，它就会奋力完成冲刺。邻居大伯夸赞马骡说，这么好的脾性实在是少见。

我家的麦地大概总共十五亩，分为三块，两块在塬上，一块在洼里。所谓塬上就是村前那道梁的顶端，所谓洼里，离村至少也有七八里的山路，是村外的一处坡谷。塬上这两块地一大一小，大的地块在塬的正顶，站在地里举目四望，方圆三村五寨及至远方的绵山太岳，山下的汾水支流都是清清楚楚，这里埋葬着我的先祖。小的这一块是农业学大寨时的梯田，长条凸肚，像是一个中年的汉子。要说产量，分地时，大家都看好梯田这一块，认为爷爷当时抓到了上上阄，可三两年下来，梯田倒也表现平平，让村里人直呼意外的是，洼里这个又远又偏，而且当时乱石遍地、杂草疯窜的地块，亩产居然进了全村三甲。

四十八 | 洼里

洼里地处三村交界的谷底，翻沟越坎，来回一趟起码得一两个小时，这还是空手而行，如果拿上农具吆上牲口，花在路上的时间就会更多。土地贫瘠、山路崎岖，再加上路上来回费的这些工夫，村人但凡口粮没有大问题，就都不会选择在这里耕种。分地分到最后，只有人口多的几家留了下来，没办法，再苦再累一家之主总得让老老小小都能够吃饱。尽管这里的三五块地都是差等生，但也还是要抓阄，因为倒数第一肯定谁也不愿意要。结果是，这次爷爷手气最差，拿到了路程最远、乱石许多、削肩塌肚的那一块。

母亲有些抱怨，觉得与其饬弄那样差的地，还不如索性放弃，省下力气多在塬上的这两块地里多下下功夫。爷爷对此却很不以为然，抓了阄的第二天，他老人家就背上干粮，扛上锹镢笼担去洼里开始培养这位差等生，好像他心里早就抱定，只有不会教的老师，没有教不好的学生。整整一个春夏，除了应时的农活，他就起早贪黑在那山谷里忙活，修路捡石、拔草筑渠，孜孜不倦、矢志不渝。

秋天白露的时候，堰也筑好了，草也锄净了，路也修宽了，爷爷坐在宅院里的石阶上说，山地已经大变了模样，精精神神的。他亲自架起那木制的三腿老耧，咯哒咯哒把麦种撒了进去。这种老耧是播种机的前身，上面一个木斗，木斗的底部有一个闸门，闸门的前面有一个小斗，小斗中间腾空吊着一个小木球，木球正下方有三只小孔，三只小孔分别通向老耧的三条腿，三条腿都穿着小巧的铁铧鞋，真有点三寸金莲的意思。播种的时候，农人两手扶定从木斗两侧伸出来的辕条，把辕条上绑着的布带架在脖颈，当前面的牲口开始迈步，架耧的人两手就需要不停地左右晃动，这时种子就会从闸门流出，被晃动着的小木球打散后，均匀地落入每条腿中，然后通过“三寸金莲”悄悄地钻进泥土里。这样的播种场景在孩童们看来相当有趣，不仅是大人们晃动的身体显得十分滑稽，更主要的是，耧里晃动着的小木球就像拨浪鼓一样，咯哒咯哒发出美妙的声响。

其实这样的播种很费力气，爷爷七十多岁的年纪执意架耧，父亲嘴上不同意，但心里知道这里头倾注着老人家对土地坚定的信心，也就没多说什么。然而，第二年夏收的时候，这块地交了白卷，就连种子也没收回来。父亲也有些泄气：这样劳神费力，种子也赔了进去，我看那块地不是产粮的料，还不如把它栽了树算了。爷爷却很平静：不能怪地，人跌一跤还要好几个月才能缓过劲儿来呢，这些年的农业社把它搞垮了。晨曦中，夕阳下，山路上依旧是他扛锹挑担佝偻的身影，一次又一次一担又一担，挑着猪粪鸡粪农家肥往洼里送……

第二年，山地焕发了蓬勃的生机，它以饱满而又旺盛的生命力回报着主人的辛勤与厚爱。然而厄运再次降临，眼看着黄灿灿的麦子就快能收割了，老天大雨数天。滚滚山洪夹着沙石冲进山地金色的怀中，那可怜的土地就像被人强拖着从脑门上剃了一刀一样，整个一分为二。洪水掳走了最肥的腰腹，剩下的脊肋上摇摆着一些稀巴巴的麦穗，它们仿佛不是在等待收割，而是准备慰藉爷爷伤感的眼神。

这一年的暑假里，我和哥哥、父亲、爷爷一起捡石移土，抚平山地的创伤。

这一年秋播的时候，山地再次恢复了原貌。寂静的山谷里，播种机咯哒咯哒，爷爷再一次将麦种撒进了山地的怀中。夕阳把爷爷满是汗水和皱纹的脸染成了和山地一样的黄色，在尘土飞扬的光线中，我看着他的汗水滴答滴答，听着他沉重的喘息声。那一年秋雨绵绵，冬雪漫漫。爷爷说，这下子洼里的地就大齐了，来年咱们准能吃上好麦子。

就在来年的正月，爷爷走了，七十六岁，因为哮喘。

四十九 | 驾

爷爷走后，洼里这块麦地再没有闹腾过，就像一个度过了叛逆期的孩子，懂得了努力和进步，产量每年都有一个惊人的跃升，家里人和村里人当然知道，这是土地对那个勤谨老头诚实的回报。

产量多了运输成了问题。那两年马骡还在吃“闲饭”，指望不上。到了麦熟时节，父母只好以工换工，先帮亲戚邻居把人家地里的全部抢收回来，才能用用人家的牲口开始自家地的收割。在龙口夺食的季节，这样做风险很大，但也没有办法，眼看着到手的收成遭了雨，发了霉，父母只能叹息，盼着马骡快快长大。

马骡正式上岗的那一年，洼里的麦地越发发了疯，就连边边角角的麦穗都饱满得像醉汉一样，身子根本支撑不住，风一吹歪东扭西。第一次驾车盘山过坡，马骡很兴奋，完全做不到蹄疾步稳，父亲必须紧紧抓住箍在它牙口上的嚼头。当时的我正好小学毕业，自愿做起了骡车的副驾驶。

骡车看似粗笨简单，但其实隐藏着不少的高明智慧，比如赶车人的座位设计，比如驾驭牲口左右和后退的缰绳和后桥，再比如为了防止重心靠后车身前跷，在牲口肚子底下拴着的捆肚……当然，智慧最集中的体现应该是在刹车系统。和现在的轿车一样，骡车也是有悬挂、轴承和轮毂的，不然上千斤的重量爬山过坎，根本无法保证安全。刹车用的是木刹，简单说就是用一根腿粗的木头在需要的时候要与轮毂产生摩擦，以减缓甚至阻止车轮的滚动。要实现这样的目的，就必须使用弹簧、钢丝链、皮带以及定滑轮和动滑轮。总装之后的刹车，操作很简单，一根皮带拴在赶车人座位的旁边，需要制动的时候，将皮带拉起即可，拉起的程度由需要实现的车速决定。

如果是驯化成熟的牲口，赶车人只要坐在驾驶座上，右手执一条马鞭就相当于踩上了油门，左手随时握着刹车皮带，就相当于有了制动，是奔驰宝马，还是昌河吉利，就看赶车人与牲口配合得怎么样了。

马骡这个时候是新车新手，还没有度过磨合期，洼里路远弯急坡陡，必须配备副驾驶。副驾驶其实就是专职刹车员，刹车员这样的活儿，一般是家里的小男孩，因为大孩子在这个关键时刻要和大人们在地里收割、抱铺、捆扎，那是会被太阳晒掉皮、会被秸秆戳破肉的重体力活儿。

要干好副驾驶当好刹车员也并不容易。首先是腿功和手功，牲口毕竟是四条腿，它要跑起来你得能跟上，需要急停的时候，你得能一把将皮带拉死。其次是身形得灵活，有些地段山路很窄，骡车刚刚能够通过，你的身边要么是深沟，要么是岩壁，迷迷瞪瞪稍不留神不是碰了腿就会擦伤臂。这种地段，正驾驶招呼牲口和车辆都够喝一壶，是没有闲心关心副驾驶的。

我在副驾驶兼刹车员的岗位上干了两个夏天，马骡已经完全熟悉地形，懂得了轻重缓急，父亲只需要管好刹车，在关键路段稍微给它一些提醒便可。于是，我就拿起了父亲磨好的镰刀，转入了母亲和哥哥姐姐们的战队。

五十 | 一铺铺

割麦子和锄谷子基本上是一样苦重的活儿，在我看来，都不该是人干的。酷暑之中，弯腰挥镰，还要和老天爷的脸色赛跑，生为农民真是前世造了孽一般。

播种的耧是三腿的，所以每三行都会出现一个较宽的垄距，收割的时候也就趁了这个垄距，每人三行向前开进。农活虽然不像工厂车间一样讲究规程和标准，但它也有很多的“潜规则”，这些“潜规则”是千百年在与天地的较量中，农人们逐渐寻到的窍门和长出的心眼。比如割麦子，新手上阵老手就会教你：左手虎口向下擒住麦秆，右手镰刀顺势一拉，每行一刀，每刀割下的穗秆要暂先夹在不同的指间，挥镰三刀方为一把，一把之后放在地下。放，自然也不能随便放，前面的快手已经布好了点位，你这把要摞压在前人的上面，而且穗头的方向要反向交叉，这样才便于下一步抱铺和捆扎。这时如果乱放，下一步流程的难度就会大大增加，极容易造成漏捡，到手的粮食就会丢落在田里。

一把一把慢慢堆积为一铺一铺，装车之前，这一铺一铺必须扎为一捆一捆，于是有一个流程叫作抱铺。所谓抱铺就是将散在田地中的每一铺，抱起来归拢一处。抱铺之前要先将尖担，一种两头套着铁尖的扁担，一头插于地的中央，尖担的旁边铺一条带着木钩的粗绳，从四面抱来的麦铺交给站在尖担后面的捆扎人，由他按照穗头交织的秩序，依托尖担摞将起来，最后收绳勒系，捆扎成团。

山区中的好多地块，由于沟崖险峻，骡车并不能直接开进地里，这就需要用尖担将扎好的捆团人工挑到骡车能够停站的地点。每到夏收火热的时候，在崎岖的山路上，炽白的烈日下，常常会看到臂膀黝黑的农人，肩上搭一块厚实的垫肩，挑着沉甸甸的两捆，拐一次弯换一次肩，长长的扁担一颤一颤。一步一步，坚实而努力，他们就像迈向圣地的行者。

洼里的这块地，骡车也不能直达，好在所剩距离不算太远。即便如此，父亲一个人要将三四亩地里，几千斤的重量一次一次挑出去，实在让人心疼，可我们又爱莫能助，因为两头上翘的尖担，没有相当的力量和技巧，根本玩不转。我们唯一能做的，就是收割时、抱铺时尽量干净利索，以免父亲看见丢落在地里的麦穗生气。

父亲是独子，当年曾经有机会招工到矿务局当工人，但爷爷坚决不同意，他说下煤窑进矿井，那是提着脑袋挣钱，穷死也不能去。所以，当村镇的小煤窑办起来的时候，父亲并没有像大家一样亦工亦农——一边种庄稼一边下矿井，而是选择了酿醋、磨面、种果、熬糖、水工、电工等技术型副业。可是这样的副业终究不及下煤窑来钱更多更快，孩子们慢慢长大，读书上学吃穿用度都在增加，而且很快就是嫁娶成家，村里好多人家在煤窑上挣了钱已经开始修盖新宅子，父母觉得靠“技术型副业”实在有点赶不上趟儿。于是，母亲辗转求了娘家的亲戚，总算是在附近的煤窑上给父亲谋了一个井坑外打杂的活儿。

五十一 | 犁耕

父亲有了煤窑上的工作，天不亮就得走大后晌才能回来，地里农活自然就会落下不少，所以我们兄弟的周末和暑假大都交给了田地。村里的孩子从小学开始就逐渐要参加田里的劳动，最初是给地里忙着的大人们送送水送送饭，后来就是寻兔草割猪草牵牛喂羊，上了初中就慢慢学会锄、耙、间、割，高中之后力量足了，就得能背能扛能耕能犁。

我是在中考完的暑假里学会了扶犁耕地，在我之前二哥已经是有着两年耕龄的“老把式”，已经能够和马骡配合得相当默契。可是，正是由于“老把式”的疏忽大意，那一年暑假，发生一件不小的意外。

高中的暑假，我和二哥的大部分时间是和马骡在一起，因为麦收之后的土地，要在数伏天犁耕三遍，这样做一来可以使留在田里的麦茬在雨水和烈日的相互作用下充分沤烂，二来土壤得到不断的翻晒之后氮磷钾才能充分化合，肥力才能扩张。农谚有：头伏一碗油，二伏半碗油，三伏流光溜。意思是，盛夏麦田里的这三遍犁耕，不仅要充分而且要及时，否则当年的麦茬在土里不仅沤不烂，得不上肥力，还会在秋天播种的时候拥塞耧腿，导致缺苗断垄。

三遍犁耕数头一遍最为艰苦。刚刚收割之后的麦地，一行行的麦茬就像血气正旺的少年新剃的板寸，直愣愣地竖立。每一根麦秆被镰刀削过之后，都会留下一个锋利的茬口，如同可以扎破酸奶的吸管。一种我们当地叫作猫眼的荆棘，最喜与麦苗为伴，风播雨种，一丛丛长在垄间。麦子成熟的时候，它也成熟，结出的籽粒与麦粒大小相当，但却浑身带刺，无论袜子还是裤管，只要它粘上都会扎透。这就是头遍犁耕需要面对的“险恶”环境。至于螳螂、蚂蚱，甚至小花蛇，那是常客，但我们手里有鞭子，况且有马骡在前开路，它们都会在被惊起之后蹦跳着瞬间消失，也就不足道哉。

被扎被刺被划被咬既然不可避免，疼着疼着也就习惯了，甚至晚上回家洗漱时，看到满脚脖子都是血印，还会莫名产生一些磨砺而后的得意和傲骄。那个时候，正是汪国真火红的时候，自

己的小本本上抄着他的诗：

……既然选择了远方

便只顾风雨兼程……

这点疼痛算得了什么呢？

犁耕最考验人的其实是脚力，一犁过去顶多也就尺宽，一亩地究竟需要走多少个来回迈多少步没有人计算过。一个人不做任何负载单纯走路，一小时大概是六公里。整整一天，从日出到日落，如果掐头去尾，以六小时计，六六就是三十六公里。我家当时三块麦地共计十五六亩，以马骡当时的体力和速度，犁耕一遍需要五天，也就是，整个夏天，三遍犁耕，我们要在麦地里，追着马骡的脚步，走 5 天 ×36 公里 ×3 遍＝ 540 公里，千余里路。

时间紧任务重，我和二哥采取的是两班倒，早上的头班一般是他的，需要早早起床，牵骡上地。这时的马骡已经是大肚溜圆，因为父亲晚上会起来两趟，给它喂水添料。在去煤窑上班之前还要再给它喂一槽它最爱吃的青草。没有这样的夜草，马骡扛不下一天的苦力。

我可以多睡一会儿，起来挑挑水，扫扫院子，等母亲把早饭备好，提着两个人的早饭，去地里与二哥会合。

那次意外就发生在我与二哥会合之后的早饭时间。

五十二 | 狼鬼

作为家中的老幺，往地里送饭是我的老本行。从小学开始，无论春耕还是夏收，无论锄苗还是间谷，只要是在假期，这个跑腿的活儿就由我独揽。即便到了初中高中，已经能扛重活儿，父母哥哥姐姐仍然把这个可以睡懒觉晚出勤的优惠留给我。每次走在送饭的路上，我就会想起生产队时的常长叔，那个常年穿着红背心，一到饭点就站在枣树底下敲钟的小个子，脑子里也会不由自主地当——当——当——岁月会把记忆风干，但留下的越见酸甜。

笼屉上的馒头快熟的时候，母亲照例把我叫醒。那天天气异常的热，日头灰蒙蒙的，知了在树上一声接着一声，尾音拉得很长，就像被亲娘暴打之后顽童的哭喊。母亲说，多少年咱这山里都没见过这么热的天气，别去挑水了，给你理理头发吧。我先是一愣，继而很爽快地答应了。我们兄弟仨上了高中之后，母亲就不再是我们的理发师。她说还是人家城里的理发馆理得好看，价钱也公道，你们也长大了，就让人家给理吧。那天母亲之所以主动坏了“规矩”，想来是带着心疼，那样的天气里还不得不让孩子们去地里劳动，理发可能是她想出的最能立竿见影的降暑方法。

我让母亲剃了个光头，那是迄今为止我发型史上的空前绝后。母亲很犹豫，怕开学之前长不起来，但我很坚决，心里似乎也没什么理由，就是瞬间一种强烈的愿望。

当我提着饭袋汤罐，快到洼里的时候，远远看见二哥正扶着犁扬着鞭奋力迈步，不时对马骡发出很大的指令声。洼里耕地的人不多，我想他是不是有点害怕。

洼里以前是有过狼的，据村人们说，那些年收割麦子的时候都得背对背开镰，以防有狼从背后攻击。我曾就此追问过父亲，他说，这可不是编故事，尤其是洼里这地方远离村寨，遇见狼是常有的事。我问他，狼白天也出来吗？他说，那当然，不过白天它们一般会躲得人群远远的，沿着山梁游窜，但如果它实在饿极又发现人是单枪匹马免不了也会攻击，那些年附近村子里大白天被狼攻击过的大有人在。父亲说，防狼躲狼有两条，第一是点火，只要有火，狼就不会近前；第二是逃跑时千万不能直跑，一定要跑之字，因为狼虽然速度快但急停和拐弯能力差，只有不停拐来拐去才有可能逃脱。

我没有见过狼，但却在半夜听到过狼叫。它的叫声尖锐，在安静的山村显得有些凄厉。一家人都醒了，父亲说，多少年都没听到它们叫了。那大概是 1983 年冬，此后再没有听到过。

洼里有块地就叫狼铺，与我家的地隔着一道山涧，在圆圆的土丘之上。小学时，我们小伙伴曾经密谋过十大冒险行动，其中之一就是去一次狼铺上一次土丘，但不知什么原因最终没有完成。

洼里还有一个让人害怕的地方，是一个石头垒成的山圈。我们所说的山圈，一般是指散布在塬上岭下地边沟畔的土窑洞。这些不大的土窑洞主要的功用是圈羊，一是为了放羊人方便，不必每天费力将羊群赶回家里；二是为了出粪方便，羊粪那时是地里的主肥，那些家伙们一晚上能拉撒厚厚的一层，把它们圈在离地不远的山圈里，运输就会省去不少的劳力。这座山圈的特别之处在于，它完全是用石头砌成，这在村里是唯一。之所以全部用石头，是因为洼里乱石嶙峋根本没有合适的土脉挖窑洞。

石头山圈就在我家的地旁边，由于化肥的大量使用，再加上养羊人的减少，到我们会耕地的时候，它早基本废弃，周围长满荒草，黑黢黢地开着个口子。它后来的功用基本成了放死人，煤窑上经常会有意外，但这样的恶丧，按照村里老祖辈留下的规矩，是不能被抬进村的，只能在村外殓葬。洼里是煤窑到村的必经之地，这座石头山圈又比其他土山圈显得像个样子，于是，它就几乎成了这类恶丧停尸的定点。

尽管害怕，我们还必须同它打交道，因为洼里这块地一天根本耕不完，回家路远，犁耙枷套这些辎重如果扛去扛回真能累个半死，只能就近放在这个石头山圈里。常常是在黄昏，我俩故意大声说着话儿壮着胆，把那些家什抬进山圈，有时，地上依稀可见祭奠用过的纸屑香灰。

我怕二哥害怕，一看见他就大声地向他呼喊，二哥，开饭喽，二哥，开饭喽……二哥听见喊声，停下牲口，好像远远发现了我的光头，大声地笑了起来，随后就用当时很流行的手法，把拇指食指圈起来放在唇边打了一个非常响亮的口哨，山谷里的回音漂亮极了。

五十三 | 狂牲

本来我是可以先在家里吃饭的，那样就能在送饭的路上少些背负，但每次母亲问我的时候，我都会选择去地里吃。坐在地头吃饭有一种别样的滋味，塬上的风，川里的景，新翻的泥土，顶着露珠的野草，挂满枝头的槐花，天地盛大的铺排会让人食欲大增。掰一块馒头放在地上，成群结队的蚂蚁就会聚拢过来嘴叼肩扛。

爷爷当年在洼里整地时候，专门在背风处建了一个“餐厅”——大青石是餐桌，小青石是餐凳。我将饭菜拿出来在“餐桌”上摆好，见二哥正给马骡卸去绳套，我问他吃完饭不是还要继续干吗，为什么卸套？他说今天天气太热，马骡一大早就浑身冒汗，让它趁着我们吃饭放松放松，啃啃地边的青草。我说，你不怕它跑开吗？他说，没事的，马骡已经累蔫了，根本没劲折腾，正好有块青石可以压住缰绳。

安排好马骡之后，二哥笑哈哈地向“餐厅”跑了过来，上来就是光头上一通乱摸，满手的土搞了我一脑袋。一阵玩耍之后，他好像突然想起了什么，起身跑向了马骡吃草的地方，只见他在草丛里扒拉了几下，两手捧出了一个大西瓜。

二哥说，这是父亲早上去煤窑时顺便给我们背过来的，怕被晒坏专门放在了草丛里。添此尤物，我俩的早餐越发生动可人。

兴之所至我们端起汤碗以汤代酒，就像江湖上久别重逢的兄弟，不停地干干干。

就在这时意外发生了——马骡不知什么时候已经偷偷拽脱了缰绳，等我俩发现时它已经溜出地外……

二哥站起身来大喊一声，吁——命令它立刻停下，可马骡只是简单地回了一下头，脚步却并未停止。二哥急忙扔下饭碗，一边喊着指令一边撒腿去追，马骡看到主人在追，也许是犯了错误怕被惩戒，也许是越发感到自由可贵，反而小跑起来。我见此情形觉得大事不妙，赶忙绕到山圈后面准备抄近路从它的前面拦截。然而，可能是二哥着急，在后面追得过猛，等我迂回过去，马骡已经由小跑变成大跑，刚好从我的面前飞奔而过。蒸笼一样的天气，就这三五分钟，我俩已经是气喘吁吁大汗淋漓。喊是喊不住，追是追不上，怎么办？二哥说，不行，还是得追，这次他前出包抄，我在后面截断。

吸取刚才教训，我故意把速度放慢，这样果然见效，马骡见主人不急，也开始减速慢跑。可是，就在我们即将合围成功的时候，突然有一只山鸡扑棱棱尖叫着从马骡身边的草丛飞起，正在防备主人追击的马骡顿时受了惊吓，只见它后蹄腾空猛踢，嘴里一声嘶鸣，拔腿在山野开始狂奔。更多的山鸡被惊起，尖叫着飞出草丛，野兔也开始在山路上乱蹦……马骡觉得自己陷入十面埋伏，越奔越猛，就像疯了一样四处乱撞完全不顾哪里是道哪里是坎……

二哥声嘶力竭不停地在喊着口令，听得出来已有几分哭音，我呆在路边浑身发软感觉每个毛孔都在拼命呼吸……好几次马骡的前蹄踩到自己脖上的缰绳，轰隆绊倒，但每次爬起来之后它越是发疯，嘶鸣着狂奔着烟尘滚滚……好几次腾空越过荆棘……好几次奔到崖边急停……

它似乎在调集全身的力量，向这土地和山野发泄，又像是对这劳役的命运疯狂抗争。

二哥已经完全是哭音，我更是支撑不住软坐地上。太阳把山石晒得滚烫，四周不见人影，只有蝉在叫，只有汗在淌，满鞋满身全是土，脸上没有一丝的风……暑热的天地间，在太岳山一个小小的褶皱里，两个十几岁的少年和一匹发狂的骡子，不知如何是好。

最初的紧张完全变成了恐惧，天爷啊，这样下去马骡完全有可能失蹄滚下山崖。

马骡曾经两次历险，尽管最后都死里逃生，但母亲每每给我们讲起都能看到她的身体仍在发抖。

五十四 | 万幸

第一次是在马骡学会驾辕后的那年冬天。母亲说，年近腊月，家里喂的两头猪可以出栏了，准备卖到乡里的供销社。以前卖猪都是供销社开着“解放”大卡车上门来收，自从公社改乡联产承包后，供销社就很少上门，甚至每年要交的公粮，也得自己想办法送到乡里县里。马骡能够驾辕后，就像家里添了一部轿车，运输的问题不再犯难。

逮猪捆猪不是一个人能完成的任务，隔壁椽廊院的光棍汉狮子二杆和复员退伍老军人孟大伯都来帮忙。在生产队刚解散的时候，孟大伯曾经和我家合喂过一头牲口，他是村里有名的车把式，使唤牲口很有一套，在调教马骡的过程中孟大伯出力不少。

肥猪被父亲和狮子二杆他们摁倒在猪圈里吱哇乱叫。母亲说，一听到猪的叫声，马骡显得有几分紧张，但在孟大伯不停地抚慰下，倒也还算平静。然而，当准备把肥猪往马车上抬的时候，马骡开始惊慌躁动，它可能完全没有料到那样刺耳的尖叫竟然一步步向自己逼近。就在肥猪被放上轿厢的那一刻，马骡彻底崩溃，突然发力迅速启动，拉着还没有在车上固定好的肥猪，拽着孟大伯飞奔而起……

母亲说，也就十几秒的时间，马骡、肥猪、孟大伯就越过了门前的陡坡，从村口的大槐树下奔得不见踪影，只能听见肥猪惨烈的叫声……

母亲说，那一刻她的脑袋嗡的一声，觉得天降大祸天旋地转，猪和骡毕竟是牲畜，摔就摔了伤就伤了，人家孟大伯上了年纪，万一有点儿闪失可怎么办啊……

事后孟大伯回忆说，他以前也经见过受惊的骡马，以他经验的判断，年轻的马骡即便张狂些也力量有限，所以一开始就没有撒手，想着是一上大槐树前那道陡坡，它的冲劲就会衰减，肯定能够拽住稳住，没想到马骡竟然是那样的烈性，自己完全就像坐上了飞机……他是在拐过大槐树后撒开手的，不撒不行了，再那样飞下去自己非搭上老命不可。当时肥猪已经被摔在了路边——

被逮被摁被捆被飞又被摔，可怜的命运瞬间在不停地惊恐中转换，凄绝的叫声可想而知。孟大伯说，过了槐树，甩掉肥猪的马骡，简直就像当年他们战场上的炮弹一样，嗖地就出去了。

孟大伯无大碍，只是拽着辔头的手被勒掉了一层皮，毕竟年轻时当过兵扛过枪上过战场，身手敏捷。母亲说，等他们追到槐树下看到孟大伯没有出事，心里平复不少，但马骡驾着空车已经奔枣园里而去，只有荡起的尘土，完全看不到踪影。那时心里就是不停地在祈祷，千万千万不要撞着人千万千万不要撞着人。她和父亲已经做了最坏的打算，马骡出事就出事吧，毕竟是个牲口。

马骡幸运，奔了两道弯后，陷入一大堆松土之中，枣园里有人正在路边取土，车轮进入松土阻力倍增，马骡的四蹄也瞬时失了威力，更关键的是两道弯之后它已经不大能听到猪的叫声，于是一场夺魂摄魄的生死时速就此戛然而止。

母亲说，真是老天爷有眼，万幸万幸。

如果马骡的这一次劫难还算是有惊无险，那么第二次完全就是绝处逢生。

每当讲起那个雷电交加暴雨滂沱的傍晚，母亲总要先做一下深呼吸，稳稳情绪。她说，实在没料到雨会来得那么快，一看着天气不大对劲，她就和父亲赶紧收拾麦场，但终究还是没跑过人家老天爷。满场的麦粒刚刚装袋捆在车上，雷声和雨点就蹿过来了。雨点倒还好，关键是轰隆隆的雷电，让马骡不能自控。母亲说，父亲完全就是揿着它的头往回走的，一刻不停地在呵斥着，可是作用并不大，马骡似乎预感到了不一般的暴雨，四蹄彻底乱了方寸，而且每炸一声雷就猛地往前蹿一下。

麦场在下头道区，距离我家所在的上头道区，也就五六分钟的路程。路不远，但有两处窄道，都是刚刚能够通过马车。一处在“谦受益”家院墙外边，一处在我和父亲张贴“选民”的石塄底下。母亲说，过第一个窄道时还好，雨点很大但雨还不大。等走到石塄底下时候，山风涌着雷声，雨头驾着闪电，天盆子一下子被打翻了，那不是在下雨而是在倒雨，石塄上的水口整个就是在喷涌……呀，母亲颤抖着身体说，一辈子也没见过那样急那样大的雨，井沟里的雨声唰唰的，塬上的闪电一道接一道，简直就像天要塌地要裂一样，实在吓人。

就在石塄底下，昏天黑地，暴雨倾盆，电闪雷鸣，骡急人慌，拖着满满粮食的骡车一个打滑，车轮溜出了道边……道下一人高的地方是个窑背，两三步宽，上面除了两个黑黢黢的烟囱，杂草丛生，窑背外面是七八丈深的断崖，崖下住着一户人家，他家门前是井沟。

五十五 | 响鼻

母亲说，车轮一溜，车尾一甩，轰通一声，天老爷，几百斤的粮食拽着车马瞬间就崴下去了……

马骡被翘起的车头顶在半空，屁股身子已经下去，脑袋刚好露出道边……父亲被拽倒在地，滚在了泥水里，他的手始终捩着马骡的头，紧紧不放……

多少年来，每当我困顿之时，脑海中总会出现这样的画面：滂沱大雨中我的父亲与他心爱的马骡命悬一线……天地间还会有什么样的孤苦与磨难可以害怕？

曾经问过父亲，当时为什么不撒手？

父亲说，不能撒，马骡是咱们家里人。

车辆再翻就是断崖，万一把你拽下去可怎么办啊？

不会的。

母亲疯狂的哭叫，惊动了崖下住着的大叔，他提了柴刀急急赶到，用柴刀割断了束缚在马骡身上的绳套，马骡在烂泥中一跃而起，得救了。没有了拖拽的骡车，翻了一个跟头，砸塌了窑背上的烟囱，倒扣在了断崖边。

马骡仍在烈日下狂奔，那些死里逃生的经历对它来说好像从未发生，此刻，估计它满脑子都是摆脱劳役后的自由欢畅。追击和逃亡进行了大半天，我们都筋疲力尽。二哥气喘吁吁一屁股跌在了地上，汗水已经把衣服完全湿透，泪水滴答着砸在土地上。我觉得有点虚脱，软瘫在了路边。太阳毫无同情之心，闭上眼睛都是它炽烈而刺眼的白光，汗水顺着脸颊哧溜钻到了耳朵眼，蚂蚁很快爬进了裤裆，这些据说和恐龙同时代的杂种，完全靠死皮赖脸活着，从来不把人放在眼里。

马骡发现我们根本不再有可能追得到它，逐渐从左冲右突的狂躁中放松。奔跑一段，它就会停下来，假装啃两嘴路边的青草，然后突然发力，摆起后臀空踢几下，嘶鸣一声继续狂奔。这样子折腾了一阵之后，看到我们完全不予回应，可能是实在觉得无趣，竟然独自开始嬉戏：先哒哒哒地跑到很远，然后急停急转原路返回，在距离我们十几米的地方，再次急停急转疾驰而去……两个少年束手无策，任凭这匹狂牲尽情地挑衅和戏弄。

等我俩把气喘匀，刚刚站起身来，准备趁其不备继续追击的时候，机敏的马骡却顺着大路一路跑去没再折返，山路十八弯，转眼不见了踪影。山谷里顿时安静得只有泥土里的蒸汽。

二哥说，狗日的估计是往家去了。地里的饭袋汤罐顾不上了，尽管知道马骡应该不会再有危险，但不擒住它如何能够放心。果然，我们顺着马路追了一段，在转弯的时候看到马骡已经在前面的山头颠着小碎步……

我们跑回家，该死的家伙已经在槽头大口大口地吃着母亲喂的草料，脸上毫无羞愧之色，只是瞪着它那黑不溜溜的大眼睛，朝我俩打了一个不要脸的响鼻。

二哥说，我去地里把东西收拾回来，我说，哥，咱俩一起去。

五十六 | 寄埋

正要出门，父亲回来了，手里提着饭袋汤罐。煤窑上倒班的村人告诉了他马骡受惊的消息，他立即告了假，急匆匆绕道洼里又赶了回来。因为着急，矿衣都没来得及脱，嘴角、鼻翼、眼窝、额头上一道道的皱纹里，凡是头上低洼的地方，都是煤粉，脖上搭着一块黑淋淋的毛巾，“黑人”父亲站在圆门旁边，笑着对我们说：吓坏了吧。

要说害怕，倒也不至于，马骡的这次即兴发挥带给我们的，尽管有几分惊险，但更多的其实是懊恼和疲累。在与马骡一起度过的那些夏天中，真正让我害怕到胆破窒息的，是一个湿漉漉、雾腾腾的傍晚。

那不是在洼里，而是在我家的另外一块麦地，名叫垄条，离村不远，就在塬上。塬上是向阳的南坡，背靠着村庄，面朝仁义河，脚底下是连通乡村的主干道。阴阳先生们说，这叫背山面水系玉带，是安坟的绝佳之处，所以整个塬上，几乎每块地里都有一丘丘的坟茔。我家的三块麦地，一块在洼里，两块就在这塬上。塬顶上的那一块地里埋葬着我的祖先，塬腰上这块叫作垄条的地里，是"谦受益"他们家的祖坟。"谦受益"他们家是村子里的三大家族之一，老弟兄四个，子孙众多，所以垄条近五分之一的面积被坟墓占据着。

黄土高原的土葬颇为讲究，一般是选好风水之地后，先向下挖一个三四米深的四方井，然后再按阴阳先生罗盘定下的方向，在井底的某一侧向里掘进，在地下挖出一个小型的土窑洞来。下葬的时候，阴阳先生、戴孝的长子和引棺人先进入"窑洞"里，放置好各种遗物陪葬，等棺木从方井吊下之后，引棺人凭着熟练的经验，利用惯性，要将沉重棺木一次性摆进"窑洞"，不能拖泥带水，也不能鲁莽行事，这些都算是"讲究"。然后阴阳先生香蜡纸烛再做一些"安排"，孝子最后一个退出"窑洞"，退出之前要将地下打扫干净，算是最后在爹娘身边的行孝。孝子爬上方井，黄土纸幡，唢呐哀乐，从此便阴阳两隔。

村人去世后，一般都会按照左长右次的顺序，金字塔状埋进祖坟，称之为上穴，但有三种情况不能正常上穴，必须寄埋。所谓寄埋，就是暂时先简单埋葬在距离祖坟较近的一个地方，等条件具备，再迁葬进入祖坟。这个寄埋其实有个文雅的词语叫作暂厝。

村里寄埋的三种情况分别是：孩子早夭，妇人先逝和大向不合。早逝的孩子和妇人不能进入祖坟，当然是因为父为子纲，夫为妻纲那一套。如果说这两条敬的是人，大向不合就是在敬天敬地。阴阳风水先生会牢牢地记着天地的方向，每年都有轮换，如果谁家祖坟的方向与当年天地的方向不一，就叫大向不合，那么他家那年祖坟就不能动土，即便是老仙翁寿终正寝也只能暂先寄埋别处，等待大向慢慢合适。

由于是寄埋，将来还要出棺迁葬，所以这种墓穴都是"靠崖墓"——选一处黄土坚实的土塄，向里掏出一个米高米宽的洞穴，能把棺木放进去封口掩埋就好。天地一旦不再限行，只需要简单土工，就可拖出寿木，归于正统。有时候，遇到尚未成人的孩子或者香火不旺、无势无力的妇人病丧，村里专事土工的男人们就会偷懒，劝说主家选择那些已然归葬的亡灵腾退出的空穴，粗粗了事。尽管有这种补位的情况，但自然仍免不了刚需不足，就像建多了的空置房——土塄崖下、麦田深处，总会出现空着的穴洞，那些曾经的灵魂栖息之所，就像一个个张着嘴却对这个世界不能再言的哑巴。

"谦受益"家族人口多，坴条里也就时常会有一两个"哑巴"。对于十几岁的孩子来说，死亡啊灵魂啊鬼怪啊肯定是害怕的，按大人们的说法，之所以会感到害怕是因为自身的魂魄还不全，正气还不够，还不足以镇压这些邪气妖顽。好在垄条地处出村的要道旁边，周围的麦田又片片相连，夏耕的时候，到处都是牛骡农人，不像洼里地偏人稀，所以也倒没什么太过恐惧。只是时常不由自主地会向那些“哑巴”瞟上几眼，耕到墓地周围也免不了要大声地吆喝着马骡，故意把手中的皮鞭甩得山响。

可是就在那个湿漉漉、雾腾腾的傍晚，这些壮胆的“小玩意儿”全部失灵，本以为是大人们编来吓唬小孩们的玩笑故事，却真实地发生了。雾霭之中，坟茔地头，我真真切切听到了那传说中的“地牛”的叫声。

五十七 | 地牛

哞——

哞——

哞——

……

声音并不高，很闷，节奏也不快，但拖音很长。最初我以为是旁边地里的耕牛在叫，但吆喝着马骡耕了两个来回之后，发现不对。如果是旁边的耕牛叫，一般就那么三两声，简要地哀叹一下命运也就完事了，可耳边的哞声却是沉闷低回、持续不断。于是我喊停马骡，侧耳细听，不是，绝对不是真正的牛叫！真正的牛叫会比这个响亮，而且中间会有停顿，不是这样上一声的余音还未散尽，下一声已经开始渐强。最关键的是，真正的牛叫不是这般遮遮掩掩，仿佛嘴上堵着什么东西……

莫不是过路的村人或者小伙伴，看见我单人独骑，趁着这雾气迷蒙，专门整蛊搞鬼吧？

我一边想一边快快驱赶着马骡到了东边的地头。东边的地头接近马路，会让人胆壮些。虽然有雾，但眼前十来米还是基本看得清，我四下张望，路上没有人，地里也没有人。哞哞的叫声仍在持续，我屏住呼吸仔细辨听，确定声音是从地的西边传来，心头顿时一紧，因为那大片的坟茔正在西头。啊？地牛！

小的时候隐约听父亲讲过“地牛”的故事，他说，地牛并不是真正的牛，只不过叫声像牛，人们才叫它地牛，地牛也不是一个物件，能看得见摸得着，它生活在空气中。地牛很淘气，人在地的这头，它会在地的那头叫，人在地的那头，它会在地的这头叫。父亲说，至于地牛到底什么情况下就会叫，又到底是什么在叫，老人们也说不清，不过好像和雾气以及寄埋迁葬后空置的穴洞有关。我曾问过父亲，你听过地牛叫吗？他说，没有。

就剩下三五个来回，这块地就全部耕完了，明天就不用再来，这是我当天规划好的任务。也正是这个原因，十几分钟前，当邻家地块的大哥喊我收工回家时，我说我要坚持耕完。没想到，他吆喝着牲口刚离开，这该死的声音就叫起来了。

时节已近白露，再没几天暑假就结束了，我就要开学。这是麦收后三遍犁耕的最后一遍，每年假期我们只能在麦地里把农活干到这个程度，剩下的撒肥播种就得父亲和母亲趁煤窑倒班叼空做完。

天色已经显暗，雾气越发浓了许多，哞哞的叫声还在持续，听着好像比刚才是弱了些，有气无力的样子。

立马回家还是坚持到底？

害怕是真害怕，两腿的肌肉已经僵硬得迈不开步。可一想到任务，一想到父母，还是想坚持做完。马骡回过头来，呆呆地看着我，从它的表情看，这家伙完全没觉得周遭有丁点儿的异常。

坚持到底！有马骡，有皮鞭，我还就不信了！

啪！啪！我甩响皮鞭，催动马骡，向着西头挺近，一团又一团的雾涌了过来，犁铧前面导向的铁轮子凝结了大量的水汽，发出吱嘎吱嘎的响声。我的心跳咚咚咚，开足了全部马力……

快要到坟堆的时候，马骡突然停了下来，它像是才听到那奇异的哞叫，两只耳朵直愣愣挺了起来，鼻孔撑得大大的。我已满头大汗，仔细再听，那叫声已经转到了东边。

啊！心脏猛地就要从嗓子眼里蹿出来了，我大叫一声，拔起犁铧，勒转缰绳，皮鞭在马骡的屁股上狠狠抽了两下，丁零咣啷，哒哒哒哒，我俩向大路狂奔而去……

五十八 | 陪伴者

很多年以来，每当听到读到“空穴来风”这个词，我的脑电波都会与这段惊魂摄魄的经历自动连接。科学知识多了之后，慢慢懂得所谓地牛其实就是一种特殊的物理现象，风力、温度、湿度和地形，在惊人的偶合之下，完全可能制造一场天地魔幻。我和马骡是幸运的，那个傍晚神祇合欢阴阳交汇，三体之中，我们竟然幸运地成了生灵的代表，虽然表现不够镇定，但这份来自宇宙的神秘礼物毕竟还是收到了。后来，高考，大学，我很少再去垄条耕作，为数不多的几次，也都是朗朗乾坤，“地牛”是断断不会轻易溜出来的。我曾蹲在那些低矮的“哑巴”面前仔细观察，希望从它们的“嘴”里得到更多的答案，但它们什么也不说，一片荒草阴阴暗暗。

农村生活自然少不了鬼怪灵异，阴魂附体的妇人、魔障呓语的婴孩、诈尸还阳的亡人……城市之中，草非草，雾非雾，不见山风泥土，失了天地造化，喧嚣中的人们自然无法体会那山野之中的奇闻惊怪。黑夜里，坟墓上突突冒出的蓝色鬼火我是经见过的；大白天，亡魂附体我是听闻过的，这些都不是实验室里点燃磷火，或者心理学究们喋喋不休所能述状解释。

在耕作的间歇，我常常席地而坐与马骡对视，在它又黑又大的眸子里，有塬有峁有山有川，有轻轻摆动的柳枝，有簌簌落下的槐花，有一朵一朵的游走的云，有一团一团涌动的雾，有时是道上走亲戚的闲人，有时是对面田地里弯腰劳作的农人，有时只有面前这个穿着黄色的确良的少年，有时是它眨巴眨巴满眼的泪水。我很想知道静默的它在想些什么，或者为什么什么也不想，只是静默。那是一双温顺的眼睛，长长的睫毛耷拉下来，完全与世无争。看着看着，由不得你要心生怜悯；看着看着，不由得你会忘记光阴。

当然它是有欢乐和哀伤的。当你轻轻抚摸它溜光的脖颈，它会回过头来，用肉乎肉乎的嘴唇扶拽你的衣襟。当繁重的劳作把肩胛的皮毛磨破，收工之后，它会躺在厚软的虚土上不停地打滚，久久不愿起来。当你将一筐切碎的青草倒入槽中，或者在干巴的秸秆上湿湿地拌些麸皮，它不停摇动的尾巴，和大口大口的咀嚼声，很强烈地在告诉你，它是欢畅的。即便你就是把吃剩的西瓜皮，随便丢入槽中，它都会在嘴里发出吭吭吭的声音，告诉你，它是多么幸福。二哥说，马骡是我们青春最好的陪伴者。那一年，他高考落榜，坐在田埂上，我俩看着大大的太阳落山。

二哥长我两岁，属狗，从小学起一直成绩优秀。小学、初中、高中，教过他的老师大多又教我。每次遇上相同的老师，他们都会问我，你是谁谁谁的弟弟吧，眼神之中都透着高兴，仿佛在告诉我，要像你哥哥一样做个好学生。

我们的小学就在本村，下头道区里的村庙就是我们的学校。村庙依崖而建分为上下两院，上院面南是椽廊庭堂，下院面东是砖窑三间。父亲说，以前上院正殿里供着的是送子观音，偏殿里分别是文孔圣武关公，下院三间窑里供着的是土地爷、药王爷和财神爷。我们上学的时候，村庙经过“文化大革命”，庙里的神像炉台早已被清退出场，完全变成了劳动人民的孩子读书的地方。不知道什么原因，学校并没有占据更宽阔排场的上院，而是选择了更破烂一些的下院。下院中间的窑洞，也就是原来土地爷的府宅，成了我们的教室，左边财神爷那间住着老师，右边药王爷那间住着当时还没有落实政策，仍在村里晃荡的一个老右派。

五十九 | 要上学了

至今清楚地记得，我是在舅舅结婚的那天，得到小学入学通知的。舅舅结婚，我和母亲提前好几天就住到了姥姥家。姥姥和母亲忙里忙外，根本顾不上管我。我就趁机溜出去和邻家的“老相识”挖土上树、爬坡下沟、推车车滚铁环，同样忙得不亦乐乎。姥姥家是大村子，也是当时的公社所在地，供销社、卫生院、兽医站、大戏台、信用社、初级中学，在一条五十米长的公路两边一字排开，威风得很，在我上学以前，首都北京闻所未闻，这里就是世界上最繁华的地方。

喜庆的锣鼓，热闹的席宴，一拨又一拨的老乡亲朋，一桌又一桌的“四碗八碟”，舅舅的婚事盛大而热烈，现在想来，不知道是不是和刚刚粉碎“四人帮”有关。

我正和“老相识”们吃得高兴，二哥过来说，张老师通知你下学期入学。“张老师”是我们村的代课老师，很多年就驻扎在我们村，三姐二哥她都教过，和每家每户熟惯得就像村里人。二哥当时已经二年级，舅舅的婚事张老师没有准假，所以只能当天中午放学跑过来美餐一顿。听到入学的消息，我很是高兴，觉得那是一件很大人的事情，当然也有可能是和连续好几天玩得美吃得嗨有关。

完全没想到的是，我第一天上学，竟然是哭着走到了半路，最后死活不想去，母亲和姐姐哥哥都没了办法，只好拉着我的手回到了家里。

六十 | 窝囊废

头一天上学的娃儿要吃记性火烧，也不知道这个规矩是怎么来的，反正哥哥姐姐们说他们当年也是这般待遇。所谓的记性火烧，就是一种中间灌了糖的火炉烧饼。糖是在进炉之前就包在面饼里的，火炉一烤，包糖的地方就会鼓包，糖浆就会向四周流窜。母亲的技术好，糖浆流窜得很厉害，第一口就能咬到。酥软软的饼，甜滋滋的瓤，再加上柴炭的熏香，美妙极了。这种烧饼平时家里也吃，但一般不放糖，即使偶尔放，也是放不了这么多的。当时的糖叫古巴糖，应该是咱国家产量不够，从同志般的铁关系古巴那儿弄了些来的吧，反正是凭票供应。来之不易，自然倍加珍惜，家里有两个糖罐，一个由母亲把控，一个是爷爷锁藏。糖多只是其一，记性火烧更显尊贵的特别之处在于，它是要点红的。点红就是面饼包捏好之后，用筷子蘸上食红，在圆心的位置点染一下，红红的，仿佛印度美女的眉心贴。

记性火烧自然是奔着记性去的，甜甜酥酥红心一点的冀望里，是盼着娃儿有个好脑筋，盼着娃儿有个好开端，盼着娃儿识文断字光耀门庭。

两个火烧，早饭吃一个书包里再带一个，母亲说怕我半中间饿。书包是母亲亲手缝制的，样式仿了当时很流行的军用挎包，但布料来自大哥穿过的黄的确良上衣，书包盖上的红五角星，母亲说，是从舅舅当年的红卫兵帽子上剪过来的。

本来一切进行得顺顺当当，又是糖饼子又是新书包，我是相当高兴，甚至觉得记性火烧下肚之后，脑子果然灵光许多，看着圆门旁边的玉黄树上那些黄澄澄的果子和树枝上喳喳叫的喜鹊，都有点马上想写诗作画了呢。

问题出在衣服上。

母亲觉得上学是人生中最大的事，所以老早就做了盘算。在那年过年的时候就特意给我做了一身新衣服。那身衣服只是在过年的时候穿了一下，之后就被母亲藏在了箱底，想着就是让我上学的时候再穿。可那身新衣服，我心里并不喜欢。

过年的时候，我并没有将不喜欢告诉母亲，因为我知道那是她让父亲专门到县城扯的布料，又是她熬了好几天，把舅舅哥哥姐姐们的新衣服都缝纫好之后，特意在最后花心思给我做的。

我不喜欢，主要是不喜欢那个花色。刚刚 80 年代，国家变化了，供销社的布料也不再单单是黄蓝灰。也不知道父亲提前和母亲商量过没有，也有可能是他特意想让他的宝贝老幺赶赶新潮——一块很花的布料，图案是横七竖八的圪针，颜色有红也有绿。现在看来，那是多么酷毙啊，但在当时，我看到布料的第一眼，就觉得十分的女孩子气，很不喜欢。我心里不喜欢，嘴上却一点儿都没说。父亲进趟县城来回是四十里的路程，而且，关键是，他和母亲对那块布料都很满意，说是社会就是变了，新东西就是好。我年龄不大，但懂事。

过年和小伙伴们在一起玩的时候，二小、驴驴他们都直言不讳地指出，你这身，真女气。勉强坚持了一水，总算替换下去了。一春一夏，母亲都没让我再穿。我暗自高兴，以为母亲是看出了我的小心思，哪知道她是舍不得。

如今，看我吃了记性火烧，母亲按照她的既定方针，隆重地把“圪针”从箱底取出，放在了我的面前，让我换上。

天啊！这应该是我人生的第一次纠结。

我仍然选择了不说，我觉得说出来肯定会伤母亲的心，但现实却又实在超出了我的自尊所能承受的。勉强穿上衣服后，唯一能做的——只有哭。

一家人谁也不知道我哭什么。母亲哄了半天之后，父亲开始不耐烦，以为我害怕上学，骂我没出息。母亲后来也开始这么认为，由劝变训，语气严厉。

母亲拉着我穿过了石塄，绕过了谷场麦秸垛，我的哭一直没有停止，后来还又加上了被误解的委屈。眼看就到村庙了，离学校就十几步了，在一颗枝叶庞大的核桃树下，我这个小小窝囊废，觉得死到临头了，想想可能在小伙伴面前的羞辱，认为必须做出决断了，才抽泣着向母亲说出了真相。

六十一 | 尿裤裆

现在想来，我小时的窝囊还是颇有些名气的。清楚地记得，在小学一年级曾经两次因为不敢在课堂上向老师请假，竟然尿了裤裆。还有一次，因为下雨淋湿书包，把写在石板上的作业全部冲掉了，既不敢进学校，也不敢回家，就在那棵大核桃树下站啊哭啊，看着树叶上的雨点滴滴答答。

我的小学是复式班。所谓复式班就是全村四个年级，三四十个孩子都在一间教室里上课。后来可能是国家提倡学前教育，不足二十平方米的教室（你知道其实是土地庙）里，还又自带各家板凳进来五六个猴崽子，鼻涕都擦不干净，有的还没穿上封裆裤。

这样的课堂怎么上课？老师自有办法。一般是早上我们到校后先进行晨读，有时老师会进来布置背诵，如果老师忙着蒸馍做饭或者上厕所没顾上进来，那就自动朗读课本上要求“大声朗读课文”的课文。七八点开始上课，也不打铃也不吹哨，具体时间以老师的蒸馍上屉的时间为准。早晨一般是数学课，老师先在黑板的半边给一、二年级写几道题让大家抄在自己的小石板上演算，让三年级翻开练习册做某题至某题，并且吩咐，一、二年级做好之后将石板交上讲台就可以出院玩耍，三年级做好之后，要复习昨天语文课上教过的生字生词。把这些都安顿好之后，老师开始给四年级讲新课。你可能会担心这么吵的环境中低年级怎么做作业，但情况就这么个情况，天底下的所有不可能都是慢慢习惯就好了。

四年级的新课讲完布置好作业，老师笼屉上的馒头大概就蒸熟了，这时候三、四年级下课，老师赶紧就得去看锅灶，搬笼下屉，焖火起锅，然后就在锅灶边把一、二年级挨个叫过来现场批改小石板上的作业，一、二年级的作业批改完之后，我们就可以第一次整队放学了，回家吃早饭。三年级的作业，老师一般是留在早饭的时间批改的。

一、二年级在早晨的时间貌似很轻松，但却要在老师检查作业后才能放学，所以就增加了不少不确定的风险。如果差错过多，就会被老师留下，我们方言称之为“扣下”，和被派出所拘留用的是同一个词。如果被老师扣下，忍饥挨饿不说，关键是大人们的面子也得跟上倒霉。整队放学回去的那帮子，会在路上满世界嚷嚷，谁谁谁被老师扣下了……

老师扣人，大人们虽然面子上受损，但不会有半点儿意见，大都会说两个字：活该！甚至还会再补充一句，就得让人家张老师狠狠收拾！村里人或许一辈子都不会经历什么所谓的大是大非，但他们非常懂得什么是为咱，什么是害咱。不要说扣人，就是体罚，大人们都没有半句怨气话，因为在当时他们知道要改变这穷困劳苦的命运，只有念书识字一途，而不是后来时兴的——出去打工或者上个三本。那个年代对老师的尊重和信任，特别在农村，就像自家的亲人长辈。

我们的张老师是榆次人，女的，带着一男一女两个孩子，男孩和我同龄名叫永生，女孩不大，伶伶俐俐乖乖巧巧相当漂亮，名叫永艳。张老师的丈夫是乡卫生所的医生，四村八寨地跑，几乎很少见他。张老师方言很重，她的加和减，我们常常分不清，尽管如此，教出的成绩却是杠杠的，在乡里排名每次都不出前三。我们小小的土地爷教室里挂满了各种奖状，不少还是带镜框的。

取得这些成绩，自然要靠严厉。张老师的体罚，一般是打手心，不是用教鞭，而是用废掉的凳子腿儿。她十分生气的时候，还会在讲台放个板凳，然后让被体罚的家伙站在上面一节课。每每有人被罚站，我就会很分神，同情是一方面，更主要的是，台子上直愣愣地杵着这么个人，不由自主就会让人联想到那尊早被从这里请出去的土地爷——他老人家长得是什么样子呢，该不会是这般愁眉苦脸的怂样子吧。

这么严厉的老师，人家正讲课你敢请假吗？尿了裤裆也算正常吧。

六十二 | 张老师

我入学的时候，张老师已经在我们村教书好几年了。她第一天到村的情景，我当时虽然还小但记忆深刻。应该是吃了早饭之后，太阳明晃晃地照着，大人领着孩子们捧着鸡蛋啊油糕啊反正就是那点儿村里人自认为的珍贵宝贝，站在村口的老槐树下，等着新老师来。丁零零一阵脆响，塬上刮下来一辆自行车，张老师的男人——乡卫生所的宋大夫带着老婆孩子笑哈哈地到了人群面前。宋大夫是本地人，背着那个画着红十字的紫皮药箱走村串户行医多年，特别爱开玩笑，大人们都熟识。但他老婆，我们的张老师，大家却是头一次见。我还不到上学的年龄，对老师也没什么概念，倒是他们的那辆自行车一下子就把人勾了去。

那年月自行车虽然是稀罕东西，但村里也是有的，张老师坐的这辆自行车之所以一下子就亮瞎了我的小眼，是因为它的铃声装置实在太特别。以前我所见，所有的车铃都是安在车把上，用手指扳的那种，可人家这辆车的铃儿却是安在了车轮旁，只要一捏手刹，铃儿就会和车轮摩擦，丁零零响起来。宋大夫看出我们好奇，把前轮转起来故意捏了两把，好玩极了，怪不得他们刚才从塬上下来的时候，动静那么大呢。新老师又坐着这么先进的车子，不由人肃然起敬。

张老师是榆次人，外地口音大，人们应该不很适应，好在嘘寒问暖主要是看表情。一阵热情之后，人们就陪着张老师一家到村庙里的财神爷那间安顿住下。大人们忙活的时候，我和驴驴、二小他们就一直在那辆自行车前转悠，很想试试那有趣极了的铃儿，但最终谁也没敢动手碰一下。

我上学后，成绩一直不错，无论是《丁丁想开小飞机》《乌鸦喝水》《小马过河》《王二小放牛》，还是《刻舟求剑》《滥竽充数》《草船借箭》……背诵课文从来没人超过我。学数学学珠算，父亲就是会计，自然也是无人能敌。至于写大字、跳大绳、丢沙包，也都不在话下。所以当优秀的二哥上了五年级，要去邻村中心小学的时候，班长大位很自然地就禅让给了我。一门两班长，而且是班接班，这在村里多少也算个不小的事，张老师常常会用一句话教育大家：难道他爹给他们都装上了无线电脑袋，为啥人家的两个孩子学习都这么好？

张老师这句话是有来由的。80年代初的中国农村，正在经历着翻天覆地的变化。联产承包所带来的土地上的积极性自不必说，村里人的文化生活也在蓬蓬勃勃地兴起着、改变着。大喇叭、电影、电视、收音机这些都不能满足人们对新时代新生活的热望和激情，订报看书的人多了起来。父亲爱看书爱学习爱钻研，报纸杂志数他订得多。村里人订阅的报纸杂志，邮递员只送到大队，我们村人口少，是自然村，大队部设在邻村，所以每周都得有人专门去取。这个活儿一开始是大人们谁有空谁去，后来农事一忙就挺麻烦，于是张老师主动和队长说，干脆就让孩子们在课间休息的时候跑这个腿儿吧。

因为是复式班教学，所以我们课间休息没有准头，一切都听张老师的安排。去邻村有两条路，走大路要出村上塬三四里，抄小路顶多二里路，但要下沟过坎又窄又湿。这样的活儿，小屁孩显然不放心，只有三四年级的大孩子才能完成。张老师每次叮嘱我们走大路，但我们为了能在路上多玩会儿，总是偷偷抄小路。虽然站在学校两条路都能看得清清楚楚，可我们知道这时候张老师得给低年级上课，根本没时间操这个心。

每次取回来的报刊，张老师差不多都要翻看一遍。于是，她知道了父亲订着一份叫作《无线电》的杂志。

六十三 | 无线电

据说现在城市里有一帮人在玩无线电，由于花费不菲且国家管控，基本上成了时髦的贵族运动。据说国际上还专门为这个游戏制定了通行的规则，防止国家情报泄密。可见这玩意儿不是谁想喜欢就可以喜欢，谁想爱好就爱好得了。偶尔在大街上会看到很酷的越野车上面贴着顽主们无线电俱乐部名字，每每看到这三个字，我都会为父亲一笑，一个小山村的老农民，居然在三十多年前就点着油灯（村里时常停电），刻苦钻研这项未来国际时髦界的新玩意儿。

在网上搜索了一下，《无线电》这本杂志创刊于 1955 年，现在仍然在发行，也真是不容易。父亲是通过什么渠道喜欢上了这本杂志，又想通过这些知识改变什么，在他生前我们没有聊过，不得而知，然而，因为这本杂志，家里的变化却是非常明显的。

首先是各种我们从未见过的东西逐渐多了起来，电烙铁、电焊丝、万用表、线圈、二极管、三极管、晶体管、变压器、电容器、扬声器……其次是上门的叔叔大伯逐渐多了起来，他们手里拿着各种样式“不好使”了的半导体收音机……

所有上门的“顾客”都是免费维修，父亲似乎从来没想过把他新学的这手艺当作生意来做。本村的一位老伯，每年除夕的早上都会斜挎着他那部戴着皮套的半导体，准时出现在我家庭院中，为了除夕夜能够音质最佳，即便他那家什没什么毛病，也要让父亲给他“稍微调一调”。父亲就是再忙也要放下手里的活儿，满足他的要求，后来干脆形成了习惯，每年的这一天父亲都会把这项任务列为他当天的活计之一。老伯如果来晚一点儿，父亲反而会念念叨叨：该来了咋还不来呢。即便后来家家户户都有了电视机，老伯的这个习惯都没改变，直到他去世。老伯和父亲应该都不知道伯牙和子期的故事吧，每年除夕当老伯坐在炕边絮絮叨叨，父亲拿着改锥电笔给他拧拧转转，收音机里的声音哧哧咕咕，不知为什么，我对年的幸福感就会更加浓烈几分。

父亲的“学习”时间一般是在晚上或者下雨天，地里不能忙活儿，他就会拿出那些稀奇的东西开始鼓捣，这时候家里就会冒起一缕缕电焊丝熔化之后的青烟，随之而来的就是那股刺鼻的味道。母亲往往就会嗔怪：尽弄些没用的。

父亲的这些东西为我们弟兄打开了一个陌生而又好奇的世界，直到他亲自组装完成一台收音机，我们每天都被这种新奇鼓动着、吸引着。“父亲牌”收音机没有外壳，就那样裸露着“大脑”，各种元器件一览无余。轻轻旋动调频钮，你都能看到缠在上面的细绳如何牵引着电阻器运动。中学以后我们才知道，这门学问叫作物理。我不知道父亲会不会有遗憾，我们弟兄都没有因为他的这项高大上的爱好受到特别的启蒙，进而在这门学问上产生浓厚兴趣，但是我们的童年和少年，因为有一个“会修收音机电视机”的能耐父亲，而格外自豪。

记得是一个雨天，雨势还不小，放学回家的路上到处是积水，路过石塄时，上面的渠口就像茶壶一样，哗啦啦不停地流，落在道边的石板上激起清脆的声响。我和小伙伴们觉得十分有趣，便在这里逗留了不短的时间。回家之后，父亲第一句话就是，我的杂志怎么没给拿回来？这时我才想起，张老师曾告过两次，让我下学时把《无线电》捎回去，可我都给忘了。显然，父亲也是算准了日子的，而且就等着我放学后一睹为快。我说，下午吧，下午放学我一定给你拿回来，父亲好像并没有听见似的，已经披衣出了圆门，钻入雨中。

除了订阅报纸杂志，父亲还特别能买书，每次到县城都必去新华书店，而且绝不会空手而返。父亲的书门类很多，种植、养殖、木工、医药、面食，甚至还有如何结绳，如何绊马，如何嫁接，如何酿制，如何艾灸，如何定宅的。母亲常常会有牢骚，本来日子就紧巴，还要弄这些没来由的花费。可实践证明，这些书父亲都没有白买，每一本书都在接下来的日子里，成为父亲人生的一手新的技艺，并且留下许多辛苦的记忆。然而，也正是因为爱好庞杂，使得父亲业而不精，是方圆公认的聪明人，却并未因此发家致富，显赫乡里。

六十四 | 警察帽

20 世纪七八十年代，书的装帧和品类虽然比不上现在，但品质却要高出很多。就拿父亲买的书来说，一本关于如何结绳的书，有配图有示意，林林总总，简直就像进入魔法世界，就连我这样的小屁孩都会看得爱不释手。抛开实用有趣不说，那种服务读者的诚意，现在无论如何再也见不到了，尽管到处都是漂亮的“腰封”以及名人的“推荐”，书，大抵已成为一种赚钱的买卖，一种和真正读书人无关的游戏。

父亲进城从不“亏待”自己，自然更不会“亏待”我们。看图识字、小人书自不必说，《三侠五义》《封神榜》《隋唐》《水浒》《杨家将》……凡是他认为有趣的书都给我们往回买，现在看来，在他的心里应该没有什么名著之类的概念，否则不会都是这些英雄好汉传奇演义。父亲初中毕业，在那个年代已经算村里为数不多的“文化人”，也曾当过两天教员，应该不会不知道经典名著，但很显然，他把读书完全当成了一件好玩的事情，并不想给孩子们那么多的附加。我甚至想，如果父亲对我们的读书成人有所期待，是不是希望我们能够忠肝义胆摧城拔寨就 OK ？

但也不尽然，在他给我们的购置中，有姐姐们的毛衣编织，有哥哥们的水彩字帖，更让人惊奇的是，有一次他竟然买回两本变魔术的书，而且当众宣布就是专门给我买的。这两本魔术书，一本是讲一些小戏法的门道，比如小碗扣棉球，比如手帕藏鸡蛋；另外一本其实不能叫作魔术，因为都是些化学实验，比如如何在空杯里制造一团云，如何让浑浊的水一下子变清。父亲特意送我这两本书，是不是觉得他的老幺更聪明伶俐一点儿呢？

父亲的书都放在一个很大的木箱里，就是带扣盖的那种，很古旧，也不知道是从哪代爷爷那里传下来的。后来，90 年代我家的新宅子建成后，在搬家的过程中，没注意里面的书太重，哥哥他们一抬，整个木箱竟然散架了，书籍散落一地，父亲一本一本地捡起来，嘴里喃喃自语，改天收书的来了就把它们卖了吧，也没什么用处了。那时我们弟兄正在县城读高中，花销自然多了起来，父亲不得已在煤窑上寻了一个打杂的活儿。

张老师的工资有一部分是村里生产队给发的，因为父亲是会计，所以她来我家的次数就多一些。有一年过年前她到我家拿工资，一进大门就大声地叫着母亲的名字，走进圆门更是呀呀呀哈哈哈地笑着叫着夸赞着，就像戏曲里面为状元登门送喜的报子一般。那一年的期末考试，我们小学的成绩特别优秀，公社给学校的奖励是一个带镜框的大奖状，上面用很漂亮的毛笔字写着：“西岭村小学：你校在本学期期末考试中成绩优异，特发此状，以资鼓励。”个人的单项奖是一顶非常漂亮的“警察帽”——军绿的颜色，帽檐是黑色的硬塑料，两侧有金色的帽扣，连接两颗帽扣的是黑色的帽带，正顶上方是红崭崭的铝片五角星。那个时候能有这样一顶帽子，该有多么神气啊，简直就能爽爆天！要知道，我们平常戴的帽子，不要说帽墙松塌得要在里面衬硬纸片，就是帽檐也软溜得不成个体统。学校这次考得好，两个年级的公社第一都在我们村，张老师喜气洋洋从公社拿回两顶“警察帽”，而更让她惊喜的是，这两顶帽子竟然属于我和二哥，一人一顶。

六十五 | 一二三，四……

我们上小学的那个年代，尽管物质还很贫乏，但把精神和荣誉看得很重。

公社不仅每学期末都要评比奖励，而且在平时还要组织教学成绩好的小学进行跨村示范课。每隔一阵子，我们就要排着队，在张老师的带领下，到邻村甚至步行要四五里的村子给他们“做榜样”。每当听到这样的消息，我们自然是无比的高兴，因为这几乎相当于公费出国旅游啊。更让人心里愉快的是，在别人的地盘上给他们当榜样做示范，那是多么神气和牛逼闪闪的事情啊。二哥去了中心小学后，我成了班长，整队喊操的事由我来做。张老师要求很严格，即便出了村上了公路，队形也不能乱，快到人家地盘时不仅要喊起“一二一”，还要喊上“一二三，四”……

张老师能教出好成绩，除了教学严厉之外，很重要的秘籍是，特别注重精神和榜样的力量。就是那样一个土地庙改装成的学校，张老师愣是催着队长派人用白石灰里里外外粉刷了一遍，而且还从外村雇了会写会画的能人，在庙门的砖柱上写上大红的勾边立体字“团结紧张”“严肃活泼”。更让人为之赞叹的是，她从公社请了能人，在校园的外墙上用黑墨画了一幅雷锋叔叔的那张戴棉帽的标准像，旁边还临摹主席笔体写着“向雷锋同志学习”。

我们学雷锋是真学。张老师专门准备了一个本子，让我们在本子上登记每天做过的“好人好事”。别以为这样的登记是做做样子，张老师是会调查走访的。二小曾经登记说，某天帮他母亲洗了锅，张老师一问他母亲，根本没有这回事，不仅挨了批评，还被罚了站。还有臭蛋，因为家里就他一个男娃，父母很是娇惯，结果是学会了顶撞父母。张老师知道后，不仅把“红花墙”上他的德智体美劳各项红花全部拿掉，而且让我们整起队来，专门让臭蛋在大家面前做检查，这样的检查做了三次，才勉强过关。臭蛋父母听说后，虽然也心疼孩子，但还是跟村里人说，人家张老师就是有办法，就得好好管管那个小犊子。臭蛋学名叫赵志文，虽然名字立志成文，但长大后书并没有念成个样子，一直在煤窑上当矿工，娶了个邻村的姑娘，很泼辣，但志文和她对父母都很孝顺。

公社的奖品除了那次的“警察帽”，一般还会有铅笔、钢笔（我们称之为水笔）、文具盒等等。一个供销社卖的文具盒，对我们来说，那是绝对的奢侈品，因为我们的文具盒，大都是大人们感冒发烧打针后，从医生那里讨来的放注射液的纸盒子。我有一段时间用过父亲给爷爷治哮喘的蛤蟆蛤蚧精盒子，盒子又大又硬，而且外面图案还是红通通的，惹得小伙伴们很是羡慕。公社的文具盒奖品分两种，一种是铁的，一种是海绵的，相当于运动会的金牌银牌。金牌我没有得过，但二哥得过两次，所以他有两个海绵文具盒，就是那种塑料包着海绵的盖子，摸上去肉乎乎的，底座上藏着磁铁，可以自动把盖子吸住。打开里面还有钱包一样的分层，可以插尺子和三角板。我对二哥的绵文具盒都快馋死了，但他从来没有流露过一点儿转赠我的意思，人家是用一个，存一个，过着让人羡慕嫉妒恨的地主富农生活。

贫农中农也要活。除了公社奖励，张老师也会奖励，张老师的奖励是她亲手制作的作业本。那时，我们一、二年级的作业都是写在石板上，所谓石板，就是一种用岩石加工出来的薄薄的长方形，用木条包了边，类似黑板，可以反复涂擦。石板上写字需要专门的石笔，石笔也是用一种岩石切割来的，类似老师用的粉笔，但颗粒要粗很多。石笔磨在石板上会吱吱作响，用的时间长了，摩擦系数就会降低，响声就会更大，很影响心脏。老师检查完石板上的作业后，就可以擦掉，按照正规做法，擦石板该用湿布子或者买专门类似黑板擦一样的工具，可我们讲究不起，一般都是伸出舌头，舔一下自己的手掌，然后用湿润的手掌把字迹抹掉。有时候急着出去玩或者老师又布置了新作业，那就直接舌头上阵，冰冰凉凉，干干净净。

三四年级就开始学习用铅笔、圆珠笔、水笔。作业就得写在纸上。这个时候作业本就成了大问题，供销社虽然有卖的，但需要好几毛钱。这种“正规”的本子，只能用来写“正规”的作业，比如数学的思考题，语文的小作文之类，平时的演算根本经不起这样奢侈的。这就需要买一种叫作“粉连纸”的白纸，很便宜，大概一分钱就能买整开的两个大张。买回来后，折叠成十六或三十二开本，拿刀子沿对折线齐齐割开，再拿订书机装订起来。别小看这个工作，要想装订这样一个整齐漂亮的本子，再配上牛皮纸的封皮，对一个三四年级的孩子来说并非易事。村里的大人整天土里泥里，才不会帮忙管这种小事。所以，张老师亲手制作的本子当奖品，那几乎和康熙、乾隆爷赏赐黄马褂是一个道理。

六十六 | 王老令公

张老师的粉连纸本真是让人喜欢，三十二开，厚厚实实，应该至少用了五张整开纸吧，用一个学期不成问题。边边角角整整齐齐，和供销社卖的“算术本”基本不差上下。最关键的是，张老师会用红墨水笔在本子封面的左上角写上“奖品”两个字。想想看，每天在这样的本子上做功课能不用心，能不带劲吗。

我们和粉连纸有着特别的记忆。从三年级开始一直到初中毕业，基本上都在和它打交道，虽然那个时候供销社卖的本子也不怎么贵，但买来粉连纸自己装订，成本只有几分钱，还是没法比啊。老师们也都会体恤村里的孩子，除了作文、英语这些必须使用格式的本子之外，其他作业基本都可以用这种自制的本子，略微讲究一点儿的老师，顶多可能在封皮上有点要求，比如要求统一用牛皮纸或者旧挂历等等。曾经有一段时间很流行硬板夹，两块硬纸板在顶边或侧边装了弹簧，切割好的粉连纸码整齐之后放在里头，既避免了纸封皮的卷曲破损，又可以反复吞吐，节俭花费，内外兼得，让人满意。这种纸夹一般是用在数学科目，课代表常常搬了高高的一摞来来去去，虽然显得吃力，但给大家分发时，啪啪地甩到桌子上的感觉那是相当的威风。

粉连纸已经十分便宜，但我和二哥愣是发明了一种更为节约成本的方式。我们不会在开学的时候向父母要钱去买纸，而是在平时把所有能见到的一分、二分、五分的钢镚儿攒起来，然后像做会计的父亲一样，一毛或者五毛一摞一摞用旧纸包好，拿细线扎紧，整整齐齐放在我们自己的小木箱里，备用。

村里的小卖铺确实够小，小到连小卖铺也算不上，因为没有门脸，更没有招牌，店主是住在下头道区那棵大槐树旁边的老王头。老王头背驼得很厉害，小个头，腰弯得快有九十度，但人很精神，满头银发。老王头曾经当过兵参加过抗美援朝，每年过年他都会穿上干净的衣服把纪念章别在胸前，然后挨家挨户去串门。我不知道他的罗锅是不是在战场上受伤造成的，据村里人说，老王头当年要不是实在害怕丢命，战争没结束就偷跑回来，恐怕后来会当个大官的，可惜了。然而，面对这样的说辞，老王头总是会露出他的龅牙，笑眯眯地说，你们懂个屁。

老王头的外号叫“王老令公”，可见村人对他战场经历颇为敬仰，尽管是逃兵，可毕竟是保家卫国杀过敌的。村里在那个年代被征召入伍的有三个人，除了王老令公，还有“谦受益”家的曹老大。曹老大自从被征召后，一开始还和家里有通信，不到一年就失了联络，直到如今都是活不见人死不见尸，他家的后人们曾经多次找过政府，也都没有结果。后人们基本都在务农，也没有更大的本事去东找西找，本想着能弄个烈士家属，每年得点优抚什么的，奈何一点线索没有，怎么弄？前两年太原有个叫王艾甫的老人不知道从哪里发现了一份烈士花名册，愣是靠着自己的努力让很多烈士魂归故土，去年还被央视评为了“感动中国”的年度人物。每每看到这样的新闻，我都会想起我们村的这位曹老大，册子里要有他该多好。另外一位当过兵的，是我家隔壁椽廊院里的老孟，他也同样是偷跑回来的，但他从来没把纪念章给人看过，于是有人怀疑老孟是不是偷跑得更早，以至于国家就没给他发牌牌。

老王头之所以被称作“老令公”，还有一层意思是，他特别耿直敢言，常常对村干部的做法当面表达不满。这种宁折不弯的劲儿，大概很像北汉名将杨业，也就是后来归宋的杨继业，当年宋兵已经把北汉主子和都城太原均已拿下，但金刀杨令公仍旧据守偏城，振臂高呼：我却不降。

小卖铺里也就是点肥皂洗衣膏香烟果丹皮，然后盐油酱茶，村子小，村人手里又缺钱，自然支撑不了多大台面。所有货品就放在他家窑后面的老木箱上，令公婆干瘦麻利，拾掇得利利索索整整齐齐。箱子上的所有货品都是老王头从供销社背回来的。我们上学放学，时常能看到弯腰驼背的他，罗锅上搭着布袋，踟蹰而行，从石塄下面走过，进货去了。

我们用的粉连纸都是在老王令公家的铺子里买。

六十七 | 中心校

每次令公婆都会一枚一枚很认真地清点我们积攒的钢镚儿，尽管我们一摞一摞已经捆扎得很清楚，但看得出，这似乎是她的“职业”习惯。确认我们的数字准确无误后，她就从大木箱上把粉连纸抱到炕上，一张一张点数，每点一张之前都要把手指放在唇边沾点湿，以便搓纸时得力。

粉连纸的质量很不稳定，白度和厚度每次都会有变化，质量不好的时候钢笔写在上面，墨水会扩散着洇成一片，我们很苦恼，曾经以为是老令公为了利润，故意进了不好的货，就跑到供销社去买，结果供销社也是同样的纸，是我们冤枉了老革命。

读完四年级，在村里的学习就结束了，我们就要去邻村的中心校上五年级。就在那年秋天开学，张老师也调到县城的小学去了。此后我曾见过张老师几次，每次都是因为村里有了红白事，虽然离开了，但村里人都把她当作亲朋。有一次，我已经上了高中，张老师在三狗的婚礼上听母亲说我在家做功课，专门到家和我聊了很长时间，叮嘱我一定要努力考上一所像样的大学。我大学毕业拿到单位派遣证后的第一件事，就是找了一间安静的自习室，给张老师写了一封很长的信，还把我准备贴在大学毕业证上的黑白照片给她寄了一张。张老师给我回信说，再过两年她就退休了，我结婚的时候一定不要忘记告她，她要回村来见证我的幸福。

所谓的中心校，就是把周围几个村庄的五年级学生收拢在一起，统一编班上课。进入中心校，我们就告别了复式教学，就能像城里的孩子一样每一门课都有一位专职的老师，而且音乐、体育、美术，还有劳动、思想品德这些课程也都像模像样地开了起来。中心校还有食堂、宿舍、上下课的电铃、做广播操的高音喇叭和水泥砌的乒乓球台。从土地庙里走出来的学生，一下子提高了这么多的档次，刚开学的那几天心里颇有几分神气。

可没过多久就发现中心校看着虎气，其实很是烂糟。先说食堂，所谓食堂，其实是一间已经被火熏得黑黢黢的窑洞。厨师只有一名，其实是不能叫厨师的，她就是村子里的一位婆娘，主要负责给家在外村的老师们做点家常饭，顺便给我们热热干粮。我们两个班，大概六七十名学生，离中心校最远的村子顶多也就七八里，村里的孩子走七八里并不是件多么费劲的事情，所以大都跑校，只有个别路远的孩子，家里实在不放心才在学校的宿舍里住下，和老师们一起吃食堂。

跑校就得早起床带干粮。那时候还没有计划生育，我出生那年属相好，村里的小伙伴总共十一个，除了一个学习太差需要留级继续四年级的，十个人每天天不亮就要互相吆喝着一起走路去学校。每个人的书包里都有一个饭袋，里面装着当天的早饭——一个或两个窝头或馒头。所谓饭袋，其实就是母亲们用笼布缝了针线，穿了细绳，一拽可以束口的物什。透眼的笼布装馍虽然有点不太卫生，但只有这样下课时才能保证热得透，因为灶上的婆娘常常会因为她家里的事来得很晚。我们到校后的第一件事就是将书包里的饭袋掏出来，集中堆放在食堂的一张油黑的课桌上。等我们上早读课后，婆娘就会将这些形制各异的饭袋扔进一个很大的木笼屉里，放在一口大铁锅上加热。

电铃经常是坏的。当当——当当——当当——当婆娘用捣炭的斧头敲响那截挂在树上的铁轨时，我们就下早读课了，大家一拥而上跑到木笼屉前翻找自己的饭袋……毫无疑问，拿错是常有的事，特别是碰上腻歪的老师稍微一拖堂，后面的那个班级必须接受残酷的现实。我从来没有拿错过别人的，但却被别人拿错过很多次，而且留下的绝对不会是馒头，都是手艺极差的玉米面黄条子（窝头的变种）。尽管母亲在我的饭袋上不断变化颜色鲜亮的花布条，宣示主权，但收效并不大。学校老师也三令五申，校长还专门在课间操时训话，谁要再抢拿别人的饭袋就剁了谁的手，但，根本不起作用。十二三岁孩子，正是肚饥嘴馋淘气犯浑的年龄啊。

六十八 | 抬水

不知道什么原因，食堂常常会停水，一停水我们就倒了霉，就得到村里人家去借水桶，然后到沟里的老井去抬水。

北方农村地下水很缺，尤其是这太岳山中，不是随便哪里你想有水井就有水井。泉眼一般都是在深沟底。每个村子也就一两口老井，在水泵入村之前，老井是村里人几乎每天必去的地方，一大家子人吃喝洗涮，再加上鸡狗猪骡，没有三五担储在水缸里，生活就会成问题。

老井的泉眼一般都不大，一天的蓄量也就刚刚能支撑三五十户人家。遇到干旱的年景，老井就会减产，排队等水是常有的事。我们村的老井在我家宅院前的井沟里，说是老井其实也并不十分老，父亲说，以前的老井在村外很远的地方，本来就路远，再加上泉眼小，蓄水能力不强，一上午顶多能来回两趟。他年轻的时候，在干旱年景，为了一担水，经常和爷爷半夜半夜地等在井边。就这么一口井，后来，村里有一妇人因为家庭纠葛，竟然跳井自尽，害得一村人不得不紧急找水，找来找去，意想不到的是，居然在村前挖到了新的水源，也才有了井沟里的这口新老井。村里人对自尽妇人的骂声还没有断绝，却又在说，兴许是老天爷看咱村人太辛苦哩，派那个屈死鬼给咱指明路哩。

井沟的这口老井，泉眼稍微大了些，但也常常会捉襟见肘，所以逢年过节往自家的水缸蓄水就是头等大事。父亲一个人显然力量不够，我们姐弟逐渐长大后，父亲用铁皮自制了一中一小两担水桶，和他所用那担铁桶比起来，容量要小很多，自重也减轻很多。这一中一小两担水桶是给我们用的，但我们不全用，每担只取一只，两人抬一桶，大姐二姐一个组合，大哥三姐一个组合。我和二哥多次递了申请报告，要求再组一个组合，父亲却好几年都没同意。我们这个组合等我上了四年级，才勉强得到通过，那时候供销社已经有了塑料桶，自重更轻些，父亲买了一只，而且专门为我俩打磨了一条柳木的轻便扁担。

腊月临近年关，我家的部队就出发了，父亲挑了大铁桶走在最前面，我们姐弟六人，三个组合紧随其后。通往井沟的土路曲曲折折，路两边，山野上的雪还没融化，堆竖在田地里的玉米秸秆就像一个个行营，风吹着雪粒乱飞，枯叶沙沙作响。

水桶在老井的石壁上碰撞，叮叮咣咣，井沟里一片回响……

为学校食堂抬水，组合自定。我和一个叫有亮的同学交情很好，组成一对。他来自一个更偏僻的小村，他们村的五年级学生就他一个，但来中心校后学习成绩却进步很快，常常与我争夺班里的第一。一下课我们就会推推打打、勾肩搭背腻在一起。五年级毕业的时候，照完集体照，我俩又照了一张合影，两个秃小子，穿着皱巴巴的衣服，互相勾着肩膀，裤管下露着大半截小腿，灯芯绒的布鞋已经磨破了边。黑白的树影下，小小少年咧着嘴笑得好开心。

有亮并没有上初中，他是家里老大，姊妹多，母亲病，父亲无力支撑，据说他后来跟人学了汽修。中心校毕业后，我俩再没见面，一年交情留下一张黑白的两寸照片，人生路上，我们只是匆匆打了一个照面。

中心校所在村子的老井并不算远，老师倒也放心，并不随我们同去。老井没有辘轳和井绳，大冬天，井台上结着厚厚的冰层，凿冰、下桶、吊水都是我们自己完成。

六十九 | 生火

幽深阴冷的山沟沟里，太阳光被高大的山头遮挡，探不进来，山风嗖嗖地掠过茅草，夹着细小的土粒飞奔。我们一群像极了课文里那捞月亮的小猴，叽叽喳喳说说闹闹，喊着口号一起拖拽着井绳，冰冷的井水泼洒在家做的老棉鞋上。

抬一段路程就得歇一歇，再起来时，坚硬的土路上就会留下一个圆圆的水桶印。为了好玩，常常在休息时，我们故意将水桶挨在一起，这样队伍重新出发时，地上的圆圈就会环环相连。

回校的路七拐八绕，又是上坡，来不及走到太阳照耀的地方，每个人早都出了汗，帽子一摘，热气就会从头发上升腾，如果从天上看，太岳山褶皱里的这群小蚂蚁如同附了魔法一般。

抬水虽然费劲，但毕竟只是力气活，比起照看教室里的铁炉子来，不知容易了多少倍。

北方农村家里都是土炕，土炕和灶台相连，烟道曲曲折折盘在炕底，上面盖上薄薄的石片，石片上面抹一层厚厚的泥土，泥土里搅着麦兜子（麦子脱粒时产生的外皮），以便更好地板结。泥土干透之后，上面铺上篾席，防潮隔热，篾席上面是油布，这是一种似布非布似革非革的物什，防水保温，光亮耐磨，上面印有鸳鸯蝴蝶牡丹月季，花花绿绿，村人待见。蒸馍或者煮面，只要灶台上有火，热量就会通过烟道带到炕上，一举两得。冬天周末的夜晚，我们兄弟盘坐在热烘烘的炕头，趴在小桌上写着作业，母亲会在灶火上为我们烤一堆香喷喷的红薯。

教室里不可能立灶盘炕，取暖就得靠立在地上的铁炉子。说是铁炉子实际是铁桶子，是一个不小的柴油桶改造而成，因为教室的房顶很高，又是破门烂窗，不用这家伙，显然镇不住场面。

这样一个铁桶子，生火看火就成了大问题。

老师自然是不管的，这是中心校不是村里的小学，他们大都是公办教员，挣的是公家的钱，一张值日表贴在墙上就算尽了责任，男生们就得两人一组进行火炉值日。十二三岁的年龄，即便是村里的孩子，生火看火这样的事在家里也没有学过做过。

没做过也得做，所以铁桶熄火是常有的事。熄火之后，必须把炉内的炭灰全部掏尽，然后再放进柴草，重新引燃。刚刚引燃

的炭块会冒出浓烈的黑烟，笼罩整个教室。这个工作得在课间休息或者放学之后进行，尽管如此，老师们正在讲着《伏尔加河上的纤夫》，或者水池的进水管排水管同时打开的问题时，难免风向不对，教室里突然顶回一股黑烟，灰头黑脸的我们被呛得此起彼伏咳咳咳，老师也会断片，手里拿着粉笔一下子不知该写些什么。

最难的是碰到周一值日。值日生必须提前到校，在早读之前不仅要把炭火点着，而且得把铁桶打理得无烟无灰。算我幸运，这样的情况只碰到过一次。有亮和我一组，他的村子比我远，我说我来吧，你别管了。

我知道父亲会来替我弄。

那是深冬，父亲早早叫我起床，从柴草房里装了满满一袋干柴干叶，并且顺便盛了一筐切好的干草，喂了马骡。我们一前一后跨过圆门，父亲回身把大门带上，扭动旋钮扣上门搭扣，并来回推了几下确认扣好。背起柴火后，干咳了几声，父亲问我，醒了吧。我说，醒了。寂静的山庄里好像只有我们的声音。

走出门前的巷子，我才突然发现月亮好亮，山山梁梁明晃晃的特有立体感。村口的槐树投下长长的影子，扑棱棱一只鸟儿从树上飞起，向着塬上而去。父亲老旧的蓝棉袄在这样的月光下，显得愈发有些白。

七十 | 鬼火

我们村到中心校只有两里地的路程，爬坡上塬拐个弯就是。路不远但两边的土坳里散布着两个村不少的坟地，平时上学和小伙伴们相跟着，尽管天也没有大亮，可毕竟十几个人打打闹闹说说笑笑，从来也没觉得害怕。今天，父亲就在身边，可我居然有些莫名的恐惧，大概是因为深冬的五六点，夜还正浓。父亲可能觉出了我的不安，一路上都在不停地和我说话，问询学校和学习的这个那个，我嘴上也在应承着，可完全心不在焉，脑子里反复告诉自己不要去瞅那些角角落落，眼睛却越是不由自主地瞟向那一处又一处的坟茔。

突然，我发现一处坟茔上突突突冒着蓝色的火焰！火焰不大，跳跃着，明明灭灭。天！我吓得连叫都没敢叫出来，一下子扑到了父亲的身上。父亲被我吓了一跳，急忙问怎么啦怎么啦，我把头紧紧顶在父亲的棉袄上，只拿手大致指了指那个方向，颤抖着说，那……那……那火！吓得我连鬼火二字都不敢说出口。

父亲显然也看到了，他扔下了肩上扛着的柴叶袋，用胳膊紧紧搂住我说，不怕不怕……不要怕，那是正常现象，别听他们瞎说……那是磷火在自燃，以后你在课上会学到……从父亲的声音中听得出来，尽管很镇定，但显然，这东西他也见得不多或者也是第一次见到。

校园里一片寂静，干巴巴的树枝被风吹动，在月光下愣愣地摇来摆去。

父亲生火很麻利，不一会儿，红色的火苗顶着黑烟就蹿了起来，教室里只有一只不大的灯泡，火光很快就映红了教室。父亲咳嗽着用笤帚把炉子旁边打扫干净，看着火势稳了，他开始很认真地给我讲起看火的要诀：

每次添炭不能太多……

一定要让烟道保持畅通……

炉底的灰下课后需要及时清理……

捅火眼的时候不要太用力……

……

别担心，好好听课，等你们中午放学的时候，我会再过来打理一次……

有亮来的时候，天已经微微亮了，因为路远，他也是他父亲送来的。两个大人见面才发现彼此认识，他们曾在乡里一起参加过会计培训，于是大人小孩围着火炉各自聊天，聊着聊着同学们就陆陆续续到校了，天色大亮。

这个月明的冬夜，深深地存在了我的记忆之中，它与几十年后的一处时光交织，让我对头顶上的这团清亮有了浸于灵魂的念思。在喧闹的城市街头，在临窗而望的每一次，它都会激起我的情感，让我不能自已。

饭袋被别人拿去，在冰天雪地里抬水，半夜起床跟着父亲生火，这样的“苦”现在回想起来，总是觉得涩涩的，然而，在当时，小小的我和与我同样生活在山村里的孩子们都不曾感觉到这是什么苦，即便是数九寒天里我们一帮小屁孩，按照老师的安排，拿着铁锹和火柱在冰封的旱厕里浇上热水，然后一下一下地疏通着冻实在坑道上的屎橛子。

时间就像黑板擦，一遍遍地将生活的记忆从墙上抹去，因为我们不得不面对新的课题。

十二岁是命理属相的第一轮回转，童年在此结束，打开命锁的我们需要离开父母走出家门，准备长途的跋涉。

五年级中心校毕业后，我就要到乡政府所在的村里上初中。正是在那年的暑假，父母向乡里申请了宅基地，并且雇了匠人开始烧砖弄瓦准备盖新宅。老幺都长大了，他们担心如果三个儿子都飞不出去，不几年就是结婚成家，老宅的三房两舍根本住不下。

七十一 | 河南家

烧砖盖房雇匠人，钱从哪里来？爷爷走时留下的那零零整整六百多块钱，父母一直存着没舍得花一分。在 20 世纪 80 年代，这是一笔不小的数字，烧砖盖房的工钱绰绰有余。父亲说，这钱花在这儿最合适，老人守着老宅一辈子，勤勤谨谨省吃俭用修修补补，就图着个家业壮大人丁兴旺。

新宅选在哪里，父亲母亲做了很长时间的盘算，既要风水好又要出入方便，还要尽量在自家的田地里，省得与人交缠出让金的问题。爷爷的那位懂风水的老亲戚早已过世，可父亲还是想起了他：那可真是个有道行的人，打倒牛鬼蛇神的时候受了不少罪，后来还能捡起来吃那碗饭，一般人做不到，关键还是人家钻得深，说得准，人们信……父亲说这话不仅仅是在怀念一位老亲，明显带了些崇拜，这或许是他上了岁数后也开始研读卦书摆弄罗盘的一个重要原因吧。

宅基地最终定在了塬下的条里，这块地很早就是我家的自留地，距离老宅不到百米。父亲做村会计多年，和乡里的干部比较熟，人民公社时下乡蹲点住村的干部也时常吃喝在我家，所以审批并没费多大事。当时村里还有两家弟兄多的大家庭，趁着我家申请，就汤下面也递了申请，乡里统一答复，占地条里，坐西朝东，背靠塬上，面向井沟，一排十八孔，每家六孔。我清楚地记得，父亲那天从王老令公的小卖铺里买了橘子罐头，还有当时刚刚在村里开始流行的小香槟，母亲在灶上装盘倒杯的时候都给我悄悄留了些。乡里村里的干部在我家美美吃了一顿饸饹面，这事就算定下了。

烧砖盖房，我们家在村里不算最早的。三中全会已经五六年，敢想敢干的赵姓兄弟已经靠小四轮跑运输和榨油坊发了家，早已从土窑洞里搬到了带雨搭（房檐）的新砖房。他们烧砖时弄起的坯场和砖窑，为后来准备盖房的人家省了不少事。

宅基地批下来，就可以雇匠人烧砖。现成的坯场和砖窑，只需要和会制坯烧窑的河南家（方言，哪儿人就称哪儿家）约定时间就可以开工了。这些活儿本地人干不了，其实也不是干不了，关键是吃不下他们那个苦，无论和泥制坯还是进窑出砖都是重体力活儿。父亲说，那些年黄河不稳河南安徽总是遭灾，养下了河南家吃苦耐劳游走四方的脾性。

雇来烧砖的三个河南家，我现在还能记起他们的模样，一个高高大大，就像一名篮球运动员；一个肉肉墩墩，总是嘻嘻哈哈；另外一个年龄大些，是“运动员”的叔叔，个子不高，干瘦干瘦，爱说脏话。三个人背着铺盖卷，趿着烂球鞋跨过圆门，住进了专门为他们腾出来的南窑。铺盖往炕上一扔，就和父母“中、中、中”地聊起了家常。父亲之前专门进了趟城，买回了酒肉，开工之前必须上盘上碟蒸碗扣肉好好招待一顿，村里人称之为“犒匠”，不只烧砖，木匠瓦匠漆匠，乃至红白事的土工厨子，只要请人做事，都必不可少会有这顿大餐，意思显而易见。

犒匠之后第二天，我还没有起床，他们早就去了工地。母亲借了邻居的大笼屉，正在一笼一笼地蒸着馒头，她说，可怜这些受苦人，饭量大，得给他们多多预备些吃喝。正是暑假，吃完早饭后，母亲吩咐我赶紧去窑场给他们送茶水。

窑场上，三条汉子只穿了短裤，赤着脚光着膀一身黝黑。大日头下他们挥汗如雨，谈笑风生。

七十二 | 烧砖

烧砖要相继完成两个子项目，制坯和烧窑。

制坯就是将黄土搞成砖坯。黄土高原土不发愁，窑场跟前就是上好的土料。制坯拢共分三步，第一步将黄土、沙子和炉灰按照一定比例掺水和成硬泥；第二步将硬泥一坨一坨投入长方形的木制模具里进行规制；第三步，在平整好的场地上，将模具倒扣，轻轻抬起，就算成坯。只要老天爷帮忙，当天湿坯就可以有半成干，半成干就能起架。起架其实是要将土坯立起来继续风干，所以同一层土坯之间要像“广播体操队形”一样留有距离，便于通风晾晒。土坯起架后，一墙一墙的，就像个成建制的部队了，第一层如果向左前看齐，那么第二层就肯定是向右前看齐，这样摆设，一来是为了架更稳定，二来是让人看着像个准备进窑成就点事业的样子。

三个河南家目前还只是取土，将黄土从土塄上刨下来，用平车运至工位。见我送水来了，随手扔下镢头铁锹，就地而坐，拿起茶缸就咕咚咕咚，“咦唏，茶里还放了甜草根咧，中中中”，“肉墩墩”喝完后笑着夸赞。“甜草根”学名白茅根，是一种晒干了的植物根茎，可以入药，泡水之后据说可以利尿抗菌，有祛热解毒的功效。这宝贝是我们的山里特产，城镇的集市上到处有卖，很便宜，每年麦收之前，父亲都要买不少回来，龙口夺食的时候折成小截泡在大茶壶里，甘甘甜甜的一碗下肚，既解渴又解乏。

三个河南家走南闯北很多年，早已养成了四海为家的习惯，该吃就吃该睡就睡，不会有丝毫的见外，上工出去下工回来总是哼唱着他们的“刘大哥讲话”。遇到下雨天窑场不能干活，他们就会在南窑炕上蒙着被子上午睡了下午睡，一副爹不思娘不想天地与我何干的模样。他们的被褥从来不叠，乱哄哄地就那样窝着，母亲一开始要给他们整理房间，都被他们拒绝，他们说，收拾干净的屋子睡不香，所以，入住没几天，南窑就彻底沦陷为他们的气场，那种扑鼻的味道强大到你懂的。母亲说，这种活法倒也自在，父亲说，只有这样子活，他们才能扛得住苦。

只要父母不给特别的任务，我就会到窑场逛达。窑场在枣园里区，因为这里有水库，制坯烧窑水是最紧要的。水库之所以建在龟尾巴上的枣园里，主要是这里距离村外的水源地最近。当时村人吃的还是半自来水，没钱，再加上地形复杂，管道入不了户。即便是半自来水解决起来都要费很大的劲，村里村外需要各建一个水库，两个水库之间用铁管道爬山越岭连接起来，村外的水库里放一台水泵，将蓄积起来的山泉泵到村里。村里的水库是一个圆圆的大蓄水池，有十几米深，水泥罩面，一行方括号形的铁钢筋直通库底，作为清理库底上下的台阶。水库上面就像窑洞一样做着拱形的顶，正面也像房子一样不仅有两扇木门，而且木门上面还有砖砌的门楣，门楣也抹了水泥，水泥上用阴文写了四个大字：饮水思源。水库的下面修了一个小水房，水房里有小龙头，各家各户必须挑了桶担来到这里，用肩膀完成用水的最后一公里。

我到窑场逛达主要是好奇，就想看看黄土究竟是怎样变成青砖的。三个河南家也很欢迎我，因为只要我去了，他们就使唤个不停，一会儿递个铲，一会儿拽个管，要不是晾茶，要不是撒灰，纯粹不把俺当个少东家。

七十三 | 塌架

三人制坯，要数“运动员”最精干。“干瘦叔”手脚麻利，但活儿很糙，铲子刮子用完之后随手就扔，模具外糊上的泥巴他也不管，扣在地上的湿坯总不会是一条直线。“肉墩墩”力量大，一坨坨的泥甩进模子里时发出啪啪的响声，但由于身形的原因，速度显然要慢一些，人家叔侄已经干完定量，歇在那里抽烟喝茶，他还在那儿啪啪啪，即便如此，这家伙仍旧一副嘻哈模样。“运动员”话不多，很专注，三人中只有他干活时腰间系了蓝粗布的围裙，这样端起的模具就不会蹭着肚皮。无论和泥、入模还是扣坯，轻重缓急都被他搞得有板有眼，每次和好的泥堆都要拿铁铲抹得光溜溜的，每次入模的泥团大小正好，几乎没有剩余。在旁边看他干活久了，我甚至觉得他连什么时候甩掉头发上的汗珠好像都是预设好的。那时候的我还不知道自己是处女座，对自己为什么喜欢看“运动员”干活，还无法用星相命理等理论来做出深刻解释。

一天夜里，我睡得正香，忽然被嘈杂的人声惊醒，父亲母亲和三个河南家在屋外的椽廊下大声地说着话，仔细辨听，原来是出了大事——两架砖坯在大雨中塌架了，他们应该是刚从窑场回来。窗棂上明晃晃的闪电一下接着一下，雷声已经远了。“干瘦叔”不停地在向父亲解释，说他傍晚收工时肯定把塑料压盖好了，主要是风雨太大，没防住旁边的土塄滑坡。父亲显然对造成这样的损失很是懊恼，语气中颇多怪怨。母亲虽然在一旁打着圆场，但听得出来，她也十分着急。世间的事往往就是这样，一顺则百顺，一损则俱损，小及人生，大到历史，因为一个弯岔，进而答非所问、面目全非的例子比比皆是。无论是不是“干瘦叔”的失误，这次塌架导致的工期延误，竟然引起一系列的连锁反应，让父母在修建新宅的道路上，不得不一次又一次面对更大的困境和沮丧。

第二天，我去了窑场，本来已经整装好准备进窑接受“烤验”的十几个“集团军”，把边的两个软塌塌地趴了在地上，就像被敌人夜袭拔了营寨，死伤一片。父母挽着裤腿和三个河南家在泥水里一点一点地收拾着残局。

两架砖坯补齐晒透至少需要半个月时间，三个河南家也因此不得不推掉了与下家的约定，然而他们似乎并不太往心里去，没过两天又和往常一样有说有笑。胖墩墩还和母亲开玩笑说，没事，婶，是老天爷看你做的饭菜不赖，让我们在你家多住几天哩。

干坯入窑和夏收时龙口夺食一样，需要速度，几万块坯必须在晴好的两天内入窑码好，否则一旦遇雨那可不是摧营拔寨，完全可能全军覆没。因为必须要靠人力一摞一摞往进背，所以河南家已经提前和方圆工地上的工友约好了时间，没有七八个壮汉，这活儿搞不定。尽管他们的战斗力很惊人，每人一次都可以运输四五十块，就像历史书上玄奘取经用的架子一样，砖坯可以没过头顶，但父母仍然担心天气，还是把舅舅他们也叫了来，又请了左邻右舍，再加上哥哥姐姐，绝对的“全国”总动员。

砖窑就像一个烟斗，斗高七八米，直径也有七八米，伸出来的烟斗把是司炉工运送黑炭和炉灰的通道，通道里随便放一铺干草扔一床被褥就是他们十几天的家。斗的两侧分别留有一个窑口，是专为入窑出窑而设，点火之前就会被封死。当然，点火之前还必须给烟斗加盖，具体怎么个盖法，我已记不大清，反正这个盖不是死盖，大概相当于人头顶上的帽子，能捂又能透，否则窑里的高温肯定会憋出问题。盖子最主要的功能还不是透气，成砖的最后一步是淋水，相当于打铁成形后的淬火，窑火熄灭之后，就要从盖上往窑里慢慢浸水，出窑的砖蓝不蓝硬不硬，关键在此一举。

干坯入窑，一切停当后，就要选定一个良辰吉日，正式点火。

七十四 | 乱子

封窑点火为标志，烧砖工程正式进入第二个子项目——烧窑。

制坯是动土，烧窑是动火，但凡是“动”，都是大事。村人之所以说是“动”，而不是“用”或者“取”，足见他们对天地的敬畏之心——金木水火土都是老天爷的，“动”它的东西自然要小心，自然少不了蒸馍起供，上香跪拜。

制坯镐匠之前，父亲母亲已经向土地爷进行了一次虔诚的敬礼，如今烧窑动火，同样的礼数，还得对火神爷再来一次。敬礼在窑口进行，四方小桌上，母亲拿头道白面（麦子上磨后磨出的第一轮精粉）蒸制的大馒头是主供，旁边摆些院子里刚刚成熟的玉黄等时令瓜果。父亲把身上的土灰拿小笤帚仔细扫净，洗了手脸，然后冲着砖窑点起香烛，躬身跪拜。和父亲一起跪拜的当然还有新来的两个河南家，他们专司炉工，中午刚吃了犒匠的饭，嘴里还冒着酒气。烧窑的技术含量要比制坯大得多，而且白天黑夜必须吃住在窑口，时刻观察炉温火势，随时添炭掏灰，相当辛苦，所以父亲难免就多劝几杯。跪拜之后，还要燃放几挂鞭炮，其中的意思，我想是要吓一吓过路的神鬼，毕竟所有的“集团军”都在这一窑之内，容不得半点差池。

窑烧得顺顺当当，大约十天的时间，我常到窑口闲逛，两个河南家看样子都是老手，干活不急不慌，这份工作也不像制坯一样要不停地忙，炉火正常的时候，他们就半躺在干草上黑乎乎的被窝里，抽着烟，很少说话，生命就那样静默着。这样的状态，让我想起了槽头的马骡。

窑口不再添炭加火之后，就要从窑盖上往窑里浸水，这时候出了问题。

自从那天夜里造成塌架的大雨之后，十天半月，老天竟然滴雨未降。天不下雨，村外深沟泵房里的水库就攒不下水，补坯再加上一村人的用度，原来积攒在村库里的水很快就所剩无几，恰恰这时候浸窑开始。头三天还勉强能够满足供应，第四天就出了问题，本想着老天能够开恩，可眼睁睁是一天又一天的大日头。父亲和村里承包水电的本家叔叔亲自去了深沟的泵房，奈何水位高程不够，水泵根本无法工作。

浸窑的水一旦中断，烧出来的砖要么硬度不够，要么就会走色，半红半黄相当难看。老天不给力，急得父亲团团转。后来有村人出主意说，村里水库出水管的位置比较高，应该还有一部分水攒在库底的水口之下。父亲赶紧推开“饮水思源”的门，果不其然，库底还有不到半桶深的水。他急忙穿了高腰的雨靴，抓着U形的钢筋台阶，一步一步下到库底……一桶一桶舀满，再由母亲和哥哥姐姐把盛满水的桶从下面吊上来……这样的量满足了窑上两天的供应，第五天的下午，老天终于开眼，下起雨来。

两天的紧张供应，本以为不会有太大影响，可等到浸窑完毕，打开窑口一看，里面还是出了乱子，靠近窑壁的地方，很多家伙并没有完成彻底的换装，脸色红黄者不在少数。

父亲母亲十分沮丧，两个烧窑的河南家也傻了眼，除了自责也是寡言少语。

打开的窑口还需要风凉降温几日，才能出窑。父亲安慰母亲说，没事，也许花脸的面积并不大，咱等出窑清数后，看看情况再说。

出窑和入窑一样，又是一番苦力。花脸的自然要被特别编班站在一边，一垛一垛清点之后，它们大概占了不到十分之一。这个结果比预想的要好，父母烦闷的心情略略得到些补偿。

结算工钱的时候，制坯烧窑的五个河南家都来了，还带着几个朋友，他们担心发生不愉快。然而，父亲并没有将损失过多地加于他们，从圆门走出去的时候，一帮河南家叽里呱啦说了不少感谢的话。他们判断失误。

这些外乡人让我第一次看到了别样的人生状态，他们可能是这国家经历离乱、战火和浩劫之后，第一批自愿离开乡土出外谋生的农人。他们认命乐天、皮实耐活，就像远处吹来的野草的种子，给陌生的山谷带来了不一样的生命气息。

砖好了就可以开始挖地基，数伏天还没有完，父母转入另一个战场。

七十五 | 突突突

说是挖地基，其实更准确一点儿是挖地盘。塬下这块地南北倒是舒展，可东西宽幅不够，需要向里取掉三四米的土崖，土崖虽然不高，可要是人工一镢一锹地弄，六孔窑洞的面积，土方量那可不是小数，累死累活没有三两个月拿不下来。必须雇用推土机。

那时候挖掘机这样的妖精应该还没有出世，或者即便已经显了神通，蹿到太岳山乡里也不会是轻而易举的事。推土机就是那个靠履带行走，前面举个大铁铲的笨重家伙，突突突地冒着黑烟，声响极大，全乡只有一台。它的主人是公社时曾经的农机手，高个子，小平头，很壮实，姓赵，大家叫他赵五零。

之所以得了赵五零这个外号，应该有些嫉妒恨在里头。当时全公社大型农机就是一台东方红50拖拉机，他是唯一的操作手。山岳地形，土地都是条条块块，根本不适合大面积的农机耕作，但当时国家“四化”里有农业现代化，所以总还是要有一台。农机手大概是给吃公家饭的吧，各队推荐，再到公社遴选，最终确定的人选还要到县里专门培训，这样的机会，小伙子们无不眼馋。百里挑一，最终赵五零在全公社成功胜出。落选的自然灰心，不给他起个外号怎么行。

那时候，帅气的赵五零开着他威武的50，突突突地从塬上下来，我们小伙伴们就会像鸡群发现大草虫一样奔走相告，叫喊着热烈地冲向村口的楸树底下——多数情况，它会停在那里，等队长上来分配任务。我们围着它看呀转呀，偷偷地动手摸呀，兴奋得不行不行，每次都是。

“50”一般是带着犁铧的，如果赵五零心情不错，就会熄火后从我们当中选三两个人，由他扶着，让我们站在犁铧的铁架上过瘾，每次入选的伙伴，那种得意和傲骄简直啦。

于我而言，最兴奋的不是站犁，而是大冬天的时候，看50的“笑话”。50拖拉机发动有两种方法，气温正常的时候，赵五零拿一根长长的摇把，一头插进发动机上的转孔卡死，然后甩开膀子使劲摇动，逐渐加速度，就会带动发动机点燃，这当然也很好笑——整个人身体随着摇把晃动，就像癫痫发作一样。但更有意思的情况是，大冬天柴油被冻上，这时候就要用第二种方法：拖绳发动。先取一堆柴火，在发动机的下方点着，等烤到差不多的时候，赵五零取一根专用的绳索，在发动轮的凹槽上缠上几圈，然后猛地用力拉拽，油温和力量如果都没问题，发动机就会被瞬间唤醒，机顶上的烟筒就会吐出黑色的烟圈，突突突的声响随之而起，表示成功。可是，十之八九，这样的成功不会轻易到来。通常的情况是，几绳子下来，都突突不起来，有时候，眼看着烟筒已经吐了两个烟圈，可它就像一个睡死了的懒汉，哼哼两下，翻个身，又倒头睡去。大冬天，累得赵五零大口大口吐着白气，额头上都有了密密的汗珠，这家伙仍然不听召唤。只得再添柴火，再缠，再拽……

这样的场景之所以让我兴奋不已，当然有幸灾乐祸的成分，但更多的是因为看着彪悍的50这般耍赖，觉得它竟然是如此憨憨可爱。

赵五零没帅几年，生产队就解散了，包产到户联产承包，农机也不再是公家的，他把它承包了下来，各村各户地跑单，但显然，当时农人手里还没钱，再加上地形也不大能用得着，可爱的50没过多久就不知去向。但赵五零却因此收获了爱情，人精干，又开着这样的“豪车”，上门提亲的好姑娘，大把大把。

后来，终究是缘分，赵五零扔不下农机手的手艺，与时俱进倒腾成了推土机，因为没过几年，取土烧砖、整地建房的人家已不在少数。

七十六 | 傻妹妹

赵五零相貌堂堂一表人才，却有一个傻妹妹。

傻妹妹个子不低，很胖，少说也有二百斤。他们家离供销社不远，那里人多热闹，她也就常常待在那里。那时的供销社还属于公社，年幼的我经常会被爷爷或父母领着去卖家养的兔子，再买些盐油酱醋、纸张布匹。去供销社本来是件乐事，可以顺便得到果丹皮、糖豆豆、动物饼干之类的犒赏，可就因了傻妹妹，每次出发我都会有点犯嘀咕。

傻妹妹的傻时好时坏。好的时候，愣愣地靠在大醋缸旁嘿嘿傻笑，或者站在拦柜前的火炉边安静地烤着手，更好的时候，还会帮着售货员扫地、摆弄货品。不好的时候就会有些癫狂，尤其对小孩子和陌生人会有轻度的攻击，嘴里发着嗯嗯呀呀的叫声，张牙舞爪扑人抓人或捡石子打人。

供销社的售货员是她本村人，明知道傻妹妹的存在会影响买卖，可乡里乡亲，也并不会驱赶她。傻妹妹很听售货员的话，即便是在不好的时候，只要售货大姐喝止，一般都会停下攻击，尽管手还在动嘴还在叫，大脑还在狂躁，但就像一只被驯化的大猩猩，努力地克制着被激发的野性。

好几年的腊月，哥哥姐姐都要用藤篓抬着爷爷养肥的兔子，卖到供销社去，再拿卖兔子的钱顺便买些年货。那时，爷爷的哮喘已经比较厉害，尤其是冬天，喉咙里呼哧呼哧，远远就能听见，走路爬坡没几步就要停下来歇一歇。尽管身体不允许，但卖兔子这样的“大事”，爷爷非去不可。一开始父母还劝说，后来知道也劝不住——那是他老人家起早贪黑一年的心血，就像地里成熟的庄稼，不让他去收割，太不忍心。

去供销社也就一两里的路，哥哥姐姐抬着篓，爷爷拉着我的手，歇歇停停，得走好半天。

傻妹妹肯定在。她的年龄应该和大姐相仿，那时也就十来岁。印象中那时的傻妹妹癫狂并不怎么发作，越到成年才越厉害。但那年不知怎么回事，我们刚刚推开供销社的门，她就张牙舞爪地冲了过来。我们都没有防备，哥哥姐姐吓得一下子扔下了藤篓，跑出了院子，我浑身哆嗦躲在了爷爷身后，紧紧地抱着他的老棉袄。爷爷猝不及防也被吓了一跳，但马上举起了他的拐杖，装着要打她的样子，厉声喝止着。傻妹妹并没有去追哥哥姐姐，反倒是对着我露出很恐怖的样子。我在爷爷的身后哇哇大哭……

售货员及时出手，傻妹妹折腾没多一会儿，安静了下来，继续在火炉边烤手。我没离开爷爷半步，眼睛也一直瞅着傻妹妹的一举一动，直到买卖结束，爷爷将剩余的钱用手帕包好揣进他老棉袄里衬的口袋里。

现在回忆起来，我也不明白那天究竟是什么原因激起了傻妹妹的狂躁。她的世界究竟是怎样的悲喜和好恶不得而知，但我想，即便是神经病，对于世界，他们也肯定有他们的逻辑。

后来还有一次，那时的我应该是小学三年级，暑假。二小从家里偷偷拿了大人的三毛钱，乐滋滋地找到我和驴驴等一干玩伴说，走，咱们去供销社买烟抽吧……大家一致同意。

我们很快到了供销社，透过窗玻璃，我看到傻妹妹正靠在醋缸上傻笑。因为有那次卖兔的恐怖经历，我说我不敢进去，驴驴、二小他们立刻嘲笑不止，见我铁心不进去，他们只好让我就在大门那里等着。他们几个进去之后，平安无事，傻妹妹还是傻笑，售货员也很快拿了一条烟递给二小——谎话是提前就商量好的，给大人们买。就在他们大功告成，推门出店的时候，傻妹妹突然启动，吼叫着追了出来……

我们几个拼命地跑，直到跑出村外好几百米，她才停止追击，改用土块向我们投掷……我们知道她已不可能追上，于是用土块回击，并用脏话齐声大骂。那正是我们很坏的年龄，记不清是谁，脱下裤子远远地冲着傻妹妹撒起尿来……

折腾了大半天，傻妹妹也没劲了，竟然冲我们嘿嘿一笑，嘟囔着悻悻而去。她肉乎肉乎的背影，一颠一颠。那一刻，我心里对她突然不再恐惧。

那时有种叫作“勤俭”牌的香烟，三分钱一包，三毛钱正好一条。我们七八个家伙，拆开了，坐在路边地畔，对着大太阳，一支接着一支扑哧扑哧地抽了起来……其实根本不会抽，纯粹是为了学大人的样子，瞎害。我们咳嗽着，说笑着，因为有了傻妹妹的攻击，更是平添了几分胜利的快意。

烟祸害得差不多的时候，二小突然摁灭烟头，很认真地问了一句，你们说哥哥那么精干，为啥他妹妹却是个傻子？

七十七 | 码面

傻妹妹三十来岁就病逝了，她在世上最深刻的记忆大概就是供销社的人来人往。

后来听说赵五零花钱给她配了冥婚，算是兄妹一场。

赵五零挖地基没有吃犒匠的饭，但基本上顿顿都有酒肉——父母操着小心，因为推土机不像挖掘机，笨重得要命，多一铲和少一铲直接关系到房子建好后，人工平整院子时的土方量。

地基挖好后，盖房的砖瓦匠就进场了，带队的工头又是一个河南家，三十来岁，小赵。小赵和翻修老宅椽廊的瓦匠老赵一样，虽然早就拿到“绿卡”——落户本地生儿育女，但口音做派仍旧是河南风格。两人都姓赵，都从河南来，又都做砖瓦匠，但老赵和小赵都说他们之间没有半点瓜葛。老赵是随母逃荒，小赵是上门招赘；老赵嘻嘻哈哈，干脆利落，小赵寡言少语，一板一眼；老赵单枪匹马，砌墙垒灶，小赵团队作战，盖房修庙。老赵和小赵秉持着各自的发展战略，在方圆都有不小的名气。

村里的老宅大都是土窑洞，只有三家椽廊院完全是青砖砌成。在大规模修盖新宅之前，村里很是流行给土窑码面。所谓码面就像镶牙，把土窑的门脸用青砖砌起来，一来可以防止风雨的侵蚀，让窑洞更加坚固，二来，从外面打眼一看庭院相貌堂堂——牙虽然还是那口牙，但金边一镶人就会立马显得容光焕发。那个时候，类似这种镶牙式的做法，生活中随处可见。比如，半截衬。买不起衬衣，但又觉着中山装领口露出白白的衬衣领很显派，于是少扯些的确良布，只做衬衣的上半身，甚至连袖子也没有。比如，毛高领。那时候日本电视剧在中国很火，《血疑》里三浦友和扮演的相良光夫穿一件高领的毛衣很好看，于是大姑娘们就买一点毛线，拿竹针只织一个领子和前胸，送给爱着的人。前胸都舍不得搞大，只是小小一个三角，能糊弄领口就行。这样的时兴刚起，大姐二姐就给我们弟兄三人每人织了一条这样的“高领”，而且还用了子母扣，母扣缝在棉袄上，子扣缝在“高领”的三角区，咔啪一扣，胸前的“三角”就永远固定在下巴正下方，不会因为玩要乱动而穿帮。大冬天，这样的高领当颈一捂，热乎乎的，远赛过一条围巾。那年正好村里来了照相的，我们兄弟三个“光夫”

站在老宅的圆门前，咔嚓一声，一张二寸黑白美美哒。

现在看来，这样的“体面”多少有些滑稽可笑，但这确是生活在这片土地上的人们记忆里无法抹去的“真”。“码面”和“高领”背后掩藏的是整个家国的一段辛酸过往，这辛酸之中有尊严的觉醒，也饱含着对新生活的向往。

码面毕竟是码面，终究还是土院子，也就三两年，手头更加宽裕的村人很快就开始申请宅基地，要住纯粹的砖瓦房。

小赵的施工队，算是家族企业。他是大工，负责下线立角，几个掌瓦刀的二工不是亲内弟就是表内弟，只有调灰搬砖这些重体力活的小工和他们没有裙带关系。

老天爷很配合，砖窑修盖得很顺利。券窑拱的那几天最怕下雨，因为底下撑着拱模，上面都是立砖，立砖之间只有白石灰用来黏合，如果短时间不能干透，那是很要命的事情。父亲母亲那几天嘴里总在不停地念叨，祈求老天保佑，盼着大太阳坚持到合了龙口。

合龙口那天鞭炮山响，鼓乐高奏——我和二哥早就把舅舅放电影用的唱片机和扩音器抬了来，黑胶唱片里放的是《百鸟朝凤》。小赵同志把长条的红布夹进了窑拱正中的砖缝之中，夏日的正午，小山村里的一户人家盆盆碗碗欢声笑语。

然而，紧接着第二天，老天爷就变了脸，一场灾难把父母推向了几近崩溃的边缘。

七十八 | 后半夜

合了龙口就意味着房屋主体告成，匠人们的工作就进入了扫尾阶段，再用一天时间他们把窑拱前额上的花栏砌好就可以彻底收工。

实际只用了大半天，小赵团队就把花栏搞定了。数伏天的日头走得很晚，父亲和他们从从容容地把买来的塑料布严严实实地盖在了窑拱和花栏上，西天零零散散飘着一些墨染的云彩，大家都说，老天爷可真够意思，看样子未来几天也不太可能有雨，只要再坚持三两日，灰浆一干就可以在窑拱上面填土，窑背一垫，窑里的支架一撤，就可以出土整院，垒院墙修大门，不费多少时日，新宅就有模有样。

收工宴上的酒喝得不错，小赵不胜酒力，带着他的队伍走出圆门的时候，步态已然不稳，舌头也有些不听使唤，一个寡言少语的人在酒精的刺激下竟然絮叨起来，向父亲说，这是他干得最漂亮的工程之一，感谢嫂子这些天的好茶饭，工钱的事过阵子再说，不着急，都是乡里乡亲谁还能欠下谁的，你们修盖个新院子不容易，到处都是用钱的地方……

没料到，后半夜雨就下了起来。

我醒来的时候，父亲和母亲已经在椽廊底下说着话收拾着雨具准备到新宅察看，听得出来，他们的话语中满是担心。姐姐哥哥也都已经起床穿好了衣服，要和父母一起过去。大姐见我和二哥也醒了，吩咐说，你俩醒了干啥，快赶紧接着睡，黑天半夜，我们去就行了。母亲在门外听见了大姐的话，也吩咐说，两个小的就在家里，都起来干啥。

我和二哥虽然躺在被窝里但再没有睡着，窗外的雨点敲打着玉黄树、李子树、苹果树、梨树，敲打着饮马骡的大铁锅，敲打着鸡窝栅栏上干枯的树皮，敲打着地窖边上倒扣着的那口瓮。不一会儿，椽廊上的雨水就沿着瓦当形成雨柱垂落下来，好多股汇成不小的声响，哗啦啦地敲击着院子里的青砖。

一点儿雷声都听不到，即便时令已是末伏，但也不至于现在就开始下起连阴雨吧。

爷爷在世时最喜爱的座钟在窑后的八仙桌上嘀嗒嘀嗒不急不慌地摆动着，我和二哥醒着都不说话，整个老宅的声音全部汇入耳中。马骡可能吃光了草料，后蹄无聊地在围栏上梆梆梆地踢了几下。寂静的夜里，座钟里的发条小锤突然当当当当敲了四下，凌晨四点整。

五点多钟，窗户纸微微见亮，父亲母亲和姐姐哥哥回来了，看样子问题不大，他们过去只是扩了扩渠，引了引水，窑顶上的塑料布盖得没有问题。一家人都不再睡了，母亲开始弄柴取炭生火做饭。

父亲还是不放心，不到六点一个人又去了新宅。吃早饭的时候，他回来说，塑料布的低凹处上有不少积水，如果雨还继续下，看来得定时过去抖一抖，不然那重量可不轻，如果被窑拱上的木楔扎破就坏了。

谁都没想到这该死的雨居然匀匀称称下了一整天，而且完全没有停下来的迹象，只不过偶尔天色稍微明亮，雨势会略略小一些。父亲只是中午饭回来了一下，他要在那边不停地巡查、抖水。吃饭的时候他的表情相当凝重：一明一黑雨下不歇，这他妈鬼天气看来是成了问题。父亲在我们面前很少说粗话。

雨在傍晚的时候停了。父亲专门到塬上的高处看了看天象，回来后说，南边的天色还很黑，就怕这雨还要来。

果然，天擦黑的时候，沥沥啦啦又下了起来。

吃过午饭，母亲用剪窗花的小剪刀拿白纸剪了几个小人人，用线穿起来挂到了椽廊下的晾衣绳上。这些小人人首尾相连，每人都举着一把扫帚，母亲说这是姥姥教她的扫雨人人，专门祈求老天放晴的。傍晚雨停的时候，母亲和我们都很欢喜，以为扫雨

人人真够灵验。姐姐们于是学着母亲的手法，又剪出一个班组，也拿线穿起来挂到了绳子上。可是，天与愿违，新的人人们上岗不到一小时，雨却又来了。

七十九 | 窑灌了

傍晚时分短暂的停歇原来是在积蓄能量，天越黑雨越大，椽廊前雨柱激起的声响笼罩了整个宅院，鸡呀骡呀在圈舍里踢腾叫唤的声音完全听不到，圆门旁的出水口已经不堪重负，里院的积水已经将果树全面包围，爷爷给芍药花做的三角形围挡已经被完全淹没。

电灯昏黄的光亮投射在满院子的积水上，幽幽暗暗。熟透的李子、玉黄被雨水打落下来，漂在水面上，悠悠晃晃。

雨太大，天又黑，父母将哥哥姐姐也留在了家里，我们姐弟六人在椽廊下或蹲或站，心里都在盼着老天爷早点撒完野，让父母回家。

老座钟一次一次地敲着整点，每次多一下。

过了十一点，雨势变小，大致恢复到了白天的节奏。大姐二姐和大哥说他们要过去，吩咐我们三人不要害怕，雨很快就能停，赶紧回屋睡下。没有雨具，他们每人找了一个装过粮食的尼龙袋，将一角回掏至另一角，形成一个窝篷披在头肩，打了一把手电，蹦跳着趟着积水穿出圆门。

深夜十二点的时候，雨又大了一股，随后完全变小，直到基本停止。

雨停大约半小时后，父母和哥哥姐姐回来了，他们的衣服完全湿透，满腿满脚都是泥。母亲顾不得擦拭头上的雨水，急急忙忙从箱柜里给大家找替换的衣服，父亲回来后就坐在椽廊下的木凳上，一支接一支地抽烟，一言不发，雨水从他的发梢一滴一滴落下。大姐点燃灶上的炉火，坐了一锅水，他们都不说话，神情沮丧。

我们仨见此情景，也都不敢说话，猜测肯定出了大事。

我们姐弟洗漱完各自睡下，钻进被窝后，大哥悄悄地告诉我和二哥，窑拱上的雨布扯破了，雨水灌了进去，五孔窑面底下都在滴水……

我们都睡不着，不一会儿，听到主屋里母亲抽泣的声音……父亲说着安慰的话……

天亮之后，舅舅、舅妈、姑姑、姑父他们都来了，母亲一见到他们，憋了一天两夜的情绪再也控制不住，放声哭了起来：万一塌下来这可咋办呀，老天爷咋就这么不开眼……外头大下，里头小下，新盖的窑啊……你们都干啥去了，连个面面也不露……

父亲还是抽着烟，熬红的双眼不停地眨。烧砖、出窑、挖基、盖房，整个夏天的疲惫全部嵌进了他眼角和额头的皱纹里，让人心疼。

众人都劝放宽心，天已经大霁了，问题不会太大，没有扛不过去的事。

清理淤泥，加固支架，大家忙了一整天。情况没有那么糟糕，过水的面积不是特别大，但五孔窑洞的前面和后墙就像孩童尿了床，一片一片湿淋淋的，不少地方砖缝里白色的灰浆被稀释后一绺一绺挂在窑壁，扎眼难看。

下午的时候，工头小赵也来了，窑上窑下看了一圈后说，不打紧的，地基主体都没有问题，晒上几天咱再看看。他又安排舅舅他们，在紧要的地方新支了一些立柱。

雨后的第二天，虽是大晴，但风还不怎么刮，到处湿气腾腾。这样的天气对于树上的蝉来说，不知是高兴还是难受，吱哇吱哇死命地叫个不停，整个村庄都被它们搅扰得无法安宁。

第三天，起风了，雾气散尽，碧空如洗。一大早，父亲就让我和二哥把家里的小方桌抬到新宅。他换了一身干净的衣服，拿了香烛黄纸，提了母亲刚刚出笼的上供白馍，以及老宅树上刚刚成熟的玉黄、李子、苹果，他有一肚子的话要与这天地说。

八十 | 裂缝

母亲说，这辈子三件事让她实在难忘，两件和马骡有关，都是人命大事，再一件就是大雨灌窑。大雨灌窑虽然不是要命的事，但真要是塌了，那可就轰动乡里了，更要命的是，那是包括爷爷在内的家里人当时全部的积蓄啊。每每提及这三件事，我看到母亲的身子都会发抖，言语都会结巴。

老天爷还算有眼，都是绝处逢生。连续的晴日，很快将砖瓦晒透。

工头小赵几乎每天都会过来，察看窑里窑外。一个热烘烘的午后，他照例巡查了一番后对父亲说，可以垫窑背了。

垫窑背就是往砌起来的窑拱上放土。土是干黄土，厚度要有近一米，基本要与窑拱前额的花栏持平。

前些日子受了母亲的埋怨，舅舅他们诚惶诚恐，一听说能垫窑背了，早早就推了平车带了锹镢篓担以及夯土的石锤赶了来。为了冲淡父母心头的阴影，大家在工地上大声地说笑着。从小就喜欢歌唱，如果不是姥爷强烈反对，差点就入了戏校的四舅还给大家美美地唱了一段。

还是怕下雨，整整一天大家基本没怎么休息，吃饭都是母亲送到工地。五孔窑洞二三百平方米的面积，土方量很大，但一天半的时间，工程就进行了大概三分之二，顶多再用一天，窑背工程就能结束，窑背一垫好，出水的水渠一弄，再大的雨也不会渗下去了。可就在第二天的中午，送饭过来的母亲，发现了问题。

母亲的心其实一直没有放平，经过一难，总是惴惴不安。所以每次送饭过来，趁大家吃饭她都会前前后后上上下下地看。那天，她穿过窑底的支架，发现在最侧一孔窑起拱的位置，有五六块砖出现了裂缝。

裂缝并不大，大概能穿过缝衣的棉线，但立刻绷起了一家人的神经——大家赶紧分头到每孔窑洞仔细查看，结果是，每孔窑洞或多或少都出现了同样的情况，问题主要集中在了“花脸”砖上。烧砖浸窑时水库缺水造成的“花脸”砖，父亲担心硬度不好，本来不准备用，可工头小赵说，那些砖数量不算少，都不用的话太可惜了，我们给你在不要紧处夹杂着用用吧，反正将来窑里都要裹白浆的，又看不出来，省下些好砖，将来用在不裹浆的大门和围墙上，看着好看。小赵贴心的好意，父母同意了。谁都没想到后来大雨灌窑。硬度不好，雨水一泡，再加上窑背垫得速度有点快，“花脸”们自然就会吃不消。

工头小赵被叫来了，他爬到架上把每一处“伤情”都仔细察看了一番，跳下架来，拍了拍手上的灰说，没事，我保证肯定没事，有些裂缝也算正常，我在别的工程上也碰到过的。

尽管小赵拍着胸脯保证，而且说窑背工程可以继续进行，但父母的心再次被悬了起来，一次次的波折和苦熬，已经让他们不能再承受一丝一毫的“万一”。

垫窑工程停了下来，好在已经进行了大半，距离彻底完工只剩大概一尺多的厚度，防水保温的功用已经完全能够发挥。下午，大家用石锤将上面夯实，坡度和水渠都处理得妥妥当当。不得已，一次不算完工的完工。

用土层来为砖窑防水保温是那个年代村里人的普遍做法，是笨办法，是穷办法，是没办法的办法。二三百平方米的窑背如果全部砖砌或者用水泥裹盖，对于刚刚温饱的村人来说，那是一笔不小的造价。为了夏天能够将收割的新麦即时晾晒，父亲曾经数次说，想在窑门前的院子里铺一条一米宽的水泥地，既可以方便晾晒，又可以防止雨天把泥水踩进家里，奈何家庭财政得优先孩子们读书，一家人的油盐穿戴，最终成了未了的心愿。

窑背工程的最后完工，是在我高中的某个暑假，当时姐姐们都已出嫁，大哥也参加了工作，一辆小平车，我和二哥顶着大日头奋战了半个多月。

八十一 | 我日

新宅主体建成后，隔了五年，一家人才搬进去。迟迟未能搬家的原因，除了对老宅的留恋，更主要的是，配套工程还任务艰巨：出土锤地、盘炕垒灶、裹浆造窗、修墙方院、栽树架线、鸡舍骡厩……都要花费不少的银子。

这五年，我经历了一段特别的初中。

乡初中在姥姥家村子里，隔壁就是原来的公社后来的乡政府所在。三个年级总共六个班，全乡十几个自然村的孩子都要在这里完成这段学业。最远的自然村距此要有十几二十里。我们算是很近的，大概不到五里。五里的路程，中午放学是可以回家吃饭的，夏天的时候，下了晚自习我们还能结伴回家。那些远处的孩子们必须住校。那时候的周末放假只有一天，十几岁的他们要在二十里的山路上打个来回，背些干粮来。

二三十位老师都是本乡本土人，大都是高中毕业，代教。公办老师不到十位，基本分为两种情况，一种是代教很多年的老老师，熬到了转正的指标；一种是师专的毕业生。我初一时的班主任教化学，高中毕业，代教；初二初三时的班主任教数学，是学校原来管食堂的事务长，后来靠函授自学拿到了大专的文凭，转到了教学岗位。所有老师中，最牛逼的一位，是我初三时的英语老师，正牌的师专毕业，发型和衣着都比较洋气，上课时基本能做到一半的英语教学，而且发音有老美的味道，比如他非要纠正我们“was”一定不能念成“我日”，要念成“我好日”。这位姓梁的老师，是在熬到公办待遇后，又发奋努力，考进了正牌师专的进修班，脱产学了两年。最老的是一位姓宋的历史老师，完全照本宣科，经常前言不搭后语，我们都怀疑他早年是不是食堂的伙夫。不过老宋老师倒有个好处，期中期末考试从来不难为学生，五道大题，每题二十分，除非交白卷，否则随你怎么创作，总会给个及格分数。地理和劳动技能是一个老师，他女人是公办老师教物理，他跟着在学校搞后勤，顺带教这两门“副科”，人倒长得精干，每次上课都会把头发弄湿，梳得像模像样。

所有的学科里，我对语文最来劲，也学得最好，几乎每次的作文都被武老师当作范文念，然后贴在教室后墙的“学习园地”里。世上的事情大概就是这样，你好她好，她好你好——作文好老师待见，老师待见作文就更好——究竟是鸡生的蛋，还是蛋生的鸡，不好考究。后来，不仅是作文，朗读我也成了老大，只要是需要朗读背诵的课文，老师都会让我带着伙伴们念，鲁迅的《记念刘和珍君》、茅盾的《白杨礼赞》、冰心的《小橘灯》、彭荆风的《驿路梨花》、杨沫的《青春之歌》、周立波的《分马》、臧克家的《有的人》……

有的人活着，
他已经死了；
有的人死了，
他还活着。

有的人，
骑在人民头上：“呵，我多伟大！”
有的人，
俯下身子给人民当牛马。
……
骑在人民头上的，
人民把他摔垮；
给人民做牛马的，
人民永远记住他！
把名字刻入石头的，
名字比尸首烂得更早；
只要春风吹到的地方，
到处是青青的野草。
他活着别人就不能活的人，
他的下场可以看到；
他活着为了多数人更好地活的人，
群众把他抬举得很高，很高。

当念到最后一句“很高，很高”的时候，我把节奏放得很慢，尾音拉得很长，就像真的要上天一样：很——高——，很——高——。老师并没有这样教，这完全是我自己的即兴体会。老师在讲台上彻底被我的天赋折服了，眼睛笑个眯眯，嘴上连声说好。

生长在方言很重的太岳之地，使用普通话朗读纯属瞎扯淡，可老师一次次地猛夸，直到我这傻小子走火入魔。

八十二 | 寸草心

梦想一旦被点燃，就会横冲直撞——我以为我真能成为一名《山西新闻联播》里任志宏那样的播音员。自从村里买回那台黑白电视机我就认识了他。因为“春笋”只靠背上的两根“长辫”接收信号，图像最清楚的就是山西台。和任兄其实并不属于“一见钟情”，作为偶像崇拜完全是在语文老师对我的朗读疯狂点赞之后。

在我疯魔之前语文老师其实是早已疯魔了的。在一个不到三百名学生，全部是拿方言教学的学校，我的这位武老师愣是鼓动校长买了一台可录音可扩音的设备，办起了校园广播站，而且他亲自担任站长兼首席播音员。每天早上住校生起床的铃声一响，大喇叭就播放序曲，然后“开始播音”。大冬天，天黑得早，山上又经常大风大雪，所以除了学校本村的孩子，都得住校。姥姥家在本村但距离学校比较远，姑姑家就在学校的后面，所以那五年的大冬天我都是住在姑姑家。广播站成立后，大喇叭就成了我的闹钟，姑姑一听到“开始播音”就会叫我起床。黑咕隆咚的村路上，路边就是大大小小的坟茔，一个十来岁的少年本来是会害怕的，但自从有了武老师的“播音”，不仅不会害怕，反而连寒冷都感觉不到。武老师的“播音”并不长，都是提前录好，每天就读一篇文章。文章大部分都是他找来的，偶尔也有课本里的课文。有一篇题目叫作《谁言寸草心》，是叙说师生情的，让我记忆最深。

某一天的下午课间，老师把我叫了去，笑眯眯地对我说，来，今天你可以上岗了，说着拉起我的手走向了“播音台”。“播音台”是两张破旧的课桌拼接起来的，上面放着一台机器，机器上面盖着一条干干净净蓝白条纹相间的枕巾。机器并不大，现在想来大概就是一台带录音功能的功放机，但那时，我怦怦跳的小心脏完全就是准备《新闻联播》的节奏。

第一次录音很不顺利，看着磁带转动的花轮，我就不知如何是好，结结巴巴，错漏百出，就连南墕中学的南字都按方言读成了 náng。老师很着急，我也很沮丧，连续又重复录了几次，放出来仍然不理想。当天只能作罢。

然而，我的魂儿已经彻底让它勾住了，所有的课再也上不到心上，只盼着武老师能尽快再叫我重回“播音台”。下了课也不和伙伴们嬉闹，只是拿了语文书和字典，不停地默念，脑子里不断闪现的是罗京同志正襟危坐一腔一调的画面。放学回家吃饭也心不在焉，母亲哪里知道他儿子心中点燃的这团火，只是问是不是哪里不舒服。娘啊，梦想的事，还真让人羞于出口。

没想到接下来的日子成了苦熬，武老师请了假，说是去外地参加教学培训去了，语文课都换了人，一个标准方言的女老师临时替班。坐在教室里的我，时不时就会透过窗户凝望那两个挂在后院墙上的大喇叭，它是暗夜的火，它是启明的星，它是教堂的钟，它是任志宏……神啊，救救我吧。

八十三 | 录音机

直至初中毕业，我都再没有回到“播音台”。武老师“培训”回来后，学校已经换了校长，新校长是个外地人，据说也是代教出身，一步步熬成公办，又一步步熬成校长。全校就他一个外地人，上任后生怕大家抱团欺生，于是就先发制人，三把火就烧得特别旺，下马威耍得相当猛。撤销广播站的理由是，大喇叭一大早就叽里呱啦，太影响周边乡亲们休息。其实农村人哪有睡懒觉的习惯，孩子们都上学了，大人们根本不可能还赖在炕上。校长大人不待见广播站的真实原因无从知晓，也许纯粹就是为革命而革命，只不过随便找了一个借口而已。仔细想想，校长同志的这种心理和做法倒也不足为怪，历史上，得了龙位后生怕人民瞧不起，总担心谋反就在分分钟的主儿，也都这么玩过。

武老师的“培训”根本和教学无关，那天趁我去办公室送作文本，他悄悄和我说，省城有个短期播音培训班，这些天他自费去认认真真学了学，好有收获。本想着回来把我和几个念课文不错的孩子也训练训练，把广播站像点样子弄一弄，没想到校长换人了，龙位里来了朱重八。

广播站被取消了，大喇叭的功用除了“第六套广播体操”，就是校长大人的训令：“预备铃响后各班必须唱课前歌”“课间操各班主任必须随队站在前面”“各班外墙的黑板报内容必须提前让我审一下”“公共厕所的打扫值日情况我会亲自检查”……

广播站被取消了，但少年心中的火却不会泯灭。

一个周末的下午，晓强同学邀我们要好的几个到家里去玩，他父亲在乡信用社工作，而且是主任之类的负责人，家里沙发茶几高低柜一应俱全，虽然这样的陈设超过普通家庭好几倍，可倒也在我的想象之中。唯独一件东西让我瞬间觉得天上地下，那是一台双卡录音机！要知道那个时候即便是单卡的录音机在村里也并不多见啊。咔啪咔啪，晓强熟练地打开仓门换上了磁带摁下了弹键——邓丽君、小虎队、郑智化、张明敏、张学友、童安格、齐秦、苏芮……我第一次见到了这些名字。晓强说，这些歌带都是在县里上班的姐姐买的。歌带听了好几遍后，他突然神秘地说，想不想听听我的个人独唱？然后，他将一张只有白色封签的磁带放入仓中，音箱里传出他学唱的《水手》《一剪梅》，还有电视里刚刚播放的《红楼梦》中的《枉凝眉》《葬花吟》《红豆曲》……

很多年来，及至现在我都对那个下午无法忘怀，兴奋、卑怯、激动莫名而又不知所措，就像一匹离群的小鹿闯入鲜美的陌生之地。

我想拥有一台录音机。我想像晓强一样把自己的声音录进去放出来。我想知道我离任志宏到底有多远。少年的梦愈发缠绕得紧。

这个愿望当然很难实现。新宅刚刚建成而且经历了许多的波折，家里地里的收入能够保证一大家子吃喝穿戴以及我们弟兄三人的笔墨纸砚已经相当不错了，不可能再有一点点余力进行“文化建设”。

我无法向父母启齿，可梦想又每时每刻在心中撞击。我甚至有了奇怪的想法：要是生在晓强家该多好啊。当这个想法瞬间闪过的时候，自己马上就觉得好可恨好罪恶好不知羞耻啊，我对着路边的树使劲地踹了几脚，抓起地上的土块使劲扔向井沟……

办法终归还是想了一个。

八十四 | 信

我写了一封不短的“信”，出门上学之前放在了父亲锁着村里账本的低柜上，并且用柜子上的印台压住了一角。那些天村里正准备交公粮，父亲每天都要做账，我想他肯定能看到。

这是我第一次给父母写“信”，要不要用信的格式着实想了半天，用吧觉得太正式了，怕父母看了失笑，不用吧又觉得不叫声爸妈有点儿一下子进不了状态。宛如一个有了心上人的姑娘，如何向父母说出自己的如意郎君，左右为难。

最后还是决定用，因为我对我的“郎君”太用情。

当然我没有像李春波唱的那样肉麻而又别扭地“亲爱的爸爸妈妈，你们好吗……”，而是直接在抬头工整地写下——

> 爸、妈：
>
> ……

“信”分三段，第一段我写了梦想产生的过程，第二段说明了一台录音机的必要性和紧迫性，第三段提供了解决方案：把咱们家现有那台三用收音机卖掉，如果钱还不够，我今年过年不要新衣服穿，或者是不是可以向姑姑舅舅他们少借点？

那台三用收音机是当时家里最值钱的电器。父亲是无线电爱好者，他亲自组装的那台“父亲牌”收音机虽然也能收到台，但信号不稳杂音很大，哧啦哧啦的母亲总是嫌吵，所以每次打开听一小会儿，父亲就不得不关掉。也许是看着父亲十分喜爱，母亲不忍心，也许是因为当时村里已经有人家添置了“燕舞牌”，总之在准备烧砖建宅之前，这台三用收音机就买回来了。母亲说，用的是卖猪的钱，一台收音机相当于喂了整整一年的两头猪。记得刚买回来时，父母怕村里人知道，一直就把它放在炕边窗台的角落里，白天拿一块枕巾蒙着，只有半夜或清晨父亲才“偷偷地”打开听一会儿。那时刚刚改革开放，村里人大多数还很穷，即便个别人有了点儿钱也舍不得花。母亲的担心在于，父亲是村里的会计，家里的孩子又多，突然添这么一台“大电器”，怕村人怀疑是用了公家的钱。

所谓三用指的是，它首先是台收音机，中波短波都能收，信号杠杠的；其次是它可以当功放，相当于扩音器，舅舅的唱机通过它再与大喇叭连接，音效哇哇的；第三就是它直接就能当话筒，无论接上广播匣子还是大喇叭，只要把旋钮转到“话筒”，直接就可以对着扬声器讲话，就像队长那样，威风凛凛的。我们弟兄经常在周末假日，悄悄地在屋里接上广播匣子，过队长的瘾。

这样的三用机村里根本没有，城里的商店里也见不着，父亲订着《无线电》杂志，信息自然灵通。应该是邮购的吧，因为多年之后他就是用邮购的方法从河南滑县买回一台磨豆腐的机器（关于磨豆腐的机器也有很多故事，详见后章）。父亲几乎每天早上都会听《新闻和报纸摘要》节目，也就是在这个节目里，我知道了胡耀邦这个名字。父亲说，这个人了不得，讲话直白有激情，是个做大事的人。

放下“信”的一整天，我的心都不在课堂，想得更多的倒不是自己的愿望能不能实现，而是这样做会不会让父母很为难——有些后悔自己的冲动。中午放学本来是跑校回家吃饭的，去姑姑家取自行车的时候，姑姑说，今天天气热别回了，姑姑给你做揪片吃。嘿，正好，正愁回家不好意思呢，躲一会儿算一会儿吧。

晚上回家，刚停好车子，母亲就从主屋里出来了，笑着问我，俺儿回来了？

我说，嗯。不敢抬头。

母亲说，俺儿的信看了，写得好哩，洗洗手先赶紧吃饭，妈跟你说。

八十五 | 小集团

父亲一大早就跟乡里的干部进城给队里交公粮去了，母亲说，这几年公粮不好交，城里人越来越难共事，粮食稍微有点干不透就会被拒收，这恐怕又要很晚才能回来。我看见信平展展地还在低柜上，印台不见了，变成了墨水瓶。

我和你爸商量过了，录音机给你买。可是眼下家里没那么多钱，俺儿得等一等，等秋天果木园的苹果卖掉，再加上秋粮的收入，应该差不多。那个三用收音机，好不容易买下的，你爸又离不开，再说也用了两年了，一下子也不好卖出去。俺儿等一等吧，肯定给你买，只要你们好好念书有出息……

我一边吃饭，一边嗯嗯地点着头。

果木园是我们家那两年主要的收入来源，是当年生产队的“遗产”，生产队解散后，承包给了个人。当年生产队的“遗产”除了牛骡农具，最主要的就是被称为果木园的两道沟，一道沟属于生产二队，全部栽的是苹果树，一道沟属于生产一队，桃李梨杏啥都有。我们家算生产二队，只能承包苹果园。承包苹果园竞争很激烈，因为“记工分”的日子刚刚过去，村人都还没有更好的生财门路。那天父亲的手气很旺，抓阄成功。

打理苹果园倒不怎么犯难，父亲买了不少书，修条嫁接上粪施肥都不在话下。难的是两件事，一是照料，二是贩卖。

果实快成熟的时候，贼就会多起来，贼分两种，一种是乡里的熟人，一种是城里的混混。乡里的熟人大多是因为口舌之欲，城里的混混就有些打劫的意思。熟贼好防，只要我们坐在沟顶，大都会望而止步收了贪念，实在有人憋忍不住偷偷潜入，只需要咳嗽两声，或者问声树下何人，也就笑笑了事。城里的混混则不然，他们一般会三五结伙明火执仗，来了就是来了，拿着木棒带着口袋，据说揣着匕首，完全一副强盗模样。

村里人把这些混混叫作“小集团”，之所以叫这么个名字，应该是和刚刚“彻底粉碎林彪、江青反革命集团”有关系吧，比起那些大祸害来，这些骚扰乡邻的蟊贼自然是要“小”得多。村里人最早知道城里有了“小集团”是他们进城时屡屡被偷被抢。受了害的村人回来绘声绘色一讲，一传十十传百，一时搞得人心惶惶，就像“文革”的武斗还没有结束，进城成了一件恐怖的事情。

传说毕竟是传说，直到“小集团”真的出现在了果木园，村里人才相信，这个国家还真的没有太平。

那是个夏天的傍晚，三姐正在沟顶“值班”，忽然发现七八个人沿着沟底的河道向果木园走来。越走越近，三姐觉得很不对劲，胆小的她连喊话都没有喊，急急忙忙跑回村里报告爹娘。父母和大哥正在给马骡切草，赶紧放下铡刀往沟里跑去。我和二哥正在做着暑假作业，一听消息也急忙出动。等我们赶到沟顶，这帮强盗已经开始下手，完全不顾果树的死活，为了得到树顶更成熟的果实，很多枝条就那样硬生生被拽断。父母厉声质问，他们根本不答，横行如故。父亲火冒三丈要冲下去一拼，被母亲一把拽住：不能下去，他们人多！老二老三你们赶紧回村叫人，越多越好！

村里的叔叔大伯一听，都放下手里的活计赶了来，有的还提了铁棍镢头，就像三元里人民要进行抗英斗争。

等我们赶到，父亲和大哥已经在沟顶准备了很多的石头土块，正奋力向敌人开火。那帮可恶的混混居然很是淡定，转移到了果园更远的一边，石块砸不到的地方，继续祸害。大家见此情景群情激怒，狮子二杆带头提着铁棍向沟底冲了下去。母亲看见大伙儿都操着家伙，怕闹出人命，急忙大声喊叫拦阻，可为时已晚。

眼见一场大战就要开始，千钧一发，山沟里突然啪的一声枪响。

八十六 | 一枪

这一枪脆生生好似惊雷霹雳，在簸箕形的山谷里激起很大的回音，把所有人都惊得原地不动，就像警匪片瞬间卡带画面定格。

这一枪是二哥放的。

枪是我们自制的火柴枪，当时同龄的伙伴们几乎人手一把。别小看这样的“玩具”，虽然它并不能制敌伤人，但吓唬吓唬野狐豺狼还是很给力的。我们这支枪是村里的最高配，关键部位比如铁管枪膛、摩托链条都是父亲托人找下的，铿钉焊接也都是父亲鼎力相助，二小、驴驴他们羡慕得要死。

那天真不知道二哥是如何在慌乱之中把它带到了阵前，也不知道他究竟是什么时候装上的“弹药”。巨响之后，只见青烟沙尘之中，黑色的铁枪管竟然飞了出去，画着弧线折着跟头坠下沟崖——“弹药”装得太猛，炸膛了……

小混混们完全被枪声和烟尘吓懵，片刻惊疑之后，抱头鼠窜……

二哥事后说，他当时一心退敌，把一把火柴头都装了进去，枪管里又随手塞了一把沙土……这样的惊险实验我们从来没有做过。

虽然二哥立了奇功，但还是受到了父亲的严厉批评：万一炸了你的手怎么办？万一真伤了人怎么办？

经此一役果园再没有城里小混混来犯，但父亲的警惕性却更高了，他担心小混混不会善罢甘休，会前来报复，于是特制一把把子很长的斧头，就像古代兵器中的钺，每天晚上在果园“值班”时都会带在身边。

“小集团”不再来犯大概不是他们真的怕了，而是国家很快就开始了“严打”。广播里传来了县里一次性公审十七名抢劫强奸犯的消息。

尽管遭了小混混的祸害，那年的苹果园还是有着不错的收成。收成好，母亲反而犯了难，她知道父亲最不愿意挑担叫卖。眼见着苹果一天比一天成熟，母亲催促多次，父亲还是拖着不去采摘，直到有些果实啪嗒啪嗒开始往地下掉，父亲才勉强发出动员令，我们一起上树把那些脆甜收了下来。

父亲套起了骡车，一筐一筐捆绑好，吆喝着马骡向县城进发，我是唯一的随员。

山路弯弯，秦晋古道，那天父亲的话特别多：这是埋了汉将首级的韩信岭，那是隋唐时曾有一场血战的罗成桥……嘚嘚嘚马蹄声中，关于这座山这道塬上的故事，父亲讲得有滋有味，我们不像是去商贸，倒像是在完成一次他心中早有规划的旅行。

父亲根本没有按母亲吩咐，到城郊的集市零散叫卖，卖个好价钱，而是径直把骡车停在了县城土产商店的门口，简单的要价还价之后，就把整车的苹果一下子按批发价趸卖了出去。随后我们去了新华书店买了几本书，去了翠峰楼饭店吃了两碗面，喂马骡吃了些自带的草料，坐上骡车轻扬马鞭打道回府。

果木园繁盛的果实屡屡被父亲这样贱卖，母亲起初怨言很多，后来渐渐接受了现实，甚至说趸卖也好，人省心少受罪。

我写“信”那年，虽然是果木园的小年，但果实并不比往年差多少。母亲对我说，太阳从西边出来了，你爸今年居然没有趸卖，能去的集市都去了，收入不减反增，这样加上秋粮，你的录音机保证没问题。

父亲母亲还不知道，此时我的播音梦已经彻底破碎，对录音机早已没有了渴望。

八十七 | 小路

那是一个周末，我告诉母亲说，和同学们约好了要到县城新华书店买几本课外书，母亲一口应允。其实，我是欺骗了母亲，独自一人进了县城。

这是我第一次独自进城。

进城的路有两条，一条是大路，就是我随父亲赶车卖苹果时所走的那条；一条是小路，要先下到山底的煤窑，再顺着拉煤车压出的煤渣道，穿过碎石河滩，转入城外的十里铺。这条路村里人叫它小路，实际上它根本算不上路，因为既不是人修的，也不是人踩出来的，而且会随着煤车的高兴以及山洪的冲刷而变来变去。“小路”非常难走，但与大路相比要缩短将近一半的路程，那时候大路也没有公交，所以为了省些脚力，即便难行，村里人大都还是会走这边。（爷爷去世那年，报信的狮子二杆正是抄了小路。）

我走的是小路，因为武老师说，那个学校报名的时间只剩下最后一天，他得到消息已经很晚。

通向煤窑的山路两边，荆棘长得老高，完全超过我的头顶，灌木也很茂盛，把山野塞得满满当当。不时有山鸡突然飞起，嘎嘎叫着扑棱棱从东头飞到西头，还有野兔一蹲一跃从路上穿越，奔向它们想去的地方。

怀揣梦想的人是无所惧怕的。道路崎岖，我却蹦蹦跳跳走得很是欢畅。

很快就来到了那年和二哥砍柏时，他失足坠崖的地方。想起那年的情景，我停下脚步，想看看那个该死的崖口变成了什么样子，瞅了半天不能确定——那时是寒冬现在是盛夏，葱茏的草木已将峻峭岩石完全遮盖。

我正准备继续赶路，突然发现前面三五米处一条花蛇吐着信子正在山路上横穿！天！我瞬时石化，僵在原地不知如何是好，脑袋嗡嗡作响。就在我发现它的同时，它好像也发现了我，尖尖的脑袋冲向这边，信子一吐一吐。不知道它究竟有多长，因为它的尾巴完全没在了草丛里。从粗细判断，应该不短。我的脑袋就像一个瞬间被信息塞满，快要死机的处理器：捡一块石头吗？折一根藤条吗？动还是不动？喊还是不喊？先下手还是再观察？到底有毒没毒？……

我决定一动不动，其实根本不是决定，而是完全不知道该怎么动。

事实证明这是对的。它看了我几眼之后，可能是觉得这是个善良的孩子，又吐了吐信子，扭了头，向着既定的方向滑动而去，速度比刚才明显加快了许多。直至它的尾巴完全消失在另一边的草丛，我才长出一口气，天，大概能有两米多！

小时候椽廊上的那次与蛇的遭遇战，让我对这东西有了特别的恐惧。尽管这次的它文文雅雅，也可能是像我一样是在揣着梦想赶路，但第一次单独出远门，而且瞒了父母，就遇到了如此大的危险和考验，真真让人三魂不在。

我狂奔着撤退了几十米，爬到一处开阔地的岩石上面，整理情绪。明晃晃的日头在天上，淡淡的白云一条一缕扯得很远。

我把气刚刚喘匀，山路上走来了一个人，是下煤窑进坑的村里大叔。

你怎么在这里？

哦，我，我和同学约好去城里买书——我得把谎圆住。

那坐这里干吗，赶紧走吧。

哦，好，好，一起走——我没说蛇的事，怕他小看我胆小。

到了煤窑上，正好有装好的煤车要发车，大叔告诉司机把我捎出河滩。我高高兴兴爬上驾驶室，坐在了黑乎乎的副驾上。

进了城里，几番打听，好不容易我才找到县人民广播站。

八十八 | 复读

房子很简陋，桌椅也很破旧，很难想象广播匣子里那些好听的声音就是从这里发出。一位略微发胖的大姐正提着暖瓶往茶杯里倒水，见我进门，扭过头来把我上下看了一眼。

是要报名吗？

嗯。

家是城里的还是村里的？

村里的。

哪个乡的？

南焉。

不用报了，回去吧。

……

口音那么重，根本不是搞这个的料。

……

踏踏实实念你的书，上高中考大学。人家这个中专口试很严格的，像你这样，绝对没有半点可能性。

……

我呆在那里，不知道该说什么，眼泪一下子就下来了。转身，没说一句话，我离开了那个逼仄的小院。

树上的知了吱哇吱哇死命地叫着，巷子里，一股污水沿着地上早已形成的浅沟缓缓向前，流向大马路上脏兮兮的铁箅子。

这是我人生的一次独自旅行，我第一次看见了自己，那个十五岁的少年怯怯地在这个世界，他揣着的宝贝碎了一地。

很多年以后，当一袭红衣的省台主播任志宏出现在我的大学的讲台上，给我们做约题讲座的时候，我的脑神经迅速与那天广播站的经历连接。奇怪的是，当年的偶像就在面前，我却没有一点梦幻的感觉，反而觉得真实得不能再真实。生活让我学会了接受。

那年中考，我没能考进县一中。那样的师资，那样的学风，初三年级两个班近百人，考到县一中的不到十人，而且大都是插班的复读生。父母很沮丧，因为我平时的成绩并不差，他们以为是我不会考试，没发挥好，只有自己清楚，其实是因为着了魔分了心。

只好插班复读。班里没有多余的桌凳，父亲从村里小学借了一套，赶着骡车给我送到了学校。

心无杂念，那一年书读得很踏实。乡教委的一位阿姨早年在我们村教过书，是姐姐们的老师，和母亲处得很好。见到母亲说，放心吧，你家的三小子今年肯定能考上中专，中专上四年就给分配工作，至少也能考个小师范，回来就是公办老师，和我一样吃公家的饭，多好啊。

她说得没错，那些年中专很吃香，的确能分配工作，很多农村的家庭都不想考什么大学，只盼着孩子能早点儿工作，减轻负担。初中生考上的中专叫小中专，得念四年，同样一所中专学校，高中生也可以考，考上后只念两年，叫大中专。这样算来，初中考中专是多么合算啊，少念一年书还早挣一年钱，所以村里成绩差不多的孩子，初中复读的很多，都是奔着这条“小道”去的。父母本来并没有打算让我考中专，两个哥哥也都上了高中奔大学去了，可由于我的“变故”，再加上这位教委阿姨的煽动，父母就真的动了心，叮嘱我努努力能上中专就尽量上中专吧。我也动了心，因为根据当时的竞技状态，我觉得问题不大，尽管中专比高中的录取分数线要高出不少。

然而，命运和我开起了玩笑。就在中考前的一个多月，校长把我们所有复读生叫到了他的办公室，一脸严肃地说，从今天起你们就不能再在学校复读了，县里刚刚下了文件，今年中考不允许复读生参加，原因是复读生比例太大，严重影响了应届生的入学率。你们赶紧回家和父母商量办法吧，反正我这里要严格执行文件，一个不留。

这政策是人定的还是鬼定的，早干吗去了，眼看着马上就要中考了。

所有复读生的父母都找到了校长，但那货是那年刚调过来的，一个快退休的老头，据说早年闹过革命，南下时犯过错误才转到了“臭老九”的行业，所以对待上头的指示文件再不敢有半点含糊，说不行就不行。

父亲急得团团转，到处央告亲戚熟人，最后是他的远房亲戚，一位曾经在县手工业局当过局长的表哥帮了忙，托关系说好让我去邻乡的中学先就读，中考报名的事再想办法。

八十九 | 塑料碗

邻乡的这个中学算是父亲的母校，他少年时曾在此就读。那个年月兵荒马乱的日子刚刚过去，新中国成立时间不长，村里的孩子能读到初中就是最高的学历，大部分念完高小（高级小学）勉强能识了字算了数就很不错。初中毕业的父亲，和他的同学们一样，回村当了老师。听父亲说，当时的老师待遇很低，每月只有几块钱另加十斤小米。坚持了一两年，他没能继续下去。每每谈及此事，父亲都有些后悔，因为他的同学们大都坚持了下来，度过了“文革”的艰难，熬成了公办教师，20 世纪 80 年代开始挣上高工资，后来拿着大几千的退休金。

这个乡在山脚下，门前是仁义河，是个大乡。及至 20 世纪 90 年代，这里的集市都很繁荣，承包果园后，母亲曾与村里妇女结伴挑担来这里卖过苹果，还拿卖苹果的收入在供销社买回一个当时最时兴的印有大大红牡丹的铁壳暖瓶。我们心爱的马骡年老后，也是在这里，父亲万分不舍地把它的缰绳递给了别人。回家后后悔不已，半夜起身，根据交易时买主说的地址，连夜步行三十多里追到人家家里，好说歹说退了钱款并付了一夜的草料钱，愣是把马骡又牵了回来。

虽然是夏天，而且离中考也就一个来月，母亲还是给我新缝了一床棉被褥，因为这是我第一次离开她到外乡住宿。

我没让父母送，独自骑了家里那辆永久牌的自行车，后座绑了铺盖，一副“孩儿立志出乡关”的样子，踏上一段坎坷的路程。

我的乡在山上，这个乡在山底，十来里的路程，一路下坡，尽管日头很烈山路弯弯，但我骑得很爽。路边的麦田已经开始泛黄，风吹麦浪，一涌一涌，前仆后继。

见到校长后，他安排班主任，一个大概和大哥同龄的年轻人，领我办理食宿。

到了宿舍，我的心顿时冰凉，环境之差令人吃惊。一排破旧的窑洞，虽然也码了面，但从墙面剥蚀的情况看，至少也有十来年的历史。门，其实不能叫作门的，几块烂木板拼接起来，钉子铁丝在上面歪歪扭扭。窑里是大通铺，花花绿绿的铺盖一铺挨着一铺，都脏得够呛。班主任指了指邻门的光床板说，正好有个同学生病休学了，你就在这里吧。

放下铺盖，我跟着班主任来到了伙食房。听说是新来的同学，大师傅问，一顿大概能吃多少？这个问题真把我难住了，因为从未住过校，所以真不知道自己能吃几斤几两。班主任说，先给他按五两算吧。我按每顿五两先买了十天的饭票。

中午吃饭的时候，问题来了，我没带碗筷。大师傅喊了一个瘦瘦的同学说，你去，带他到供销社买一套碗筷来。

供销社不远，规模比我们乡的大多了。售货员大姐把一双红漆的木筷和一个很大的蓝色塑料碗递给我：半大小子，正是吃壮饭的时候，起码得这个才够用。

这个蓝色的塑料碗，成了我对那段日子最深的记忆。我后来告诉母亲，把它给我保存起来。直到现在，它还在母亲的碗柜里。

晚自习后，回到宿舍，大家打打闹闹。我一个人，和谁也不熟悉，铺开被褥钻了进去。不一会儿，熄灯了，大家很快睡去。我却睡不着，院子里的杨树叶被风吹得哗啦哗啦响，透过破烂的门板缝，我看到，一轮月亮，又大又圆，亮得都有些刺眼。

我拿被子蒙住头，偷偷哭了。

好不容易刚刚迷糊，突然被一股强烈的酒气熏醒。

九十 | 倾盆雨

睁眼一看，逆着月光，一个长头发胖乎乎的身影摇摇晃晃跌进门来，没两步到了我的床边。

“嗨……掏钱……”酒喝得太多，他根本站立不稳，一只手揪住了我的枕头。

“嗨……掏钱……都给老子起来……XXX……”他把身体杵在我的头顶，开始骂人，一把扯起我的枕头，扔向窑洞后面。

宿舍的同伴应该都醒了，但谁也不作声。我屏住呼吸一点儿一点儿把头往被窝里缩，动作既不敢太快，担心被他发现，又不敢太慢怕他认出我是外地新来的。

“快他妈都起来……把钱掏出来……听见没有……”他继续叫唤着，咕咚咕咚，我听到了喝酒的声音，看来他另一只手里大概拎着酒瓶。就在我的头快要完全缩进被窝里的时候，一股液体兜头而下——不知道是酒撒了还是那货吐了——强烈的味道从被面渗了进来……

我浑身发抖，满身是汗，竟然开始有些尿急……突然间，只听见咚的一声响，那货不说话了。

有胆大的同学掀被站了起来：快起来，快起来，王八蛋晕倒了……

一场让人心惊肉跳魂飞魄散的危局，最后竟然滑稽收场。若干年后，当看到电影《天下无贼》里的范伟，当年的苦涩不禁泛起，我想笑可怎么也笑不出来。

住校第三天，我的脸上身上出现了一片一片的红肿，特别的痒。班主任告诉班长，带我到卫生所去看看。乡卫生所的大夫简单看了几眼说，过敏了，然后直接从架上的几个大药瓶里给我倒出两三样药片，分别装在不同的小纸袋里，并拿油笔在上面勾画了几下，吩咐怎么怎么喝。其中有一样叫扑尔敏的药我记得最清，因为接下来的两天，瞌睡得相当厉害，根本无法上课听讲。我想一定是药出了问题，找大夫去问，大夫说，扑尔敏就是让人瞌睡的。

好不容易熬到了周末，就是天塌下来，我也必须回家。

一整天，心思完全不在课堂上，由不得自己要向窗外望。窗外的小山尖上，矗立着一个又一个高压电线铁架，它们之间的电线蜿蜒通向山顶。我的家就在这山顶之上。

没有风，一早起来就无比闷热。中午饭我也没有好好吃，实在没有胃口。

下午最后一节课，归心似箭难以坚持，我向班主任请了假，并从他的办公室里推上了存在那里的自行车，回宿舍卷起铺盖简单收拾了一下衣袜，骑车出了校门。

来的时候一路下坡好不爽快，回的时候几乎不能骑，好几处陡坡，就是推着都很困难。天气热再加上中午没怎么吃饭，翻上两个陡坡之后，我已经大汗淋漓，没有了力气，只好坐在路边休息。

坐下一望，乌黑的云正从东南边涌了过来。不好！看来是要下雨。我慌忙起身推起车子往前奔，只要是稍微平一点儿的路，就赶紧搭上腿用力骑行，一些小坡也尽量往上冲——一定要赶在雨前上了山顶，上了山顶就是我的乡，路边的村子就多了，就不怕了。

然而，我还是没能跑赢老天。

很快，风就刮起来了，山里的风野得很，更何况是雨前风，仿佛猛虎一般，扑棱着就来了，尽管有自行车支撑，我也差点被掀倒。三五分钟，天幕就被完全拉上，黑沉沉的。接着就是闪电雷声，先是象征性地在不远处吼叫了几声，很快就杀到近前。一道闪电就落在不远处的山尖上，天地间仿佛突然点亮了一条焊丝，能把眼睛刺瞎。随后炸雷就在头顶，要把我消灭一般。雨来了，上来就是核桃大的点子，啪啪打在路边的岩石上，发出惊人的响声，紧接着就听到了更大的雨声从山谷里传来，哗哗哗哗，呼啸如千军万马，仿佛奉了圣旨，急急要将这山野合围。

很快就是倾盆大雨，不由分说兜头而下……

少年站在黑压压的天地间，浑身湿透。他举目四望，前不着村后不挨店，连个圈羊的野山圈也没有，他想，哪怕就是暂厝寄埋过死人的洞窟，只要能让他先避一避这要命的雷和雨，他也会毫不犹豫钻进去……

老天欺凌了少年不到半小时，放过他了。雨开始慢慢变小，天也逐渐明亮起来。少年真的没哭，他知道哭没有用。

脚下是红色的胶泥土，黏性极大，车轮早已被塞死，完全不能动弹。两只鞋也粘在了地上，他索性把它们抠起来扔进了车筐里，赤足，然后用肩膀扛起车子的横梁，一步一步向家的方向迈去。

回到家，天刚刚擦黑。父母见状，惊得不知如何是好，以为说好的这礼拜我不会回来，准备着明天看我去。

那是 1989，仲夏。

九十一 | 南到北

异乡求学的一个多月，成为我人生一颗坚硬的结。尽管满是苦痛、挣扎，以及崩溃，是一个少年所不能承受之重，但它留给了我真实的质感，硬邦邦的存在。这大概是我在这个世界上，第一次同命运交手，它强悍、无理、不可一世、完全不可理喻。

结果当然还是县一中，经历一个多月近乎残酷的折腾，如果还能考上中专，除非我打小就是神童或者真的有神来助。

高中录取通知书需要自己到学校取，我又一次骑上那辆永久牌自行车向塬下奔去。左右两边的麦田里已经是光秃秃的麦茬，直愣愣地冲着天。麦子一收，垄间的苍耳草就一蓬蓬地显出来了，它结了一种浑身带刺的籽，如同枣核大小，极易粘到人的裤袜上，又极难拔掉，讨厌得很。

拿到通知书后，我骑车穿过宿舍区时突然冒出一个想法：我要从南走到北，而且从白走到黑，开始一趟自己都不知道多远的骑行。

蹲下来捏了捏前后车胎，没问题，应该没问题。腿一搭，我就上路了。没有任何准备，只知道沿着大山根底转一圈，肯定还能回到家。

20 世纪 80 年代末的乡村公路很不错，虽然还没有柏油硬化，但每乡都有护路队，他们挣了公家的钱，很是尽职尽责，公路上经常会看到他们忙碌的身影。所以一开始的十几公里，路况好，车也不多，路边的林荫让人很是惬意。

沿仁义河道，我走南关，过道美，穿行富家滩，大约正晌午的时候来到三湾口。三湾口是晋中盆地的最南边，它就像这个大碗被磕破的一个口，汾河水从破口里一泻而出，再加上周围山泉的汇聚，颇有些气势。传说大禹当年曾经在此治水，民间有谚“打开三湾口，露出晋阳湖”，意思是如果不是大禹老人家当年在三湾口放水，太原、平遥这些城市真不知道还要在晋妈妈的羊水里再泡多少年呢。

过了三湾口就进入河道，公路顺河蜿蜒，硬硬地在大山的肱二头肌上开出一道口子，刚刚能够两车相错。这条道是几大国有煤矿的生命线，到附近炼焦的煤，大都要通过这里往来。河东岸的铁路是它们的主动脉，哐当哐当的火车拽着黑黢黢的车皮，吐着黑烟，鸣着响笛，从一个又一个的隧道里钻进钻出。

煤车们早已习惯了这窄险的路况，开得很野，错车的时候也几乎不怎么减速，扬起的煤尘就像魔鬼出世。我在煤尘里骑一骑，推一推，遇到特别窄的路段，只能瑟瑟索索扶着车子站在公路最外边的隔离墩中间，躲一躲这些魔鬼。

骑了五六个小时，我的力气几乎全部用尽，蹬是蹬不动了，推也是走走停停。肚里已经完全腾空，腿也累得有些发麻，口干得就像嗓子眼里点了一把火。我不知道还有多远，只知道前面是张家庄。

原本出来是去取通知书的，中午就能返回去，所以自己没要钱，父母也没有主动给钱。虽然沿途有不少的小卖铺和小饭店，但我实在没有勇气向人家赊要。

唯一的希望就是张家庄，那里有我的一位表姑，表姑父是矿上的工人，有一年父亲和我到他们矿区里卖醋，表姑很热情地招待过我们。

九十二 | 工矿

表姑是老姑的亲闺女，老姑是爷爷的小妹妹。爷爷有一姐一弟两个妹妹，五姊妹中只有他和小妹妹活了个大岁数。小老姑嫁在了本乡，离娘家也就不到十里的路程。嫁这么近，据说是因为太爷爷最疼他这个小闺女，这样的距离，上午捎个口信，下午就能见到。爷爷的弟弟早夭，姐姐和大妹妹在我出生前也已经故去，虽然她们的后人——爷爷的外甥们和他们的舅舅亲得要命，逢年过节或是唱戏时秋收后都会来看望小住，但毕竟是小辈人，对他们，爷爷更多的是长辈的那种惦念和关爱。只有小老姑来家，才能看到爷爷那种发自心底的放松、自在和高兴——她是这个世上陪伴他最长久的人，在他生命的最后十三年，没有了奶奶，能和他说些体己话的只有老姑。

老姑是个精干人，斜襟的灰袄，头上罩一块浅蓝色的方帕，无论是布鞋还是后来有的皮鞋，都是干干净净雪白的袜子。老姑说话利索而又很爱笑，即便老了，一笑，脸上的酒窝还在。每年我们去拜年，她的炕上灶头都是光展展亮瓦瓦，即便老了以后。

据母亲说，老姑的婚姻很传奇。当时登门相亲的并不是老姑父，而是老姑父的堂弟，浓眉大眼相貌堂堂帅小伙，老姑一眼就看中了，太祖和太祖母也很满意，那个兵荒马乱的年月，也没怎么多讲究就把亲事定了下来。可谁也没想到的是，大喜日子那天敲锣打鼓来迎亲的新郎并不是相亲时的帅小伙，而是老姑父。那个时候刚刚民国，在太岳山的小山村里，大喜之日当众悔婚完全是不可能的事情。一家人眼看着对方是偷梁换柱，也只能暗暗忍下，若无其事地将闺女送走。

老姑父既不残也不丑，只是稍微有些驼背，嘴巴有点扣扣，面相有些憨厚，其实完全用不着这样做，唯一可能的理由是，老姑当年容貌过于出众，老姑父实在不够自信。

事情后来并没有向坏的方向发展。老姑父一辈子对老姑真心的好，唯唯诺诺言听计从，人勤谨又能吃苦而且还识文断字，《三国》《列国》的故事讲起来唾沫横飞一套一套。

能够让老姑最终接受命运的，无疑是老姑父一生一世的爱与付出。

这个故事是真是假无法求证，家里老人自然是不会讲的，尤其对于母亲这个晚辈媳妇，母亲也只是听了村里老妇们的闲说。

我倒愿意相信它是真的，命运向来是阴差阳错乖张无常。这个故事现在看来有些荒唐，但它却留下了一个很重要的问题：即便老姑当年嫁给了那个相中的帅小伙儿，她就一定能得到比嫁了老姑父更多的幸福吗？

老姑一儿一女，表姑大表叔小，表叔比父亲还小三岁。离得近走动多，表姑表叔倒不像是带表的亲戚，特别是表叔，和父亲从小玩大，他们又都是两家的独子，都没有亲兄弟，所以格外的亲。表叔也是个能人，铁工木工厨艺样样拿得起来，我们姊妹六人前前后后的结婚喜宴，每次两三天上百桌的亲朋好友，他都是当仁不让的大厨，早早几天就会背着刀案锅勺来家张罗，总是事后第二天收拾停当才走。父亲那年病重的时候，反复念叨的就是他的好表弟……

表姑推开家门的时候，着实被我吓了一跳，一是我满脸满身的煤尘和汗渍，狼狈不堪，二是我单人独骑大下午的突然登门，莫不是有什么大事？我并没有如实告她，那样的话说来话长，而且自己也真不知道自己今天的疯狂所为何来，要干什么。我谎说是同学一起到夏门玩耍，不小心走散了。

表姑打来一盆水让我洗涮，赶忙通开火给我做饭，她家住的是平房，每家的炉灶都在家门口的通道里，灶台的侧面和顶棚看样子都是自己找来的木料或塑料，布局形制各家都不一样，但毕竟是工人的手艺，都搭建得结结实实。

表姑父是矿务局的工人，表姑是随迁到了城市。那时候还没有“打破三铁”（铁工资、铁饭碗、铁交椅），村里如果谁家有人在大矿上班当工人，享城市户口吃供应粮子女还能接班，那是相当牛气的事情。我的发小二小的父亲就在大矿上班，尽管常年在外很少回家，但一回来人家就是干净的衬衣皮鞋，村里人那种由羡慕而生的恭敬，就是从简单的“回来了？”三个字中都能听得出来。二小、三小和我们玩的时候，提起自己的父亲，从来不像我们一样用方言称“爹”，而是像城里人一样用“爸爸”，这一点我们从来没有过异议，觉得理所当然。

二小他妈也从来不像村里的妇女一样，一到冬天就得准备一家老小过年的新鞋。先把破旧的布料一层一层用糨糊刷在墙上晒干制成“骨子”，然后按鞋样子裁了大小裹上白洋布，再一针一线用纺了的细麻绳纳成鞋底。二小他爸能从矿上拿回橡胶料，这东西在矿上是做什么用的无从知晓，但薄厚正好，直接在上面描了样子，一把快刀三两分钟就是一双鞋底子。这样的鞋底子不仅耐磨而且防水，一双底子对付三个鞋帮不成问题。村里妇女好是羡慕二小他妈，整个冬天人家就是东家出来西家进去唠闲话，没事人一个。有些妇女家里人多，做鞋做得实在太累，就设法和二小妈套近乎，或者早早帮二小妈干点儿自留地的活儿，目的就是想得到他家一点儿富余的橡胶底子。

那时候每次看到政治课本上“我国是工人阶级领导的，以工农联盟为基础的人民民主专政的社会主义国家”这一句时，我自然而然就会想到二小家、表姑家。后来，当父亲和我到高中报到，需要到粮食局转移粮食关系时，对这句话我就有了更深刻的理解。

表姑做了一大碗西红柿鸡蛋刀拨面，被我一扫而光。我就像落了难的梁山好汉一样，水足饭饱之后，拜别表姑，又急匆匆地上路了。

天黑之前，终于翻上了翠峰高壁，链轮飞快，风兮荡荡，田畴垄条，鸡犬相闻，日出日落艰难兜转，我又回到了我的西之岭。

九十三 | 之交

1989 年的秋天来得似乎要晚一些，九月开学已近白露时节，半袖衫居然还能穿得住。我穿着二姐专门给我做的白色短袖走进了位于县城旧街的县一中，当时她正在县城开着一间门脸不大的裁缝铺。

从这一年开始，我们家正式进入搬家前的准备——从老宅搬到新宅。新宅已经建成五年，迟迟没有搬迁的原因，除了盘炕垒灶、修墙方院、栽树架线等等配套工程任务艰巨外，更重要的是，父母都觉得老宅更向阳更聚气，住着更舒服。其实，我们知道，他们是割舍不下对这个宅子的那份情感。父母结婚近三十年，这三十年，他们在这个宅院里烟火平常、忙前忙后，在这里生儿育女、养鸡喂骡，在这里孝侍老祖、送走双亲，在这里吵架拌嘴、动火怄气，在这里艰难营生，在这里欢愉幸福，这蜈蚣墙，这月亮门，这梨树玉黄芍药花，这铭柱椽廊木窗棂……哪一样都是对日子最好的丰盈，每一个记忆都附着在了这四方的天地间。

可是，不得不搬。大哥已经到了准备结婚的年龄，虽然在县城参加了工作，基本不可能回村安家，但父母觉得，长子成婚总得够个气派，况且即便是年节回来，家里人也不少，添了新人后，公媳嫂叔多有不便，新宅宽宽敞敞才够安排。

五年的时间，新宅也基本配套完毕，为了节约花费，不少该是请匠人做的事情，父母都自力更生。比如门窗，就是懂木匠的父亲边琢磨边完成的；比如屋里地面，就是母亲将烧窑失误的那部分花砖敲碎，捣浆后再配上一点儿水泥沙子凝结而成。在主屋后厅的中央，还用白瓷碗的碎片镶嵌成了花形图案，看上去还真有点儿欧洲皇家大理石的感觉。

这五年来，新宅其实也没有闲着，主体建成后的第二年，门窗安起后，父亲就开始了他的一次艰难创业。他用买书自学的知识，结合当年在公社综合厂里的一点儿经验，一个人既当厂长，又当职工，红红火火地做起了一件不小的事情。

九十四 | 综合厂

综合厂，这个名字听起来就怪怪的，用百度搜索，没有它的词条，即便是在村里人的记忆里，它也几乎被彻底淡忘了。这个名词之所以还能长久地停留在我的脑海，完全是因为它是父亲当年梦想开始的地方。

综合厂，其实就是把农民集中起来搞副业。公社时期农民只能老老实实给生产队耕田种地，不允许家庭或者个人做买卖，哪怕是养猪养鸡，否则就是长了“资本主义的尾巴”，是投机倒把，轻则批评批斗，重则蹲监坐牢。个人不能搞，国家供应不足，一些必需的基本生产生活资料又亟须解决，于是在“文革”中后期，不得不在农村提倡“以粮为纲，全面发展”。提倡是提倡，但咱的“范儿”绝对不能丢，我特意检索了一下当时的《人民日报》社论，这个“弯”是这样拐过来的：

> 有的同志划不清正当的多种经营和资本主义倾向的界限，不敢抓多种经营，忽视抓多种经营。对此，应当加强路线和政策教育，予以澄清。有资本主义的多种经营，有社会主义的多种经营，决不可把两者混为一谈。搞社会主义还是搞资本主义，决定于执行什么路线，决定于指导思想是什么。如果是执行反革命修正主义路线，只顾赚钱，不顾国家计划和人民的根本利益，那样搞多种经营当然会走到资本主义道路上去，那是必须批判、必须制止的。但是，决不可把党的方针、政策所提倡和允许的多种经营当作资本主义倾向来批判。正是为了进一步壮大社会主义经济，进一步战胜资本主义势力，才更要下气力领导群众搞好多种经营。这个重要的阵地，社会主义不去占领，资本主义必去占领。我们不去有领导有计划地发展多种经营，那就等于在这个阵地上给资本主义让路，那才是错误的事情。

综合厂正是在这种背景下出现的。公社把铁匠、木匠、泥瓦匠、烧酒的、酿醋的、编篓的——各村里有点儿手艺的匠人或者领悟快的能人都凑在一起，统一组织小作坊式的生产经营，进行“社会主义的占领”。

综合厂的寿命很短，没有多长时间，父亲就不再去那里“上班”

了。很快，村里又开始分田分地分农具，公社和生产队散伙了。

父亲在综合厂里是负责酿醋的。这个项目当时是几人研发攻关，又突破了多少技术封锁，父亲不给多讲，只是呵呵笑着说，反正两三个月醋就酿出来了，味道还不错哩，只不过没能来得及大规模生产。

正是这一段短暂的“工厂”经历，让父亲对酿醋产生了浓厚的兴趣。大概是送走爷爷后第二年的冬天，父亲把原来存放粮食和爷爷寿木的北窑整理出来，疏通了多年不用的烟道，重新盘了灶还安了风箱，冰天雪地的又用骡车拖回一车上好的焦炭，并且买回两口大缸和铁锅……母亲说，父亲要熬醯。醯（xī）是个什么东东母亲也说不清，只知道这玩意儿和酿醋有关，是酿醋必备的一个原料。后来我才知道，这个醯不仅是酿醋的必备原料，还是老醯儿的醯，是离不了醋的山西人的小名。

父亲满怀信心的这次试验，忙乎了大半个冬天，最后以失败告终，原因不明。在北窑战场上，我最后只看到大缸和大铁锅里到处糊巴着黑黏黏的一层，没几天就干巴成了铁硬，抠都抠不动。年近腊月，因为磨豆腐杀猪准备年货要用北窑的火灶，黑不溜秋的大缸和大铁锅就被请到了北窑的窗外。冬日的太阳懒懒地从椽廊顶投下来，照在那些不成功的醯上，它们冷冷地泛着黑亮黑亮的光，一副桀骜不驯的样子。

九十五 | 醋意

醯，形似漆，色如酱，其实是酿醋最后才会用到的一样配料，主要是上色和增加甜度，应该是用玉米或者别的含糖作物熬制而成。百度百科说，醯本意指醋，引申为酸，也指酒。我不知道度娘的这个知识点有什么权威的出处，但把醯和醋混为一谈，打死我也不能认同。

熬醯究竟是怎样的熬法，我没有亲见，但想来如同铀浓缩核提纯一样，又好比概括文章的中心思想，一定很难，不然父亲当年为什么酿醋的摊子还没支起来，就先进行这项技术攻关？又怎么会以他的才智耗了大半个冬天最后却只是鼓捣下一摊“桀骜不驯”呢？

关键技术的攻关失败对父亲打击不小，但生活并没有给他留有哀叹的时间，一家老小要过年，杀猪磨豆腐置办年货一大摊事情还等着他。忙完年前年后，两位家庭常委决定，酿醋的事条件不成熟必须先放一放，烧砖盖房才是当务之急。创业的挫折加上烧砖盖房中遇到的种种艰难困苦，那一年应该是父亲一生之中内心最受煎熬的时段……四十多岁，激流险滩。

新宅建成后，国库空虚，发展经济又成了头等大事，挺过了困厄的父亲，好像是剥开了人生坚硬的壳，他不仅没有退缩，反而开始尽情铺排。

一口又一口新买的缸瓮大锅搬进了新宅，大大小小占满了整整两个窑洞，一车一车的焦炭黑炭倒在了刚刚平整完的院子里。冬闲时节本该是马骡法定的无所事事吃料养膘的日子，据说是为了响应主人创新创业的号召主动放弃了休假，积极奋蹄在弯弯曲曲的山路上，一趟又一趟，一汗又一汗，没有丝毫怨言。在那年第一场冬雪飘起之前，“父亲牌酿醋厂”的厂房设备就算完全齐备了，没有挂彩也没有鞭炮，火柴哧啦一声，一个人的工厂，生火点灶正式开工。

酿醋是件纯手工的工艺，几乎不需要任何机器，即便有高粱需要粉碎，也只需送到村里的磨面坊加工一下就 OK。所需要的原料——高粱、麸皮、谷壳村人手里应有尽有。醯的问题也已解决，父亲专门跑了一趟城关镇的酿醋厂，和人家商量好了价格，送货上门。父亲说，不买不行，如果再试验再失败，咱耽误不起那工夫，成本高就高点，无论如何得把这事做成。

醯的难题解决后，另外一个难题出现了——温度。从蒸料、拌曲到发酵、熏焙、倒缸、浇淋，温度控制在酿醋的每道工序中都很关键。太岳山中正是天寒地冻，在新建的背阴的砖窑洞里，要想保持近三十度的室温谈何容易。母亲把盖房时遮雨用的废旧塑料搜罗起来，剪剪裁裁一层一层都蒙在窑洞的窗户外面，然后把我们早就不穿的旧棉袄拆解开，做了两条很厚的棉门帘挂在了窑门上。做这些工作母亲多少有些不情愿，因为在酿醋这件事上，高层的意见多少有些不统一，特别是熬醯失败后，母亲认为在技术上这不是一件简单的事情，更何况即便技术没有问题，没有帮手啊，酿醋可不比磨豆腐，很多工序需要人力体力而且还有时间卡着不能耽搁，哪是一两个人就能行的。虽然嘴上不停地在唠叨：尽是瞎折腾尽是瞎折腾，但母亲在政治上和行动上还是很坚定的：孩子们都长大了，要读书上学要结婚成家。

九十六 | 旷塬上

为了升温，父亲在窑洞前后各加了一个炉火；为了升温，所有炉火全部用上了贵巴巴的焦炭；为了升温，父亲整夜守在炉火边，不停地观察挂在墙上的那支温度计……

塬下的条里，三户人家一排十八孔窑洞，另外两家的院子还没整，门窗也还没有安，敞着十几个大口子。空旷的塬，黑沉沉的寒夜，只有一处灯火。

那年放了寒假后，我主动申请成了父亲的助手。其实是帮不上什么忙的，蒸曲烤坯这样的事只能父亲来做，就连翻缸这样的体力活，父亲也不让插手，这对于十几岁的小伙来说，很失颜面，但我知道，父亲在倾心完成一件作品，他不想有任何闪失。于是，我就只好专职做一名温控员，不时去看看那支长长的温度计，然后通通火或者往炉里添添炭。剩余的时间除了做寒假作业就是读《芙蓉镇》——上了高中的二哥从学校图书馆借回的一本小说。当时我不知道它已经获得茅盾文学奖而且正被拍成电影。屋外冰天雪地北风呼啸，我窝在三十多度的窑洞里，背心裤衩马扎，汗流满面句句行行，感受着这个国家另外时空里那撼人心魄的人和事。这是多么穿越而又具有锐度的一幅画面。

接近年关的一天，父亲说，今天可以淋醋了，这意味着他的产品即刻就要下线。

淋醋就是往发酵成熟的醋曲上淋水，醋曲已经被装进一口特别的大瓮，它的特别之处在于，在接近底部的侧壁安有一个铁管做成的漏嘴，上面浇淋的水与瓮里的曲充分浸漫后，通过这个嘴嘴渗漏出来，流向接在下面的瓮缸里。不大一会儿，淡黄的水柱在瓮缸里激起水泡，发出滴哩哩的响声，浓浓的酸味弥漫了整个窑洞。

淋醋是个慢功夫，有点像浇花，不能猛灌，只能缓来，不然水都走了过场，就会功亏一篑。装曲的缸被两个条凳架了起来，为的是底下的瓮缸能有足够的空间。小个子的父亲要把滚烫的水从大锅里舀起来浇进曲缸里，是件不容易的事情。他想了很多种方案，都不是很得手，最后迫不得已只好帐中传令派两个助手上阵——当时我和二哥的身高都已高出父亲一头。上阵之前父亲手把手对我俩进行了短期培训，按什么节奏按什么速度，怎么照顾到边边角角，又千叮咛万嘱咐绝对不能把自己烫着。让我们分别试验了两瓢水后，父帅看着满意，就给我们排了班，每人五十瓢后轮换。

滴哩哩流到瓮缸里的就是醋的半成品，半成品必须转移至一两米高的大瓮里冷却，然后压轴的大角儿醯就出场了，黏稠黏稠的醯要按一定的比例舀进大瓮里进行勾兑，这也是个要劲的事儿，醯多了色太浓沉淀也会多，醯少了甜度和酸度不足，都会影响口感。

勾兑好的大瓮要拿笼布和草垫封口，静置一些时日。八九天后启封开瓮，酸不溜丢紫了吧唧正儿八经纯手工私作坊的醋就算正式出厂了。

那是一个明媚的日子，阳光透亮，雪后初霁，小山村银装素裹眉清目秀。一条条刚刚清扫了积雪的道路，蜿蜒着，伸展着，融化着，勾连着家家户户，仿佛蓬勃的心包上布满的血管。喜鹊们喳喳叫着从树梢上飞起，一团团的洁白被抖落被扬起，在光线里晶莹剔透。一群群的麻雀在雪地里跳来跳去，似乎不是在寻找食物，更像是在与天地同乐。公鸡们扑棱棱飞上院墙，伸长了脖子，东边刚叫一声西边又叫一声。狗们懒洋洋地钻出来，无所事事，随身又卧倒在了雪地里。牛和骡子瞪着黑黝黝的大眼睛像往常一样静默着，肉乎乎的嘴巴里吐着一嘴一嘴的哈气，间或甩一甩屁股上的尾巴。

今天，父亲的醋厂决定启封开瓮。

九十七 | 买卖

搬开草垫，揭去笼布，一股浓烈的酸熏味道迅速在凛冽的空气中弥漫、升腾，在晴日下，在田野里，在苍苍茫茫的雪岭之间。

父亲拿起liáo liáo在醋瓮里轻轻搅动了几下，满满舀了一提，咕咚咕咚全部喝了下去，胡茬下的喉结一上一下迎来送往，匀速运动不急不慌。全家人都在等着父亲的话，他用手抹了一下嘴，咂巴咂巴笑着说，行了。美丽的晨光下，父亲的笑，可爱极了。

liáo liáo是一种专用舀量的工具，主体是个小木桶，可以定量，直直的桶壁上伸出一根长长的铁把儿，为的是很好的下探，把儿的这一头是U型弯曲，用来挂在瓮沿上打发它的悠闲时光。liáo liáo是我们方言的叫法，官名或是叫作醋提酒提的吧。

小木桶liáo liáo应该是祖传的一件器物，它的上古史究竟如何不得而知，反正在父亲的醋厂里派上了大用场，也许是承了先祖的密旨有备而来。

liáo liáo舀三下就是一斤，这是父亲拿酒瓶反复试验过的，比乡里供销社的只多不少。这也成为父亲醋厂能够迅速赢得周边市场的营销法宝。

第一瓮基本上都是送出去的——亲朋好友左邻右舍。后来大家就硬放钱，甚至变了脸面说，你们要再不收，俺们就还去供销社买呀。这样忙东忙西图啥嘞，图的还不就是小本买卖养家糊口？再说了，你家这味道比供销社的更纯正哩。

一毛钱一斤，母亲逐渐开始营业了。完全是口耳相传，那年过年前厂里的第一批货就卖出了将近一半。母亲很是高兴，认为能做成而且还有收入已经相当不赖，可父亲并不满意，他觉得无论品相还是味道，自己的东西并不比供销社的差，还应该卖得更好一些。

过完年，还没出正月，父亲就赶着马骡载着醋桶出发了，他要挨村去做零售推广，还要到县城和大的镇子去洽谈批发的可能性——厂长大人必须变身推销员，否则销路打不开，一切都是白忙。在此之前，父亲已经将厂里的事情，包括生产流程，关键技

术全部交代给了他的助手兼副厂长，我的母亲。其实母亲一冬天除了忙家里的吃喝穿戴，大部分时间也都在新宅里帮衬着父亲，怎么蒸怎么拌怎么熏也早学得差不多了。

上了初中后，我晚上就住在学校附近的姑姑家，中午回家父亲也不在，只有周末我们才能见到面，然而每次父亲回来都是天已大黑。我们在家里一听到马骡脖颈上铃铛的响声，就会冲出大门，赶紧帮父亲卸车。母亲每次都会责怪：说不要晚不要晚就是不听。父亲就会笑着说，今天卖得不赖。

马骡卸下车套，一身的汗，父亲会牵着它到皂角树底下的宽场子里打个滚。

醋的利润很薄，算下来每斤只有几分钱。在20世纪80年代初，这也就是一根冰棍的价钱。现在看来，这样的收入显得很是可笑，但在当时，在这个国家细细密密的山河之间，无数土地上的人们，大概都和父亲母亲一样，因为束缚的减轻因为自由的到来，对生活升起了许多的希望，即便仍旧艰难，他们都愿意付出努力。

父亲的醋厂大概开了不到两年，最辉煌的时候是挤掉县城的国营醋厂成了两个乡供销社的供应商。然而即便是最辉煌的时候，带来的利润也不足以完成家庭发展所需要的财政支撑。利润薄是重要原因，但更主要的是产量太低，父亲母亲既不能误了酿醋的流程，还不能丢下地里的农活——毕竟那是关系全家吃喝的大事啊，根本忙不过来。雇工也不可能，买缸买瓮都是在乡里信用社贷了款的，孩子又都到了要花大钱的时候，生活的窘迫让父亲没有勇气扩大再生产。他必须找到更快更大的来钱门路。

醋厂关张后，父亲封了两坛作为纪念，只在年节的时候舀出来吃一些。那些大大小小的缸锅瓮被摞了起来，直到母亲把手艺传到她的娘家——舅舅过来把这些承载了父亲梦想的家什一汽车拉走了。

九十八 | 贪吃蛇

父亲的醋厂关张后，在村办的煤窑上寻了一份工作，虽然父亲并不喜欢那“伺候人的活计”，但有了这份工作家庭收入就能稳定，而且在倒班下班后还不太耽误地里的农事——他不得不向生活妥协。

20世纪90年代，小煤窑在山里山外遍地开花，有村办的、乡办的，也有私人搭伙儿搞的，山岭仿佛就在一夜之间进入了战国时代，公路上各式各样拉煤的卡车川流不息，它们冒着黑烟喘着粗气扬着尘土，轰隆隆活活是在赶往一场战争。

隐藏在山坳中的煤窑就像一条条贪吃蛇，将原本属于太阳下土地上的男人们几乎全部吸入腹中，当他们拖着疲惫的步伐从蛇肚里钻出来，再次走到阳光下，就像大地上一只只黑色的蚂蚁。

这是土地上最深刻的一次变化，超过了千百年来所有农村革命的总和，耕作和手工业从此开始退化，田园和牧歌从此开始消散。

父亲变成“工人”后开始有节律地“上下班”，母亲和我们不得不承担田地更多的农活，正是在那段时间，我们和马骡结下了深深的革命友谊。

做了“工人”的父亲给家里带来的物质上的变化相当明显，当年年底领回的年终奖是：一件可折叠的长沙发和一辆崭新的凤凰牌28自行车，全家人都很高兴。长沙发展开后可以当床，我和二哥无论谁睡在上面都是件很愉快的事情。原先那辆永久牌自行车早就超期服役，全身零件大都换了不止一遍，最关键的是，大哥当时正在谈恋爱，这辆车来得再好不过。

也许是因为物质的丰富，也许是因为那是我们在老宅过的最后一个年，那年腊月父亲母亲忙得格外起劲。

磨豆腐杀猪是年前必须完成的两项大工程，浩大而热烈。

从泡豆子开始到热腾腾的豆腐成形，磨豆腐拢共分五步。泡豆谁都会，即便现在的“九阳”时代，这一步仍然省不了。但母亲泡的黄豆，是她一粒粒种下去，一株株锄出来，一颗颗收回来，一瓢瓢分拣过的，绿色纯天然。豆子泡上，我和哥哥姐姐的任务就来了——要去扫碱土，我们所说的碱土可能和那个学术名词不太一样。我们所说的碱土，是一种土墙经年风化后的细绵土，一般存在于向阳的老墙窝里，低头细看你就会发现上面有细小的白色斑粒。为什么是扫，而不是铲或者挖？因为只是那么一层，如果动作幅度大了，弄回去的就是黄土而不是碱土了。这个活儿说来简单，但它事关全局，直接决定着豆腐大事的成败。扫回来的碱土要倒进大铁锅里熬，说实话，散发出来的味道可不怎么好闻，本来嘛，你想想它们的出身。

熬过之后要静置，等泥浆沉底，上面略略发黄的液体就是大名鼎鼎的——卤水。卤水不是每年每次都熬，而且当年熬制的卤水，效果也远不如陈年放置的。留下当次要用的，其余一般装入洗净的煤油瓶中——那是那个年代可用的最大的玻璃器皿了。卤水可不是闹着玩儿的，大人们会反复地告诫，不准碰，绝对不准碰，喝卤水是会死人的。村子里常听说，哪个村谁家的想不开喝卤水了，没有亲见，听说而已。上学读《白毛女》，看到走投无路的杨白劳喝卤水自尽后，我才对这玩意儿真正有点害怕起来。但不免又总在想，这玩意儿既然如此狠毒凶猛，为什么入了豆腐就能立刻变成好人一个呢？

九十九 | 板杖

豆子泡好以后最费力的活儿就来了——磨豆浆。当然，更多的时候不会用大石磨，而是用小石磨。小石磨没有大石磨可以用来收浆的“渠道”，所以要把它洗刷干净后放在木架上，木架再架到瓮缸上。别看小磨，一片磨盘至少也有百八十斤重，一个壮劳力要想抱起放好，也会被憋得脸红脖子粗。小石磨的直径约两尺，上盘有下料的圆孔，还有磨得光溜溜的枣木转把。磨盘上架，豆桶置旁，桶里放勺，再准备把子力气，你就开始一圈一圈地转吧，舀一勺软豆倒进磨孔里，哗哗的白浆流下来。舀啊舀，转啊转，等你快累趴下了，活儿也就干得差不多了。几十斤豆子没有五六个时辰磨不完，每年磨豆腐的日子，父亲和哥哥姐姐们凌晨三四点就得起床，不然一天的活儿拿不下来。

磨完豆浆就是挤豆饼，这也是个力气活，稍微饶人一点儿的是不需要太大的臂力。把大铁锅在地上支稳，上面放上井字型木架，木架上面放上箅子（一种用高粱秆晒干后扎成的圆形或方形的器具，一般用来放置捏好待蒸煮的饺子或面塑，不容易沾皮），箅子上面再放上桶，这只桶可不是平常的水桶，底子已被父亲去掉，蒙上了厚厚的笼布。农村生活的每个细节里都充满了智慧和创造，其动力来源于艰难生活的逼迫，其灵感来源于土地，其技艺来源于一次次生产中的逼迫和推敲。小到针脚线法缝被绾花，大到犁篓锄耙点豆种瓜，在口口手手中，文明的网越织越细。

豆浆舀进特制的桶里，父亲独创的另一个秘器就出场了，一个圆木板在它的圆心上垂直安一长把，举起来颇像戏剧里皇上出场前，龙套们手里执的那个“朝天蹬”。父亲并没有给这个家什起个名字，朝天蹬是皇上的“仪仗”，那么，它的同胞兄弟混得不好流落民间，我们姑且就叫它“板仗”好了。板仗的任务就是把浆汁挤进锅里，把豆渣困在桶里。板仗呼嗵呼嗵，浆汁顺着箅子缝漓漓嗒嗒流入锅中。这个活儿用的是巧劲，力度如果太大，就会在桶里掀起浆花，溅你一脸是没问题的；力度如果太小，磨了洋工，当天你甭想吃上热腾腾的豆腐。窍门就在于随波逐流、顺势而为。我们家数母亲挤得最好，桶不晃，汁不停，不一会儿工夫就能挖出豆渣饼。

每年干这个活儿的时候，母亲都会夸父亲两句，说板仗真是好用，父亲就会在旁边微微笑着说，好用吧好用吧。这一道工序实际上就是过滤。在父亲没有发明这个“过滤器”之前，通用的做法是，叠几层大笼布悬于空中，从上面倒浆，还要火烧火燎地用手去挤捏。这样的做法，费时费力，只提上提下地倒浆就会把人累个半死。父亲的发明，一时间村里震动，邻里乡亲每年都排队借用，姑姑舅舅们也会在腊月提前“打招呼”，不然即便是皇亲国戚也有可能用它不上。

一〇〇 | 卤

过滤好的豆浆就像总装好的火箭，单等零号指挥员读秒把它送上天。火箭上天需要推进剂，豆浆“上天”就必须请出“煤油瓶”。陈年的卤水经过充分沉淀后，淡淡地不露声色，但却威猛无比。

父亲拿了长把的铁勺，让母亲往勺底轻轻倒那么一两盅的量，然后将勺子打着圈缓缓伸进热腾腾的豆浆里，顷刻，刚才还是白浪翻滚的大铁锅，仿佛一下子有了政治委员，都不闹腾了，迅速开始集结聚拢。每当此时，父亲总会说一句，看，这就是化学反应。

我第一次见这个化学反应的时候，简直惊呆了，甚至觉得一定是父亲用铁勺施了什么魔法，不然一大锅热腾腾的豆浆为什么要听那一点点卤水的话？

后来经世，才知道天地间相生相克一物降一物，没什么好奇怪的。

但也有“克”不好的时候，有那么一两年，父亲将铁勺伸下去之后，搅动半天不见动静，急脾气的他马上就会用勺把磕着锅沿说，坏了，坏了，这可是坏了事了。然而，事情根本坏不到哪里去，即便是当年新熬的卤水，也还从来没有点不住豆腐的情况发生，无非是迟与早的问题，无非是卤水量大量小的问题。

父亲一急，我们就都不敢说话，热烈的劳动场面一下子就会变得凝重起来。经过一两次这样的“凝重”之后，每到点卤水的时候，我们就不说话，全都安静地站在一边，看着打圈的铁勺和锅里的变化，这样一来，原本简单的工作变得充满了仪式感，仿佛广场看升旗的意思。其实大可不必搞成这样，但我们怕父亲着急，完全是出于大局意识核心意识。

父亲不愿意多加卤水，总希望立竿见影，他的这个坏脾气，多少年一直为母亲所诟病。然而父亲自有他的道理：迟来的和当下的肯定不一样。后来我看到了关于这个道理最深刻的一个例句：迟来的正义非正义。据说这是英国的经典法谚。

实践证明，世界上没有点不住的豆腐，只有差一点儿的卤水和不耐心的人。

点住的豆腐就像云团一样聚拢在锅中央，稍微降降温就可以进行最后一道工序：包压。包压从来都是母亲的活儿，在铁笼屉上放好大笼布，将“云团”们倒进去，空一空水之后，四角收叠成扁平的立方体，上面压铁箅子，铁箅子上面再压一块大青石。

不要小看这包压的活儿，要想利利索索把这热腾腾的“云团”一下子整编成集团军绝非易事，村里很多妇女包出来的豆腐要么硬度不够，要么奇形怪状。

进入这个工序，做豆腐的大工程基本结束，父亲就会刻意站在母亲身边说，还是你包的好，还是你包的好。嘿嘿，我们都明白他这话的意思。

豆腐被压实之前，桶杖锅盆早已洗刷收拾停当，因为忙累一天后最享受的时刻马上就要来临——每年母亲都会鲜鲜嫩嫩地现炒一大盘犒劳革命群众。当然，父亲肯定要喝两盅，他还会鼓动年幼的孩子们拿筷子在他的酒杯里蘸一蘸，放到嘴里抿一抿。

一盘只是配了葱蒜红椒的酱油豆腐，在一张不大的炕桌上妖娆得无与伦比，那窑洞里升腾起的缕缕香气，永远地浸入了关于家乡的记忆，让远行的孩子常常不能自已。

一〇一 | 囊囊地

如果就复杂性而言，年前的这两项大工程——杀猪和磨豆腐不差上下，都需要全家总动员，都需要联勤保障，都要花上整整一天的工夫，但就重要性而言，磨豆腐显然不能与杀猪相比。因为，磨豆腐充其量只能算是"内政"——产品全部是为满足家庭吃喝招待。杀猪可就不一样了，二三百斤的猪肉，家里顶多留五十斤，其余的是要卖出去的，要卖出去就必须讲究——毛得干净，骨得匀称，下水更得爽利，俗话说，"外交"无小事啊。

印象中，自从生产队解散后，家里就开始养猪，春天买回猪仔，养肥年前杀掉，年年如此，一直到我大学毕业几乎未曾中断。这项事业之所以能像国策一样被进行到底，主要有三方面的原因。首先是家里人口多，如果自己不养猪，过年买肉吃，那将是一笔不小的开支；其次是土地承包后，地里的粮食逐渐有了富余，粮价上不去，猪吃粮食再卖猪肉，总体来说还是更合算些；当然，更直接的理由是，猪这东西好对付，剩菜剩饭青草麸皮都能啪啪唧唧吃个喷香，农忙的时候，饿它们个一顿半顿的也没什么怨言，无非躺在墙角死睡过去。

出于这样的理由，村里养猪的人家并不少，但近二十年能够坚持不懈的，我们家应该算是唯一。我们都知道，母亲之所以能做到，其实有一个更强大的支撑：有两头猪，俺孩们过年就能囊囊地吃一吃（囊囊，方言音，意为够够地、结结实实地）。

一〇二｜骡马大会

囊囊地，在那个缺钱少荤的年代，真是充满了雄心壮志。母亲过日子很节俭，柴米油盐缝缝补补都是精打细算，甚至就是做饭时多添一根柴，都会和姐姐们计较半天。但是对于该花的钱该做的事，她向来都很慷慨。在我对播音员最迷狂的时候，曾经想买一台录音机，尽管花费不菲母亲都能爽快答应。

过年吃肉，在母亲看来就是件极重要的事情。所以无论当年的猪肉行情是贵还是贱，每年我们家自留的过年肉都在五十斤左右，小半头，还不包括下水。五十斤，八口人，除去招待亲戚，腊月到正月每人至少能吃到三四斤。

下水从来不卖，肝肠肚肺在父母的手里都要变成最最的美味。曾经有村人实在眼馋，不到腊月就上门央求，哪怕添个价钱，哪怕就是买一副肠，但父母坚决不松口，他们知道自家的这六头小猪娃也巴巴地馋了一年了，不能让孩子们失望。

完全圈养，只喂青草粮食，不加任何催长的饲料，一头猪从几斤的猪仔到一二百斤出栏，得用大半年的时间。

每年春天，父亲都要专门进趟城去买猪仔。一般来说要同时买回两头，而且尽可能买一对亲兄妹。一槽两头才会争食，争食才会长得快；亲兄妹才会处得融洽，才不至于因为太闹腾而掉了膘。

有一年春，可能正好是周末，父亲叫我和他一起进城，说今年行情好想多买两头试试。从小路进城，回程需要上山，老旧的自行车带上那些哼哼乱叫的活物，相当吃力，有个助推就会大不一样。

买猪仔要去骡马大会，骡马大会在县城边一个名叫西门外的地方。骡马大会就是集中交易骡马的市场，当然，这样的市场并不能将牛羊猪狗排除在外。

第一次到这种地方真是让我眼界大开。

天气不错，市场很热闹，各种表情的家伙们被牵着拽着拴着赶着，粪便到处都是，各种叫唤各种臭。汾河就在身边，河道里并没有多少水，水也并不清澈，像一条黑紫的皮带静静地滑动向前，北方的春天，没有诗意。

村人们早已习惯了大会上的混合香型，嘻嘻哈哈裹着旧棉袄叼着纸烟卷谈笑风生。我的鼻腔一开始有点不好接受，但这种不适很快就被人群中一件相当好玩的事情遮盖。

我发现，在骡马的周围有三三两两的男人聚在一起，交谈一番之后，一人会将手伸进另一人的棉衣襟下，鼓鼓捣捣好半天……在鼓捣的时候，他们并不说话，好像一下子调成了静音状态，只是点头摇头，表情也相当丰富：有坚决、有迟疑、有信心满满、有失落遗憾……

光天化日之下，一对对大老爷们有啥话不能明说，这样滑稽可笑究竟在干啥？

我问父亲。

他们在议价。

议价？

买家看上牲口后，就得找“牙行”们议价。

牙行？

牙行就是会看牲口牙口的人，他们掰开牙口一看，凭经验就知道牲口是多大年龄，而且他们掌握着卖家的底价，也掌握着集市上的大行情，就像是村里介绍对象的媒人。

那他们在衣襟下鼓捣什么呢？

摸指头。

摸指头？

嗯，出价还价都用指头表达，这不能让外人看到听到，不然买卖不成泄露底价就会影响人家继续交易。

父亲说着，伸出指头给我打起了比方，指人一，剜眼二，耧腿儿三……基本上和酒桌上的人们划拳出指有点像，只不过还要表达出十百千这样的计数单位。

买卖牲口居然都可以这么好玩——即便在最不起眼的角落，生活都会设下美妙的玄关。

一〇三 | 湖南花

猪仔交易不像骡马那样复杂，不需要牙行，更不需要在衣襟下面鼓捣，因为猪仔的价钱不及骡马的十分之一，也不存在看牙口断年龄的问题。更主要的是，即便没买对走了眼也是很小的风险，无非是嘴刁一点儿的，不好好吃食，长膘慢些，不像骡马要耕要驮要驾，当着村人的半个家，一旦买不称手，影响的是地里的活计家人的饭碗。所以比起骡马场的热闹好玩，猪仔摊边就冷清不少。只有当仔细一点儿的买家为了判断条顺不顺好不好养，在议价后揪起它们的耳朵或者尾巴时，它们哇哇的叫唤声才会吸引点儿人们的注意。

父亲分别从三个卖家的藤篓里挑了四头，它们四个两黑一白一花，都没有血缘关系，

父亲知道这样很不好养，但他说想试试不同的品种。

猪的品种很多，父亲有一本关于养猪的书，第一章讲的就是猪的种类，有照片有插图，热闹非凡。出于好奇这本书我很认真地看过，而且还拿着书到好几家的猪圈旁边与实物进行了仔细的对照。当时，母亲和哥哥姐姐们对我这种严谨的学风狂笑不止。

但实践出真知。通过对照，我认为本地圈养的基本上都是马身猪。书上说，马身猪属黄淮海黑猪类型，通体黑毛，具有产仔多，护仔性强，臀肥腿壮等特点，在高寒低营养水平下仍能成长。而且抗气喘，抗下痢，板油率、花油率比较高，肉脂品质好。按照体格大小和分布的区域特点可以将其分为三个类型：大马身、二马身（中型）和钵盂猪（小型）。马身猪被誉为“中华黑土猪”，是黄河流域最古老的猪种，在山西省分布最广。

我认为，我家养的应该是中型的二马身。

我还认为，邻居家养的白猪应该属于乌克兰大白猪，但我没勇气告诉他，告了他，他也肯定不信。

眼前“永久”车上的这四头，纯黑纯白色的自然应该是二马身和乌克兰了，可这头花色的是什么型呢？作为曾经的猪院士的我一时想不起来。花猪在书上也有介绍，但因为村里没有实例，我对此项课题的研究自然也就没怎么上心。父亲说，这花猪属于湖南花。

湖南花，我一听，觉得好有趣。

回程的路都是步行。本来在进入石村沟的河滩之前是可以骑一段的，但“湖南花”们在后座的篓里吱吱哇哇挤挤撞撞很不老实，父亲试着蹬了两下，实在不好平衡，如果我再坐在前面的横梁上，老“永久”肯定会出问题。

接近正午，“十里铺”上并没有多少人和车。“十里铺”是柏油路，连接城里城关，很平坦没有上下坡，弯也不多，相当耐走。父亲不知道在想什么，只是推着车快步走着，不说话。我跟在后面，透过藤篓的缝隙，看着里面的它们——肉肉的鼻，大大的耳，不停哼哼的嘴，一双双略显惊恐的眼睛。我看着它们，它们也在看着我。

上山爬坡之前，父亲把自行车靠在旁边的崖石上，我们进行总攻前的休整。春天，正午，山下的一条小溪穿行在大大小小的青石之间，哗啦啦啦，显得特别欢畅。但山上的藤木松柏并没有完全苏醒，仍然干巴巴的，背阴的树根下甚至还有冰雪没有融化。

可能是车子停下后不再晃荡得难受，也可能是正午的暖阳晒得正合心意，“湖南花”们在车篓里不再怎么哼唧，我高度怀疑这几个没心没肺的小东西正在抓紧时间进行午休。

父亲问我饿了没有，我摇摇头说，不饿。其实这时候我已经很饿了，尽管早上出门前母亲做的拍饼饼吃得很饱，但毕竟一上午已经走了近三十里的路。父亲说，忘了在城里给你买点儿吃的了。我说，没事，就剩下这道坡了还。

一〇四 | 吴甲老头

这道坡叫吴甲坡，坡中间有个村子叫吴甲村。吴甲村是方圆最小的村子，大概住着不到十户人家。进城如果走小路，下山的方法有两种，一种是走矿工路，煤窑上的工人在荆棘乱石中踩出来的，虽然很难走，倒也纯天然，而且到煤窑上说不定还能搭上拉煤的顺风车。另一条路就是走吴甲坡，吴甲坡担负着村村通的任务，虽然常常被雨水冲刷得不成个样子，但总还有勤快的村人农闲的时候义务去修一修。村人只要没什么急事，多会选择吴甲坡，一来这边路况好很多，二来中间有个村子，可以歇歇脚喝口水。

我第一次见到吴甲这两个字是在父亲的会计账本上，在我四五年级的时候，父亲常常会交给我一些誊写的任务，特别是在年底结算或者交公粮的前后，表表册册很多，他真是忙不过来。父亲会把印蓝纸给我垫好，张王李赵一家家一行行我认真地照着草表填写在格子里。可能是因为吴甲村的人口少，乡里的一些统计任务经常就合并到了我们村。清楚地记得，当我第一次写下吴甲这两个字的时候，不知为何，心里竟然好生喜欢。

也许，是和那个老头儿有关。

老头儿叫什么名字我们不知道，村里大人小孩都叫他吴甲老头儿。吴甲老头儿个不高，严重驼背，比我们村开小铺的王老令公驼的程度还要严重好多倍，胸口几乎快与地面平行。冬天又爱戴一顶平顶的雷锋帽，当他每次从塬上来的时候，远远看就像一个“5”在移动。吴甲老头儿操一口本地化了的河南话，据说是某年某月黄河发威遭了灾，他爹带他讨饭到了山西，吴甲人民用一孔原本圈羊的土窑洞接纳了他们。方圆十里八村大人小孩几乎没人不认识吴甲老头儿的，因为他很早就走村串户做着小买卖：卖丝线、卖顶针、卖扣子、收购芝麻、收购花椒，还卖我们最最喜爱的——糖豆豆、米花糖……

糖豆豆米花糖在我们的童年真算是稀世珍宝，因为这种东西家里做不来。糖豆豆不知是拿什么原料做成的，药片那么大，圆圆扁扁，好几种颜色，经典款是白色黄色和粉红色。含在嘴里不会马上化掉，没有“大白兔”那么甜，但比普通糖果要有几丝丝别样的香，而且如果你舍得——嘎嘣嘣把它咬碎，甜香迅速融化并在嘴里瞬间扩散，直接冲进喉管——妙不可言。

米花糖是用大米做成的，具体是炸还是烤，或者是否灌进了爆米花用的黑炉先爆爆，不得而知，反正成品是膨化后的米粒用糖浆粘在一起的，乒乓球大小的颗颗圆球。米花糖的口感有点儿像现在的萨其马，但不像萨其马那样完全没有烟火的味道，膨化的米粒也没有那么夸张，而且脆脆的也不腻歪。

无论糖豆豆还是米花糖，当时的供销社并不卖，也许是利润太小的缘故吧，这就直接导致我们这些山里娃们要想美美地来上两口，必须等到吴甲老头儿，那个小小的“5”从塬上缓缓地移动下来。

在那个口味淡得出奇的年月，他可真是俺们的大救星。

而且，这两样宝贝吴甲老头儿每年只在冬天才来卖，夏秋时节他还忙着收芝麻收花椒做那些“大买卖”。

冬天，干巴的塬萧索的村，他穿了一件很厚很旧的对襟老棉袄，左右那么一掩，腰里拿细绳那么一拴插着烟袋锅，佝偻着咳嗽着，来了。

吴甲老头儿来啦，吴甲老头儿来啦……不知是谁首先放倒了消息树，整个村庄很快就会被这动人的消息点燃。小伙伴们奔走相告，眼睛里充满了圣诞节一样的光芒……踏踏踏，都是小跑，各自回家筹措可能的钱款……

宝贝们就在他的怀里揣着，贴着胸骨，当然，糖豆豆和爆米花是分开装的，是两个已经被油脂染黑了的塑料袋。

都是钢镚儿，吴甲老头儿会慢腾腾地一个一个数清楚，然后从怀里拿出一个不大的“白”布袋——一个也已被染得黢黑的布袋子，把钢镚妥妥放进去，收好揣好后，才会从怀里的另一边把塑料袋取出来，你要买糖豆豆，他就把米花糖先揣回去，你要买米花糖，他就把糖豆豆先揣回去。接下来就是把那双布满裂纹老茧的手，伸进袋子里面一捞，然后，眯起昏花的老眼，一粒一粒，发货。

那样的冬天现在回想起来，嘴里都会甜甜的。那样的幸福，不只是因为贫穷和匮乏所造成的欲望的简单满足，更主要的是两样吃食里包藏着山村孩童对山外世界强烈的好奇和渴望。

佝偻着的吴甲老头儿不知道何时从塬上消失了，人们只是说，他不来了，花椒没人收了。他没有婚姻也没有儿女。

湖南花们安静了一阵子又开始哼哼，可能是午睡够了，或者是挤在一起睡得并不如意吧。父亲把擦汗的毛巾缠在了车把上，对我说，咱们上吧。我说，上吧。

一〇五 | 想起她

如果把眼前的这座山当作珠穆朗玛峰，那么我初中复读时往来的仁义方向算是它的南坡，现在需要攀越的吴甲坡是它的北坡，西岭村基本坐落在峰顶。如果说海拔，没有一千也有八百。

虽然是北坡背阴，但春的正午阳光也燥得够劲，再加上母亲迟迟不让褪去棉袄棉裤，不大一会儿我就汗水淋漓。尽管是“副驾”，承担的也只是“后轮驱动”的任务，可这样的长途奔袭越野拉力毕竟很少有过。

怨气不知不觉开始悄悄滋长。

不知为什么脑子里竟然会出现一位女同学，她在班上学习最好，老师常常让她写黑板报，她的字不仅工整而且很有力道，特别是收尾的那一笔很干脆。她常穿一件红底白点的衣服，扎一根粗粗的短辫，梅红色的头绳利利索索。话不多很爱笑，只有单侧的酒窝，另一侧鼻翼的地方有颗小小的痣。同学们说，她的父亲是一家煤窑上负责技术的头头。

不知为什么这时候我想起了她。

我想她这个时候在做什么……做作业？跳皮筋？或者在田里

帮着母亲准备春播？不不，大中午的，该是在吃午饭吧，或者已经吃过午饭正在看闲书，又或者是在睡午觉吧……

想着想着，我不免沮丧起来。她肯定不会像我一样，在这弯弯绕绕陡陡长长的北坡上，汗流浃背饥肠辘辘。她也不会像我一样，闻着猪仔的臭气一步一步艰难向上。

我甚至有了一点点的嫉妒、委屈和耻辱。

父亲感觉到了我力量的变化，对我说，不需要用那么大的力气，你搭把手扶着就行，如果累了咱们就再歇一歇。

我说，不累。说出这两个字后，我听到了自己哑哑的哭腔。

上到一个平处，父亲将车子支靠起来，把毛巾解下来递给我，让我好好擦擦。阳光打在他的脸上，四十来岁的父亲，额上的皱纹已经很明显，一颗颗细细的汗珠从皱纹里渗出来，透着光亮。

父亲说，这就快了，前面就是吴甲村，翻上吴甲，就是咱们村外。

我只嗯嗯地应承，不敢说话，怕父亲听出我的心思。

吴甲村有户人家，和我的表兄，也就是你爷爷的外甥是连襟，你要是实在饿了，咱们去他家喝口水吃点干粮。

不饿，稍微有点渴。我在伪装，也并没有弄清父亲所说的亲戚关系。

那好，那咱歇一歇，再用用劲，去他家那里喝口水去。

我正要答应父亲，突然，藤篓里的湖南花开始吱哇吱哇地尖叫起来，我和父亲都被吓了一大跳。父亲急忙松开篓上的绳索掀开盖子看到底发生了什么。

湖南花的叫声持续不断痛彻心扉，像是挨刀一样。

我们还没来得及查明原因，吴甲村的狗已经闻声而动，汪汪汪汪，两三条，在山顶的村口简单集结后，野狼一样刨起尘土从坡上冲了下来。

一〇六 | 战恶犬

我家从来没有养过狗，老宅院在上头道区的正中间，背靠山包面向井沟，左右都是户连户，院墙是两米多高的夯土，安全系数杠杠的，根本不需要什么看家的狗。即便是整个村子，养狗的人家也很少，而且似乎也没养过什么恶狗，它们都绵善到徒有其名，并无任何先进事迹。

我不知道这个常有野狐石虎出现的小山村，为什么如此天然地拒绝了狗的存在。

在一个接近无狗的环境中长大，自然对狗怕得要命。吴甲村的狗名声在外，在此之前我是听说过的，常有被吓到咬到的人在闲坐时大骂吴甲村的人不厚道，养狗不看狗简直如猪狗，特别是谁谁家的那条，狼一样也不给拴个链子……这也是人们步行进城一般不选择吴甲坡的一个重要原因。

步行可以绕道煤窑，推车拉货就无处可逃。

只用了几秒钟的时间，两黑一白就冲到了近前。在这短暂的时间内，父亲已经迅速把自行车支了起来，并且顺手从路边捡起了一根干枯的树枝，吩咐我躲在他的身后。“三条”们在离我们大约五米的位置来了个急刹车，因为它们看到了父亲的下蹲动作，狗是最怕人下蹲的，再厉害的狗如果你突然下蹲，都会对它形成震慑。然而这种震慑也就止于震慑，只能吓唬吓唬那些狗中怂货，如果你没有更强有力的办法，恶狗们是不会善罢甘休的。

父亲的一蹲一捡吓住了白的，它只是原地汪汪，不再向前，可两个黑货在短暂判断形势后，发现这样的防御对它们并不构成太大威胁，再加上湖南花们听见狗吠后叫唤得更加要命，越发激起了它俩战斗的欲望。几乎没有会商，它俩迅速分兵两路，一只正面进攻直扑过来，一只绕到我们背后噌地蹿到了自行车的后座上……我本来躲在父亲身后紧紧拽着他的衣襟，可是敌人突然地变阵，让我不得不急忙转身面对来自身后的危险……

父亲手里有树枝，正面战场陷入僵持。背面的黑货，身下是吱哇乱叫的猪仔，面前又是一个两手空空的娃子，不由分说，它的两只前爪从车座上跃起，搭在了我的肩膀上……

千钧一发，父亲果断转身，一手推我一手抡起树枝啪的一声打在了后黑的脑袋上。树枝打折了，后黑也跌在了地上，但我却又变成了正面战场……

眼看着更大的危险即将来临，父亲一边挥舞着半截树枝就像游戏里护小鸡一样护着我，一边扯开嗓子喊骂：这是他妈谁家的畜生，赶快出来管管啊……

父亲的喊叫立竿见影，可能正是午饭的时间，它们的主人正好在家吃饭没有下地，山顶很快有了回应，大声地喝止他们的畜生赶快回家……

狗这东西，特别是认了主做了奴的，都很听话。就像《西游记》里那些菩萨帐下偷偷下凡为怪的金角银角玉兔精，只要主子来了，随便吭个气，它们就会立马怂歪歪地卧倒在地。

两黑一白瞬间变了个狗样，相跟着，屁颠屁颠沿着土坡回家去了。

山顶上的人问，没咬住吧？

父亲说，没咬住。

山顶上的人又问，是不是西岭村的 ×× 呢？——看来他听出了父亲的声音。

父亲说，是嘛。——父亲也听出了他的声音，对我说，那人正是他表兄的连襟。

好家伙，好一个：

> 买花猪十里铺父困子厄，
> 战恶犬吴甲坡遇难呈祥。

一〇七 | 小主

敌人撤退后，父亲赶紧再次打开藤篓看湖南花究竟为什么要命似的喊叫——原来是蠢货活生生将两只小蹄子卡在了藤条的缝隙中不能自拔。

听见是自己人后，连襟一路小跑下来生拖硬拽死活要我们去他家里吃饭，尽管父亲知道我此时应是饿极，但还是委婉地拒绝了连襟兄的好意——他儿子现在更需要的肯定是尽快离开这个地方。

吴甲村，这个谷歌地图中都没有标注的地方，这个大山中宛如一粒芝麻的村庄，既有怀揣了糖豆豆米花糖，让我们在许多个冬日里幸福无比的吴甲老头儿，又有让我回想起来都失魂丧胆的疯狂恶狗——人世间，许多事，大概都是这般爱恨交织。

湖南花们到家后并没有立即被投进庭院外的猪圈，父亲说，今年天气回春晚又买了新品种，得让它们先在院子里适应适应，两个高管简单地会商后，一扇门板横着挡在了圆门上，两对猪娃开始哼哼哼地满院乱跑。为了几个蠢货，我们这些小主们出去进来都要忍受两尺多高的“门槛”，心里的难受跟谁说去。

以圆门为界老宅分为内院外院，内院是起居之地，只要不是特别农忙，母亲每天早饭上笼后，都会拿大扫帚打扫一遍。椽廊、芍药、玉黄，这些精贵之物也都在内院配置。为了尊享内院的安宁，母亲当年甚至想把老母鸡们也隔绝在外，无奈对手们完全没有底线，变法失败。现在，随便拉屎的鸡换成了又拉又尿又拱的猪，母亲居然能够同意，可见对于大力发展养猪事业，高层确实下了很大决心。

决心归决心，大概不到十天，母亲实在不能忍受，以湖南花为首的小集团纯粹没把自己当外人，拉、撒、拱也就算了，挨刀货们竟然学会游行示威，肚子稍微有点儿饿，就集中上访，哇哇哇地排着队站在门前叫唤，甚至还出现了“冲击”的苗头……

哪怕被人偷被狼叼被冻死也得把它们投进去，投进它们只配的臭圈里。

没有意外，猪就是猪，不仅没有冻死而且活得很滋润——想拉就拉想尿就尿，吃饱了青石围栏上蹭蹭，或者烂泥里一躺，太阳一照，哼哼歪歪，美得很。

猪圈的位置在老宅的外面，靠着邻居家的外墙。按理说，臭圈在别人家的院墙外，这样的布局说不过去，可多少年从来相安无事，父亲说，这个猪圈比他家的院子修得还要早，怪不得咱。由此看来，养猪吃肉自给自足在我们家是有着光荣而又悠久的历史传统的。

猪的生长说快不快说慢不慢，说其快是因为只要品种适应喂养得法，半年出栏没有问题；说其慢是因为，遇上嘴刁挑食的货，任你如何青菜麸皮任你如何煮烂炖软，你就是把心掏出来喂给它，它也只是抱定一条：坚决不上膘。湖南花就是这么个货。

父亲本来是奔着“双创”去的，觉得本地人很少养花猪，是因为观念太保守，再加上一代代传下来传统的喂养模式，才没能让像湖南花这样的偏才们大放异彩。所以，自从放进藤篓起，父亲对它就格外关爱有加，不仅把最好的猪槽——不知道哪代祖上传下来的，月亮盆石槽给了它，甚至还在圈里另盖了一间小舍，让它像高级干部一样享受单间。而且，即便是龙口夺食的农忙时节——累死累活的马骡都不可能享受青草的时候，都保证了湖南花至少每天一顿的青草供应。而且，还按照书上说的，尝试着喂生料喂泉水，然而，湖南花并不怎么长，一两个月之后，比起同期的两黑一白来，差距不是一点儿半点儿，半个多身子是有的。

世间许多事，往往真心错付事与愿违。

父亲如此的用心，引来村里一些闲人的讥笑，他们从来没养过花猪，甚至连猪都没养过，但别人的失败对他们来说显得很满足。当然，更多的邻里亲戚会同情和关心地问：这花的劁过了没有？

一〇八 | 美人杯

劁过没劁过，对于一头猪的成长来说至关重要，劁过了就会老老实实一心吃食，没劁过就会整天哼哼唧唧胡思乱想。尤其是对于一头公的来说，那一刀划开的仿佛不是肚皮而是天上人间，公字一去两眼一黑，天蓬元帅分分钟就啪叽到了高老庄，乐颠颠地过起了凡间的生活。

和杀猪匠一样，乡村专门有一种职业叫劁猪匠。说是职业其实也不大准确，因为这活儿毕竟市场不大，如果光靠这三下两下显然不足以糊口养家。然而它又确是一项专业技能，没有一定的师传和临床，吃不了这口饭。

劁猪匠不像杀猪匠那样需要带着尖刀、砍刀、刮刀、剔刀、挂钩、捅棍等一应家什，他们常常是甩着手就来了，由于大都是预约，所以进村后都会直奔主家，既不需要吆喝叫卖也不需要称斤称两，轻松地像是串门走亲戚。

记忆当中，能让小伙伴们奔走相告的也就三件事情：赵五零的突突突，吴甲老头儿的米花糖，再就是这劁猪匠拽起猪娃要临床。拖拉机满足的是对世界的好奇心，米花糖解决了口舌之欲，只有看劁猪好像才是真正的文娱活动，是为了热闹而热闹，动机很纯。

这样的文娱活动可遇而不可求，主办方肯定不会提前预告，表演者又低调得很，所以靠的完全是运气和人脉——必须正好是周末又提前得到了情报，还要有个够意思的朋友圈。

湖南花们的这场尽管在周末，但我根本没有提前得到情报，劁猪匠都掏出小皮囊准备上场了，我才从隔壁回来——早饭后驴驴过来约我去看他爷爷新到手的美人杯。他爷爷早年当过生产队长，后来自说神灵附体，歪打误撞吓醒几个撒癔症的妇儿之后，成了方圆小有名气的神汉，常常出去给人驱妖降魔。老神仙营销得法身价越来越高，信徒自然就会送一些稀罕吃食或者新鲜玩意儿。驴驴是个大胆又大方的哥们儿，好事从来没落下过弟兄们。那天一早他爷爷早早又出工了——神爷对他极严厉，所有的东西都不让他动，并且告他，不是爷不让你动，是怕你不小心动了神。但驴驴是能爬石塄敢下地窖的主啊，神爷的话根本不会当回事，越不让动偏要动。

那美人杯确实开了我等小民的眼。一个玻璃的小脚酒杯，空的时候和一般酒杯并无二致，往里一倒酒或水，一个美人头像立刻就会从杯底荡漾上来，婀娜生姿娉娉袅袅，端的不赖。驴驴没拿酒给我们演示，他说爷的酒上了锁，钥匙实在偷不出来，所以只好从灶边的水瓮里舀了水以水代酒让弟兄们一一赏鉴品玩。弟兄们虽未成年，但对“美”也还是略知了一二的。于是你一杯我一杯，就着荡漾着的美人，半个多时辰灌进肚里不少的凉水。在我喝到大概第二十杯的时候，脑子里突然生出了一个画面：仙爷晚上一个人，神神道道忙乎了一天之后，在这屋里昏暗的灯光下，倒上信众们送的好酒，一杯一杯地嘬着美人下肚，该是怎样一种惬意的光景啊。

好事差点耽误了好事。当我们酒酣胸胆从驴驴家的院子出来之后，劁猪匠已经把他口袋里的小皮囊掏出来了，父亲正在猪圈里用草料诱捕湖南花。众家弟兄见此情景都向我投来了责怪的目光，他们的意思我懂，这情报都不提前掌握，白混了。

四头同门师兄弟，三公一母，只有纯白色的那头是母的。那天骡马大会上买它们的时候父亲就说，这头母的是准备作为老母猪养的，要尝试着让它生几窝仔的，所以诱捕湖南花的时候它已经被分流隔离了，不参与今天的活动。

劁猪匠在圈边站着，他松开了小皮囊的束口，取出了里面的布卷，又拽开布卷，拿出了——锋利的小刀、精巧的铁钩以及弯针和麻线。小刀往嘴里用牙一咬，撸起了袖子，准备趁湖南花到槽头吃食的时候，冷不防将它拎将出来。

一〇九 | 劁

逮猪绝不是单纯使用蛮力就可以，揪耳朵拽尾巴是最笨的办法，极容易脱手，而且还有不小的安全风险。家猪一般不咬人，即便明知道是宰杀前的抓捕，它们也只是用逃窜来抗拒，宁可拼尽全力蹦上一米多高的围栏，也轻易不会对杀手施以还击。但千万不要以为老实就好欺负，就可以肆无忌惮地诱他的宝刀，烫它的双脚，还要大雪天再烧掉它栖身的草料场。猪天生可不是吃素的，掉入圈里烂泥里的麻雀小鸡，啪叽两口就会下肚。方圆乡里因为逮猪被断骨断筋的事也常有耳闻。

逮猪最安全管用的方法是抓后腿。无论肥的瘦的大的小的，只要把它的后腿抓住一抬，可怜见的就只有吱哇号叫的份儿了。

那时间，吃货湖南花真以为幸福来敲门，又是青草又是麸料实在对极了胃口，兴致勃勃一马当先冲在两个黑的前面将嘴脸浸入槽中。然而，锐利的刀锋正在等着它，劁猪匠躬身一把，稳稳抓住它的后腿，单臂就将它拎了起来——可怜的花货嘴上的汤汁根本来不及吸干，在空中甩出一条弧线，嗵的一声就被摔在了圈外的地上，然后一只大脚踩住了它的腮帮，挣扎、号叫、四蹄乱蹬，统统无济于事。

大脚一直没有松开，众人过来摁住后臀。劁猪匠腾出双手，开始他的勾当。圈里的黑的白的不知道发生了什么，就像突如其来的印尼海啸和福岛核事故，美美的生活猛然被撕碎，风在吹，人在吵，同伴在号叫，它们疯也似的冲向圈角顶着墙根瑟瑟索索傻不拉儿不知如何是好。

不消毒也不备皮，劁猪匠在湖南花的肚皮上简单地摁了摁找了找位置，哧啦就是一刀，刀口一寸来长，鲜血顺着毛皮流到了地上……紧接着，第二件工具，一个铁弯钩从割开的刀口伸了进去，就那么一转一钩，一对肉丸就从肚里被拽了出来，噌噌又是两刀，肉丸的牵连被割断，肉丸滚在了地上……

带着细麻绳的弯针左穿右扎没几下，伤口就算缝好，随手一把黄土往肚皮上一撒，劁猪匠松开了大脚，再一次拎起了湖南花的后腿，将它投进了圈里……

一头猪，以及所有的猪，就这样失了性器，失了造物主赋予它们的、繁衍的权利以及欢乐的念想，剩下的日子就只能在臭泥烂窝里卧吃等死，什么也不盼。

生而为猪。

一切的尊严、自由和欢乐，都是在独立和抗争之上。寄人槽头无爪无牙，等来的只有圈杀和宰割。

湖南花被劁过之后，食欲是增加了些，但和两个黑的突飞猛进的生长速度比起来，慢得像是故意，不仅自己嘴刁长得慢而且吃食时还窜来窜去干扰别人，活脱脱一个“差学生”的模样。父亲说，看来它真是水土不服。

到年底湖南花才有七八十斤，父母觉得这样宰杀太可惜了，决定留着它继续喂养——长得慢反而多活了大半年。第二年秋天村里有个小户人家结婚办酒席，才勉强把它卖了出去。

两个黑的顺顺当当当年年底出栏，宰杀的那天，天不亮大舅就带着刀具挂钩来了，大舅是杀猪匠。

头一天父亲已经垒好了杀猪用的临时锅灶。锅灶不是用来煮肉，而是用来剃毛的，锅是大铁锅，口径一两米，能容下整个猪身；灶是柴火灶，地上挖个坑，前后留了火道烟道就行，虽然是临时一用事后还得填埋，但坑口和锅圈必须很配套，因为剃毛工作水温很关键，火力出问题就会耽误事。

从抓逮宰杀到剃毛剔骨处理下水，一天一头是妥妥当当，一天两头实在有些紧张。

一一〇 | 捅棍

准备宰杀的前两天就不再喂硬货了，只倒些汤汤水水，为的是让它们提前排空肠肚便于事后处理下水。每当这个时候，听到圈里饿得嗷嗷直叫，母亲就不忍心，就会自言自语：谁让你们生成猪来着，谁让你们生成猪来啊……有时候母亲实在坐不住就会背着父亲稍稍舀些麸料倒进槽里。

其实，母亲心里还有些舍不得，喂了大半年，一天三顿，尽管喂养就是为了杀吃，可终归是活生生的东西。母亲说过，猪也有脑有脾性哩，它们嘴里哼的调调配合上眉眉眼眼，不仅会表示高兴、感谢而且还会撒娇逗趣呢。

不知道它们会不会察觉大难临头，主人的突然断粮在它们的大脑里会进行怎样的分析处理，应该不仅仅是一点点的莫名其妙吧。

据说死刑犯执行前的最后一餐会比较丰盛，即便是罪大恶极者，人们都会施以人道和温情，然而，猪就是猪，在死亡来临前，它们得到的是——饥饿。

生而为猪。

清汤寡水两天之后，它们的精神会迅速萎靡下去，抓逮不再费什么力气。其实，即便精神好，它们哪里还能跑跳得动啊，拖着一身的肥膘。根本不需要草料诱捕，一人进圈精准发力单手就可揪其后腿将其放倒，和当年被劁时它们的青春年少相比，场面平静得如瓜熟蒂落。

宰杀一般不在圈里进行，抓逮之后，拿绳缚了四蹄，众人合力抬出圈外，就算是押赴刑场。号叫是肯定的，但大都闷声闷气，只有极少数能号出几分肝胆来。

头朝下被摁在一个缓坡，这样出血快，而且，喷出的血会顺着雨道沟渠流走，省得清理。

母亲说，大舅属猪却学会了杀猪，所以一辈子穷命。大舅说，属猪的杀猪才无灾无祸，哪有本家记恨本家的。

大舅其实不是职业杀猪匠，只是年轻时生产队杀年猪，别人嫌脏嫌累能躲就躲，他却十分乐意给人打下手挣这样的工分，一开始只是拖拽摁吊的力气活儿，渐渐地就真刀真枪地上阵了。生产队解散后，大舅并没有拿这门手艺挣钱过活，只是四邻亲戚们养了猪不想请杀猪匠，他才义务过去帮忙。他说他喜欢弄这个。

杀猪并非胸口一刀那么简单，剃毛剔骨处理下水都有相当的技术含量，手艺不精的话就会弄成带毛的肉带腥的肠，即便是胸口那一刀，多少年的老杀猪匠都可能下刀不准，杀下活猪——众人撒手后，猪却站了起来，红着眼滴着血满村跑。

大舅说，那才是伤天理，要杀就得让它痛痛快快地死。捅刀前，大舅都会让大伙儿尽量摁得松一点，他说那样猪才不紧张，才会死得快，杀出来的肉里才不会有淤血。

大舅的刀有一尺长，每次到家后行动前都要再磨磨。从进刀到猪完全不再动弹，前后也就三两分钟。大舅不会像别的杀猪匠一样把抽出来的血刃就手在死去的猪身上擦拭，他会先抓一把黄土撒在上面把血吸干，然后再抓些枯叶将上面剩余的残血清理干净。

即便从未失手，但每次清刀的时候，我都仍旧能听到大舅喘气的声音。我有一次问他，你是不是很紧张？大舅说，那当然。

血流尽后，一刻也不能耽误就得进入下一个程序——脱毛。这个活儿必须趁着体温尚在，否则毛根就会嵌死在毛囊里。

脱毛之前有个必须做的工作，就是将猪吹起来，吹得圆圆滚滚，这样褶皱里的毛才好清理。吹猪是个技巧活儿，先得用刀在后蹄上开个口子，然后拿专门的捅棍——一根笔管粗的铁棍，前端已经被打磨得光滑秃溜，从开口处向猪身的各个方向疏通。技巧正在这里，懂得肯綮才会贯通气道，否则瞎捅胡吹，憋半天憋出的只有自己的屁。

捅棍深入皮下五六次之后，就可以在刀口处用嘴吹气，这个动作像极了人工呼吸，只可惜，躺在地下的它们永远不会出现奇迹。

———｜大白失子

如果有，它们笨拙的灵魂应该还走不出村外，肉身早已被吹得圆圆滚滚，蹄上刀口处拿细绳扎紧防止漏气，众人抬将起来移至锅边，只待水温合适就可下锅脱毛。

我和二哥是相信它们有灵魂的。

就在两个黑货被宰的第二年，它们的同门师妹——大白猪怀孕了——当然和它俩没什么关系，和长不大的湖南花也没什么关系，因为它们早就被劁了。大白怀孕是出门相亲的结果，父亲驾着马骡拉着它去乡里专门会的大帅哥。

大白一窝生下十三崽。父亲很是高兴，他规模养殖的宏伟计划由此取得了突破性的进展。从大白受孕、临产到下崽，父亲费了很多辛苦，不仅买了书自学母猪喂养护理知识，还专门向公社时期在兽医站工作过的老兽医登门请教。

十三个小崽出生后的那天中午，我和二哥放学归来，立马被圈内的景象惊呆，一个个粉嘟嘟憨愣愣，小嘴小眼小尾巴，就像十三个会动弹的存钱罐，特别是它们一起扑到妈妈身上吃奶的样子，一个小崽叼一个奶头，你挤我拱太可爱了！臭烘烘的猪圈也阻挡不了我们的好奇和喜爱，端着饭碗趴在栅栏上边吃边看。

然而，大白的奶水严重不足，尽管它除了吃食就是躺在地上让孩子们吮吸，可十三个孩子实在是太多了，根本不能满足供应。父亲说，十三个，是母猪一窝产崽数量的极限。

不幸还是发生了。第三天，有两个小家伙出现萎靡，父亲赶紧抱出来拿提前买好的炼乳来喂，可它们只吃了几口就再也喂不进去——不是我妈那个味儿！喂米汤糊、喂馒头渣……父亲母亲把喂养缺奶小孩的所有办法都用上了，全都无济于事，两个小家伙第五天下午死了……紧接着，不到一周，又有三头相继死去……

父亲心急如焚，把老兽医专门请了来，老兽医进圈看了看剩下的八个小崽，出来边洗手边对父亲说，放心吧，剩下的都能活。父亲急忙给点上一支烟，问，这咋说？老兽医猛抽一口，悠悠地说，就凭我公社里多少年的经验。

果然，八个小崽都没出问题，最终长大成猪。

那死去的五个小家伙都是我和二哥给处理的后事。父亲本来吩咐找个地方简单埋了就是，野狗石虎闻到就会翻出来吃掉，也算是它们没有白活。我和二哥却不这么认为，那么可爱的家伙就是因为体质弱了点儿转眼就悄无声息，命不长也就算了，怎么能反而成为那些偷鸡拽兔者们的美餐呢？我俩决定为它们厚葬。

二哥手巧，早就从父亲那里学到了简单的木工手艺。我们找来废旧的木板，二哥用刨子刨出新面，锯成合适的尺寸，拿钉子钉成一个一个的小木盒，然后把它们一个一个放进盒子里。那一瞬间，不知为什么我特别想哭……

我们端着把它们送出村外的时候，碰到了邻家的大婶，当她

得知我们盒子里装的是死去的小猪时，竟然哈哈大笑……

我们选择了老宅窑背后面一处背风的山坳空地，挖了一尺多的坑，将它们合葬。填好土后，拽了好几把荆棘罩在上面，防止那些坏东西们轻易发现。

我们相信它们是有灵魂的，每个生命都有。我们愿意每一个善良的灵魂得到善待。

回来的路上，我问二哥，你说大白会不会知道孩子少了不在了？二哥说，会。

回村后我们直奔猪圈，猪妈妈大白闭着眼躺在地上，一声不哼，任凭八个小崽在它的肚上挤来拱去，就像世界不存在一样……父亲说，刚才这顿它只是过来闻了闻，一口没吃。

水温合适不合适得大舅亲自拿手试，完全凭的是经验和感觉。试过之后，他会吩咐添进或者撤出一根半根柴火，三五分钟后再试，一般来说没有问题。这时候大舅就开始挽袖子，这就相当于导演的那个开始，众人见此情形立马拽腿抓耳——死猪下锅。

一一二 | 死去

一生都在臭粪烂泥里度过，终于可以躺在温水里泡一泡，然而，灵魂已经走远，再温暖又有什么用？它闭着眼，嘴巴微张，这遗容，很难说是哭是笑。

两个人分别拽了后腿，要一直保持它在锅里晃动，不然趴在锅上烫了皮，毛是肯定下不来的。这当然是个力气活儿，要把一二百斤在锅里晃动起来，不仅得有臂力还得两个人配合默契。

它在锅里翻过来倒过去。

噌噌噌，大舅拿了专用的刮刀——很像山西人削面时用的那个弯弯刃的家伙什儿，以极快的速度来回刮剃。不用看我都知道，他这时候一定是上齿叩着下唇的，他一专注就是这样。

一股特别的气味开始在宅院弥漫，它身上的脏泥污垢化作浓汤升腾起来……这应该是灵魂最后的告别，生而为猪没有香魂。

满身的黑毛很快就被剃净，赤条条躺在了展展的案板上，一瓢一瓢的水不断地浇在它的身上。冬日的太阳虽然冷淡，但在这里却反射出了白腻而洁净的光，宅院因此变得生动起来……尖刀一闪，它硕大的头颈被剜割了下来，鼻孔里渗出些淡淡的血水。

它的头被剜割了下来。身首异处。

这不是屠戮，这是理所当然的法则。生而为猪，从集市上的藤篓到宅院外的圈栏，不需要名字，不需要爱抚，不懂得邀宠，不知道谄媚，就这样，在太阳下经历一个雨雪之后，死去。

很多年以后，当我的亲爱的小山村经历生死劫难时，我不禁想起了它，想起了它们。

后腿上开两个洞，挂钩穿刺而过，宅院椽廊下的横梁上，粗绳已经搭好，它，不，它的身子被倒挂起来，准备接受开膛破肚……

傍晚的时候，村邻们端着大盆小盆拿走了他们中意的那一部分。两头黑猪以这样的方式完成了一生的使命。

两头黑猪送走了老宅院最后的年。正如母亲所说，那个年确实过得囊囊的。不仅肉留的是历年之最，两副下水做出的各种花样更是在我们的味蕾上储存了最美最深刻的记忆。因为是在老宅院过的最后一个年，所以全家上下都怀着一种不舍的心情。母亲父亲自不必说，在置办年货准备吃食的事情上都贯彻了“哪怕剩一点儿”的方针，就连姐姐们在大扫除的时候都特别认真，都在嘴里念叨着“就扫这一年了还”。我和哥哥们那年砍的“年柏”也是最好的，又圆又尖挺挺阔阔，立在庭院正当中好像天安门前的哨兵一般。我们还专门去姥姥家把电影放映员舅舅的唱机和大喇叭驮回来，呀呀嘿嘿唱了大半个正月。也就是那些黑胶唱片里的《空城计》《捉放曹》《十五贯》……让我对戏曲产生了浓厚的兴趣，寒假开学的时候已经能跟着喇叭里的丁果仙、张鸣琴唱上两三段：

> 正在堞楼我观山景
> 耳听得城外兵乱纷纷
> 手搬住城垛口往下瞭
> 原来是那老司马统来大兵
> 在堞楼，司马懿呀
> 我将你一声动问
> 问一声魏都督你驾可安宁
> ……
> 耳听的樵楼上更鼓解发
> 陈公台在店房心乱如麻
> ……

虎离深山若不打
放虎归山必有差
……
二人同行走怎能判通奸
铜钱十五贯罪证服人难
情节多疑点漏洞在其间
这案件越推敲越多牵连
草率判决是非常倒颠
刀下留人时光本有限
这光景真叫人坐立不安

一一三 | 老臣

搬家是从秋收后开始的。芍药、玉黄、桃、梨、杏、李、柿子、葡萄、苹果、核桃……老宅院里所有的"留守部队"在那个春夏都用它们最繁盛的表情，向主人表达着不舍的情谊。铭柱、椽廊、月亮门、蜈蚣墙……经年的风霜洗礼，这些"开国元勋"们已经斑斑驳驳，但依然在阳光下奕奕弄影，让人看着反而愈加迷恋。院墙的夯土也已老态龙钟，但只要打鸣的花公鸡往它身上一站，立刻显出豪情万丈，完全一副鞠躬尽瘁死而后已的老臣模样。

整个夏天，除了龙口夺食的那几天，父亲母亲都在新宅里忙活着，为迁都做着最后的准备。院子里的果树早已挂果，院基平整好后它们第一时间就在此安身落户，那些密密匝匝的青红果实仿佛都有点儿在向我们卖弄老资格。父亲“开醋厂”的艰难创业过程，它们是陪伴者是见证者，当然也是受益者——水呀肥呀修枝呀嫁接呀都能按时保证，成长的过程几乎没受过什么磕碰。新宅的果树以苹果为主，相比老宅单调许多，父亲栽培手艺远不能和爷爷相比，更何况他当时一门心思创业致富，兴趣也不在这上面。品种虽然单调了些，但父亲却不知从哪里弄来一枝山楂，并且成功地嫁接在了院门口的苹果树上。没想到这枝寄居的山楂居然长得很是茂盛，这种稀罕东西在附近的山里很少见，培植在院里的几乎没有，我们，多年以后出生的我们的孩子们，因此享受了不少特别的口福。

院子的左右两边都与邻家接壤，院墙是夯土共建的，只有正面需要自己完成。父亲说，也拿夯土筑吧，人手够的话一两天就起来了。母亲说，不要，盖房剩下那些花了脸的砖，放着也是放着，不如砌成院墙又结实又好看。父亲很为难，一来迁都任务繁重时间紧迫，二来请雇工匠需要钱呐，母亲说，不雇人，你忙你的，我弄。一米多高十来米长，用了十来天的时间，没有任何瓦工经验的母亲，愣是靠不断地推倒重来，按她喜爱的样式垒了起来，完全是硬连接，没有用一点儿石灰水泥。这堵墙，直到村庄消失，十几年风吹雨打没有出过任何问题。

炕上的席、窗上的帘、灶上的圈、院里的灯……所有的细节都是父母一点儿一点儿亲自完成。老宅里的旧家当也是他们一件一件搬过去的，那些漆皮都快掉光的老柜子，那两支腿儿都早已不安稳的太师椅，还有那个镂雕着一只回头鹿的，上面的衣帽钩已经坏掉的洗脸盆架，也被小心翼翼搬了过去……

老宅里有不少的古董，高祖取过武举，曾祖做过“北漂”，他们置下了好多喜爱之物。一件纯白铜的水烟壶，长长的弯头嘴，精美的富贵图，我们儿时常常灌了水装模作样地拿它咕噜咕噜。一件木质的小凳，设计得异常精妙，拉开榫卯就可撑立，合上机关就是整整齐齐一块键盘薄厚的木板，据说是为了看戏时携带方便。八两秤是放在木匣里的，木匣内壁是大小妥当的凹槽，大红的毛垫。秤的托盘是亮亮的黄铜，细尖尖的秤杆上，米粒大小的点点刻度就像是戴了放大镜细细绣上去的。一件西洋式的机械钟，全身黄铜打造，高约三寸宽约两寸，放在桌上仿佛一座小楼阁。旋开它的后门，里面大齿小齿只要发条有劲，就会一点儿一点儿咬着移动……还有一件叫作“石猫”的东西，一只手掌大小的猫咪蜷着尾收着腿懒卧在四方的石台之上，墨色，很沉，大概四五斤重，是用来压平褶皱之物。母亲为我们做手工鞋的那几年，缝制好的帮底就靠它来“镇压”。寒冬腊月，炕头上“石猫”一言不发气定神闲睡得好香……

——四 | 搬迁

搬家工作一直断断续续，甚至有些拖拖拉拉，母亲总是说，还是老宅的灶火好用，还是老宅暖和向阳，还是老宅更顺手便当。三十年来，她在这个院子生儿育女伺候老小缝衣补袜养鸡喂猪，度过了人生许多的难，这四方院落里的记忆就像每一块青砖上的划痕，清晰而深刻。

天气寒意渐浓，过冬的柴炭已经储在了新宅，再也不能拖延。周末的一天，父亲下达了总攻令：北部战场任务重，用一上午来完成；中南部战场只有些残余势力，下午消消停停地搞定。

北部战场指的是老宅的北房。老宅内院正房三间，北房与村里最大的椽廊院接壤，前面又有厢房遮挡，多少有些阴暗。父母结婚时，太祖母还在，住着正房，爷爷奶奶住着南房，他们只能住北房。那是 1960 年，在饥荒的岁月里，两个不到二十岁的年轻人走到了一起。第二年，他们有了第一个孩子。母亲说，那是大冬天，北房本来就阴暗，冬天就更冷一些。父亲生怕冻着月子里的母子，从沟里挖来最好的黑炭把炉火成天烧得再不能的旺。没想到大概十来天的样子，小婴儿就患上了热症，困难年代医生都不知道哪里讨吃喝去了，根本找不到。眼睁睁，他们的第一个孩子，匆匆而过，夭折了。

爷爷奶奶不认为是炭火过热所致，他们把原因归到了自己，不该让刚成婚的孩子们住那么阴暗的房子。于是他们收拾了厢房去住，把南房腾给了年轻人。从那时起北房就成了储物房，米缸面缸粮食瓮犁楼镢耙挑水桶……

我小的时候，特别害怕进北房，一个人坚决不进，有人陪勉强可以。即便知道冬储的梨苹果都在北房的箱子里，也会尽量克制自己的口水。房子阴暗倒在其次，最主要的是爷爷的寿木放在里面。北方的农村大都有备寿木的风俗，老人六十六岁，女儿要买了酒肉，儿子要雇了匠人，大张旗鼓地把这件事办好。原因何在，不得而知，大概也算作孝道之一吧。按理说寿木没什么可怕的，无非几块柏木板组合在了一起，里面空空如也。但我就是怕，可能是鬼故事听多了吧。井沟底住着一位胖爷，生性潇洒不羁专门爱讲这些，尤其见了我们小孩子更是逮住不放：什么半夜听见了空窑洞里的洗碗声，什么下葬的日子棺材里坐起了还阳的人……甚至有时候，他还要给我们加送一两个黄段子，给我们这些瓜娃子进行性启蒙……

北部战场难就难在都是些消耗体力的战斗，虽然粮食大都装了袋转移过去了，但储粮储面的箱瓮以及盖瓮的石片、夯土的石锤、杀猪用的大锅，还有那三腿的老耧、嵌满铁齿的宽耙……都是些不好对付的主。月亮门有拱形，大门里外又都是台阶，稍不留神就会磕磕碰碰，箱呀瓮呀都是父亲在上面缚了绳索我们拿挑麦的尖担小心翼翼抬出去的，一上午紧巴巴、汗淋淋。

下午的任务简单，主要就是三大件：飞人牌的缝纫机、友谊牌的电视机、海棠牌的洗衣机，再有就是父亲在煤窑上做工时的年终奖——可折叠的布沙发。父亲还有别的事要忙，把最重的缝纫机抬过去以后，叮嘱了我们几句小心后就离开了。

我们哥仨把沙发搬过去之后，决定进行任务分解，大哥一人抱电视机，二哥和我抬洗衣机。也许是因为累了，也许是因为轻敌，就在战斗快要胜利结束的时候，意外发生了。

一一五 | 摔了

洗衣机自从买回家来并没有发挥多大作用，洗了几次褥单被面之后，母亲觉得并没有手洗得干净而且还很费水，实在是中看不中用。姐姐们的新奇劲过了之后，也不愿再搬来搬去，她们也觉得还是大铁盆搓衣板坐在太阳底下泡沫横飞更来劲。半年的时间，洗衣机就基本成了摆设，套着绣了牡丹花的的确良布套，端庄娴静地立在那里，俨然没怎么遭过罪就退了休的女干部。

那个年月，包产到户之后，村民手里逐渐宽裕，开始比拼光景。生产队的时候所谓光景是不存在的，工分口粮不会有太大的差别，谁家的吃喝穿戴也好不到哪里去。分地后短短三两年时间，村里就发生了不小的改变，谁谁谁家买回了三波段的大壳子收音机，谁谁谁家刚买的电视机大，谁谁谁家的孩子不再穿做下的鞋，谁谁谁家开回了崭新的小四轮……一根无形的柴火棍将人们心中的火炉捅亮了。

尽管用上的人都说洗衣机这劳什子最不实用，甚至有人干脆在里面放了粮食，愣是把“机”当作了瓮来用，但一家一家还在往回买，而且还要比一比谁家布套上的花样绣得更好看。任何东西一旦脱离了实用价值，就没什么道理可讲。

我们家的洗衣机买得不算早，母亲坚决执行了实用主义的路线，把它排在了三用机、自行车、电视机之后。然而，毕竟不能不买。母亲说，别人家有咱就得有。新宅基本完工以后，母亲催促父亲来年一定要承包下村里的磨坊和水电，一来建房多少落了点饥荒（借贷），二来她决心尽快补上短板，完成普通人家当时的标配。

天色将晚，我们迁都的工作马上就要结束，母亲已经在新宅准备我们最爱吃的瓜卤刀拨面，我和二哥说说笑笑一人一边将洗衣机抬了起来，布罩也没有褪下，觉得分量这么轻，搞定它也就是勒马提刀温壶酒的事儿。

嗵的一声，我俩刚迈下椽廊的台阶，“海棠”突然脱手，重重地摔在院子当中的青砖地上……

我俩手里一人抓着一块塑料泡沫傻了眼，呆呆站在院当中，愣了几秒后才想起来拽去洗衣机的布罩。机身没什么问题，铁皮漆面光亮如初没有凹损，我们稍稍松了口气，觉得问题看来不大。然而，把布罩完全褪去之后，我俩被彻底吓懵：旋钮操作台整个脸面裂了三分之一，大脑袋也摇摇晃晃的，虽然还没掉下来，但天知道还能不能工作！大头向下，硬塑料碰上了青砖地。

原来，为了让洗衣机工作时更稳当，父亲在拆装时将箱子里的塑料泡沫顺便垫在了底上，可是，我俩，被胜利冲昏了头脑，完全没有察觉，抓着泡沫就起身了，下台阶时重心一变，塑料泡沫瞬间扯断……

怎么办？

检查完伤情后，两个后生相对而视不知如何是好，我看见二哥紧张得嘴唇都有点发抖，我的心脏就像沟底泵房里的那台水泵，怦怦怦动力惊人。

这可是母亲白天黑夜一年多，在磨面坊和水泵房里受累受冻熬攒下的体面啊。

一一六 | 磨坊

果木园、磨面坊和水泵房是村里分社后仅有的三项可供承包的集体项目，也是村人除了下煤窑之外，仅可选择的“发财”门路。

果木园的“申办”很顺利，父亲既没有提交申办报告，也没有发表承办演说，完全靠的是手气——在抓阄的碗里成功地捞到了那张画了圈的纸条。

磨面坊和水泵房就没那么运气好，好几次原来的承包人提出辞职后，父亲都积极进行了申办，但到手的都是一张白纸条。然而，真是功夫不负有心人，运气来了能笑醒，就在新宅基本建成后，就在母亲决心“补短板”的关键时刻，那一晚土地庙的全村大会上，父亲连得两阄大放异彩，手气好到爆棚，一举拿下磨坊和水电，让一起参加申办的村人除了捶桌子踢板凳表达羡慕嫉妒恨之外，只能干瞪眼。

磨面坊最早设在枣园里区饲养园附近的一孔土窑洞里。我上“幼儿园”的时候，成天被老师整队后在饲养园附近“一二一”，一点儿都没有磨面坊的印象。所以，村里有了电动的磨面机应该是我上小学后，20 世纪 70 年代后期。

村里第一代磨面机很好玩，称其为“机”其实真有点儿勉为其难，叫它电动的筛箩可能更为恰当。

一一七 | 庙里

磨面机主要包括三大构件：磨、筛、电机。一个成熟的磨面机应该是三大构件的有机集成，然而一个初级阶段的磨面机不仅谈不到有机和集成，就连简单抱在一起都做不到。土窑洞里，电机就像孤岛一样，傻愣愣地蹲在一处。磨和筛倒是勉强睡在了一个炕上——组合在一个铁架之内，但它们之间除了转轮上的三条三角皮带，也没发生什么更亲密的关系。电机和磨的传情达意靠的也是皮带，但不是三角的，而是平角的——两寸多宽，半个公分厚，接头处是专用的铁卡。为什么远距离动力输送要用扁皮带，实在让人搞不懂——两个转轮都是圆柱体，用这样的方法搞事情，未免有点太滑稽。尽管为了增加它们摩擦的黏性，看磨人隔一会儿就会在皮带上抹一些固体沥青，但两个铁头已经被磨蹭得光亮光亮，两个光头靠点沥青维系感情，终归不是办法，皮带经常性地就会被它俩甩出去。正因为这条可怕的、会飞的皮带，看磨人和大人们都会对进入磨坊的小孩严格管控，然而，越是管控，我们却越想看到突然掉链的精彩场面。

筛的样子更为滑稽，其实就是一个运动着的大号的箩，不停地来回摇摆，一副至死方休的老臣模样。粮食从磨上的铁斗里滑下，被磨盘粉碎后流进筛斗，老臣筛斗几番甄别，粉儿们下放，半碎的留下，继续上铁斗接受下一轮的粉碎筛查。当然下一轮开始之前，看磨人必须换上更细密的筛箩底，因为再次粉碎后的“敌人”个头更小，更容易逃脱。

电动的筛箩确实太低端了，但也足够让它所服务的人民欢天喜地，一二百斤的粮食即便加上脱带、上带伤停补时，满打满算三四个小时也就搞定了，而在人推驴拉的石磨时代，据说粉这么多至少需要一个多礼拜。

父亲连中两阄的时候，电动的筛箩已经被淘汰，磨坊也早已迁到村庙里。村庙坐落在下头道区，如果按村里那位老人的乌龟形貌论，大概相当龟的左后腿的位置，与“谦受益”的椽廊院崖上崖下。村庙依崖而建分为上下两院，上院是主院，供着的都是大牌——左孔圣右关公中间送子观音，下院是附院，土地药王财神爷。这样的上下两院倒有几分意思，部门并列，各自的力度和方法大有不同，主与次，实与虚，看排场看规格就一目了然。村庙何时修建没有碑文流传，就连村里最老的老人也只是说，小的时候每逢年节就跟着爷爷去庙里磕头上香了，甚至于他爷爷的爷爷也是这么个说法。这一切到了“文革”时彻底变了，上下两院被革命群众抄家劫舍，管你什么神威，无论身上描绘着怎样的油彩，无论身前摆放着怎样的瓜果梨桃，一股脑儿，全部，拉倒敲碎，土坯泥胎轰隆隆倒进了面前的井沟。后来，下院就成了劳动人民的孩子念书的地方，上院空闲了很长的时间，生产队的时候偶尔放些粮食。

我上三年级那年，新入学的孩子太多，下院小神的府邸不再能满足人民增长的教育需求，于是，上院被打开，泥瓦匠在正中观音殿的后墙上用水泥抹出一个足够大的长方形，干透之后刷了好几层的墨汁，是为黑板。因为是“新校舍”，又是原来的主殿，观音娘娘的闺房，大人们说还是让高年级的孩子们搬上去吧，大孩子毕竟魂儿大更能压住些，于是我们三四年级就搬了上去。班级扩容了，又新来了教低年级的一位年轻女老师。我们的张老师在财神爷老宅里住了好几年住得很妥帖，老右派虽然当时已经开始落实政策，但还没跑出个眉目，仍旧睡在药王爷的家里。下院没了地方，新老师只能住在上院，关老爷和孔圣人，女老师还是选择了文雅的孔圣人，左边的那间。然而，只住了两晚，她就实在住不下去了。她说，根本没法睡，院子里响动太大。第三天，她求村长无论如何给找个人家借宿吧。村长问，什么样的响动？女老师说，推门声关门声叩门声走路声咳嗽声叹息声……无声不有。

一一八 | 尖叫

观音殿作为教室也就一两年时间，我们上了中心小学后，村里入学的孩子急剧减少，学校又重新缩编于下院，后来便是轰轰烈烈的计划生育，没过两年，入学的孩子就出现了断档，下院也开始变得空空荡荡。

老女神送子观音不知道还会不会在月明之夜乘天风踏轻云，回到这个山村探访她的老宅，我想，即便回来，以送子送福为毕生职业追求的她，面对写满国策标语的山川，也只能叹息复叹息罢了。

不知是谁的主意，二代磨面机一上任就驻扎在了上院的正殿里。当年神庙变成学堂，虽然吵吵嚷嚷，但终归是读书念字，也还算配得上神仙们的老宅。然而，当磨面机通上电合上闸轰隆隆吱哇哇地喊叫着开始工作，作为庙，作为神的存在，作为村人心里的信仰就彻底崩塌了。慢慢地，人们将这个烧香磕头跪拜了几百年的地方不再叫庙里，开始叫作磨坊，庙不庙的，不重要了。

二代磨面机是滚筒样式，虽然电机还是孤悬海外，但磨和筛完全“滚”在了一起，筛粉变成了刷粉，电磨粉碎的颗粒被两个大毛刷在滚筒里搅得昏天黑地，粉们不是自动筛下去，而是被强行刷出去的，效率当然会提高一大截。效率虽然提高了，但世间事总是生一利必生一弊，二代机最大的缺陷是响声要比电动的筛箩大好几倍，而且是尖声的啸叫，只要电闸合上，整个村庄就像瞬间拉响了防空警报，不得安宁。牛、骡、狗、鸡都会突然被这个声音吓一跳，瞪圆它们的眼睛，特别是公鸡，咕咕咕咕急急慌慌紧张好半天才会逐渐安静下来。村里人开玩笑说，观音娘娘真神被打翻送走了，这可倒好，请回一尊更大的神来，只要张嘴吃饭就得听它吱吱哇哇地折磨。

父亲连中两阄自然欢天喜地，但问题随之而来，两项工作再加上地里的农活显然一个人忙不过来。母亲说，没事，看磨面机的事交给我吧，我肯定能学会。父亲一开始不同意，哪有女人看机器的？可终究还是分身乏术，后来只好让母亲跟着去了两次，没想到母亲完全没有障碍。不仅对380伏的动力电闸毫无畏惧，而且处理起塞机、破筛等等技术故障来，麻利得像个老工人。于是，母亲就成了村里第一个看磨机的女人。

最常见的问题是塞机。塞机的原因是粮食太湿，粮食一湿粉碎的麸料就会粘在发热的磨盘上，磨盘被纠缠就会流通不畅，该进来的进不来该出去的出不去，不多一会儿上下不通磨盘逼停，磨盘转不动电机就会更用力，电机猛用力，负荷一增加，电闸上的保险丝就会熔断。即便不熔断也必须马上拉掉电闸，否则就会烧坏电机，惹下大麻烦。所以处理塞机必须眼疾手快。母亲是个急性子，处理这点儿险情倒是不在话下。问题是，上保险必须带电操作，这对一般妇女来说，是个很大的挑战。这电可不是电池的电，也不是灯泡的电，而是动力电，380 伏，一旦触电是有生命危险的，而且磨坊里到处是粉尘，弄不好就是很大的事故。但母亲，从接手开始就再没叫过父亲帮忙，镇定得让村里人都佩服得要命。

一一九 | 烟

处理塞机需要胆大麻利，处理破筛需要的则是细心和耐心。筛一破，麸料就会从破处渗漏到磨好的面粉里，看磨人必须时刻保持警惕，如果能在第一时间发现“敌情”并即刻停机，只需用手轻轻将“坏分子”们鞠出去即可。但如果操心不够被它们大面积地潜入到解放区，那麻烦可就大了——只有拿家用的细箩，一箩一箩将“解放区”彻底手工筛查一遍，才能将敌特全部清理出去。

滚筒式磨面机的箩纱是箍在内筒上的，按照出厂设计很容易脱落，父亲及时对这个设计缺陷进行了改良，将自行车内胎剪成绷条紧紧扎在箩纱的边缘，杜绝了脱箩的问题。然而，破筛的问题，虽然也想了不少办法，但一直没能找到好的解决之道，每次敌人来了，只能是停机、拆机、补箩、换箩，用这样的方法处理一次敌情至少需要半个小时。母亲值机后，在补箩环节能节约出不少时间，但拆机换箩不是她的长项，即便时间长了驾轻就熟，但终归还是省不了多少工。

周末的时候，处理完课业，我和二哥就会去磨坊帮母亲看一会儿机器，母亲就可以到殿门外的台阶上坐着休息休息，抽支烟。母亲抽烟是从看守磨面坊和水泵房后开始的，父亲起先很反对，但终于默许，面对轰隆隆的机器，他理解作为女人所承受的压力。村里抽烟的女人并不算多，母亲说，这可算是沾上了坏毛病。从那时开始，母亲的烟量虽然不大，但离不开了。

我和二哥看机器母亲并不放心，大多时候她只是靠着殿门简单放松一下，偶尔会到殿外的台阶上坐下，但一支烟顶多抽两口她就会站起来走回殿门口，她说，机器东西马虎不得。

当时村里小卖铺王老令公卖的烟基本就是三样：“大前门”“金钟”和“黄金叶”，价格不差上下，“黄金叶”稍微贵一点儿。母亲基本是“大前门”，偶尔“金钟”一下，几乎没买过“黄金叶”。

按村人开会集体协商的结果，磨面是收现钱的，称粮食和称面粉两种方法可以自选，价格略有不同。无论哪种方法，每斤单价大概都在一毛左右。当时最便宜的“大前门”每包三四毛钱，三四毛钱，母亲要费很多工夫才能挣得到，而且村里人手里都缺钱，赊账的很多，乡里乡亲不要说赊账就是没钱扛上粮食来了也得给开磨。所以即便是最便宜的“大前门”，母亲其实也是舍不得的，可又总想抽几口，只好一包一包地零买。

磨面的成本主要是电费，乡里的电管员老乔同志每个月都会来村抄表收费，尽管和父亲相熟，在公社时期也常在我家吃派饭，但老同志对工作从来都是丁是丁，卯是卯，并不会因为村里人的赊账问题，少收公家一毛的电费。这样一来，承包磨坊泵房几个月后，家里不得不开始垫支。后来，母亲觉得这样下去实在不是个事，就想出了一个巧妙的办法。

观音殿之前做过我们的教室，后墙上留下一块黑板。赊账问题突出以后，母亲就把没有付钱的户主及加工粮食的斤数，用粉笔写在了黑板上。其实是可以写金额的，母亲觉得不能那么做。

我和二哥每次去磨坊都对“黑板”上的内容很感兴趣，有时候还偷偷拿粉笔把上面的字迹描一描，母亲发现后，一本正经很生气的样子，她把我们描了的字迹擦掉，轻轻地重写一遍。二哥看懂了母亲的意思，一个周末，他从家里搬了板凳，也不知道从哪里找了彩色的粉笔，让我给他当助理，在黑板上创作了一幅相当有意思的彩色粉笔画。

一二〇 | 理解万岁

粉笔画的主题是桃红柳绿燕归来，可以称之为《春意图》吧。二哥是有艺术天分的，那年我们进山砍年柏他不幸负伤后，短短一二十天的养伤时间，就能自己琢磨着用水墨画出青松图、梅花图来，而且还用萝卜雕了他的名字，蘸上父亲会计用的印泥，有模有样地钤盖上了引首章、压角章。他也给我铺了纸，教我怎么怎么弄，可是，蠢笨如我根本玩不成个样子，可见老天爷是长了偏心眼的。

《春意图》的模板是我们小学时候的一本图画书，上面有绿柳有燕子。不费多大工夫，黑板的右上角就万条垂下绿丝绦了，二哥嫌画书上的燕子有点儿笨，特意在它们的嘴里加上了树枝，一副急忙忙衔泥垒窝的样子，而且让两只燕子相伴而飞，蛮有些共赴幸福生活的意思。燕子身上的黑羽当然是用了留白的手法，黑板是黑色的，留了白就是留了黑。

黑板左下角的构思完全是二哥的原创，山峦之间的田野上，一位老农带着草帽挥鞭犁地，前面的老牛颔首用力，被轭拱起的脊栩栩如生，大大的牛鼻孔仿佛都能让人感觉到使劲时的粗气。老农扬起的鞭，老牛甩起的尾，线条都极其优美……

我以为这已经非常完美了，一幅生机盎然的春意图中，邻里之间的那点“小账”写在中间再合适不过，完全能够化作和风细雨。然而，二哥并不满足，他说，这样虽然不生硬了，但达不到催款的效果，必须还得写几个字。写什么呢？我俩思谋了好半天，想出来的词有：欢迎光临、谢谢配合、邻里一家……都有不妥都不满意。最后是我一时灵光闪现说：就写“理解万岁！”对，就理解万岁！这个词当时正在流行，出自对越作战从老山前线回来的一位战士的演讲稿。

理解万岁，四个黑体字粗粗重重用红色粉笔勾了边立在了黑板的正中的位置，为了便于母亲记录，二哥特意用直尺在字下方制了一个小表格，并将原有的记录誊抄在了表格中。一切停当后，我俩把观音殿磨面坊前后打扫了一遍。

这次行动我们完全是秘密进行，母亲那天去姥姥家给她的小侄子过生日去了，一点儿也不知情。

星期一中午我俩放学回来，母亲一见我们笑得前仰后合，一边拍打头上身上的粉尘一边说，亏你们想得出来！

《春意图》或者《理解万岁图》起到了非常好的效果，母亲说，村里人夸得不得了，都说你们家的孩子可真有出息。打那以后，赊欠情况明显减少，更关键的是，磨坊里笑声多了，尽管机器的噪声还是吱哇吱哇那么大，尽管塞机破箩还是时常发生，但能感觉到母亲每次“下班”后不再那么疲惫。

水电泵房一直是父亲负责。泵房在村子外面的深沟里，在很长一段时间里，村里人吃的都是半自来水。所谓半自来水，就是水并不能供应到每家的灶头，只能送到村子前后的两个水房里，水房上面是水库，水库里的水是从深沟里泵上来的。从水库到泵房，四五里的距离，用了两三寸的粗铁管架山过沟实现硬连接。

泵房自然必须在有泉眼的地方，泉眼只会在沟底的两山交汇之处。村里的第一处泵房，在“乌龟”左后腿的延长线上，生产队的时候就建成了，用了十几年，后来一个放羊的光棍汉，因为和嫂子闹矛盾，想不开跳进了泵房的水井里，第一泵房只能作废。村人不得不在山间另寻新址，最后在“乌龟”右前腿的延长线上终于发现老天留给的备用礼包。

父亲连中两阄的时候，第二泵房也已经启用了好几年。

一二一 | 泵房

去泵房的路相当难走，只有村口到果木园一小段是“官道”，剩下的两三里就属于“地上本没有路”。“官道”是通向沟坎圪梁的主动脉，春种秋收骡车牛车都得经过，所以每年村人都要集体出工维护一两次。果木园再往外走就不再是集体项目，虽不至于无路可走，但个人项目只能靠个人发挥——羊倌、割草的、砍荆梢的、淘沙的、刨炭的……无形之中倒也踩出了一条曲曲折折的“单行线”，这条线虽然比不得那“一带一路”，但同样是奋斗着的人们向外求索的明证。

父亲第一次带我去泵房，在“单行线”上足足用了有一个小时。巨石嶙峋砂岩松溃，绕、爬、蹬、拽、攀、溜、滑、蹲……能用的动作姿势全都用上了，虽然从小在山里生活，这些山路上的十八般武艺早已学会，但集中检验这还是头一次。父亲尽管轻车熟路，可在紧要的几处也是高度戒备，再加上领着我，怕我有闪失，该快的也不得不慢下来，一边给我进行战术指导一边亲手示范，甚至还得走过去再返回来在旁边做必要的保护……空中的山鹰如果俯瞰到此情此景，一定会认为是，一位矮小的父亲正带着他最小的儿子在这山间修炼一套绝世的武功吧。

我问父亲，为啥不修一条简单的小路呢？父亲说，修了也白修，人不常走几天就会被塌下的岩砂毁掉。

泵房是间石头房，坐落在沟底一处向阳的地方。只有房子旁边的电线杆和从房子里伸出的铁管道证明着它与世间的连接，否则，你会以为这简直就是某某山人道士了了尘缘云游此地后，凿岩锤石默默垒砌的修行场。

打开铁锁，里面阴暗潮湿，只能听见水滴在水中溅落时的滴滴答答。父亲摸索着伸手拽了一下灯绳，房子里亮了起来——不大的房子里面居然是个套间！电灯就挂在套间马蹄门的墙壁上，瓦数并不大，昏昏暗暗的，让人一下子根本看不清里面的陈设。借着门口的光，套间外面倒是渐渐清楚了，紧挨房门的左边蹲着一个黑黢黢的铁家伙，右边是一个极其简易的火炉。父亲说那个铁家伙就是水泵。

一个直径约有一米的大铁轮，对，有点蒸汽火车轮的意思，轮毂是大红色，外圈上绷着扁扁的皮带，皮带那头连着电机。电机并没有孤悬海外，而是和泵一起固定在了两条粗粗的铁轨上。这样的设计究竟是何用意不得而知，我想是不是地面太潮湿怕短路后烧坏了电机，又或者担心这荒郊野岭如果不这样强制绑定可能让操了坏心的黑贼轻而易举将电机偷了去？

一看见泵上的这条皮带，我就想起了电动的筛箩上那条会飞的皮带。我笑着问父亲，它是不是也会动不动就飞起来？父亲说，不会，磨面机老脱带是因为磨面坊里的粉尘太多，无形中减弱了摩擦系数。

这位物理以及无线电爱好者的回答，好专业。

父亲脚踩着水泵跨了过去，钻到了马蹄门下，一手扳着墙壁，将身子向套间里面探了进去，端详了好半天后说，水位攒得不低，够了。

里面是什么？

蓄水池。

大不大啊？

你过来看大不大。

父亲退了出来，然后扶着我跨过水泵。马蹄门下站不下两个人，父亲踩在水泵上紧紧拉住我的一只手说，你进去站稳了，探出去看。

到处都很潮湿，马蹄门壁上都是水珠，小灯泡把它们照得光亮亮的。

我站稳后向里探出身子，呵，好大一个池子，直径至少也有五六米吧，房顶上的水珠滴滴答答落在水面上，昏黄的灯光下，幽静得有点儿让人害怕。

父亲在背后说，你看见正对面池壁那块大青石了吗？如果水位将它完全没掉看不见，说明池里的水就足够村里两个水库一边一半。如果大青石完全露出来了，甚至连它底下紧挨的小青石也能看见，那就只够村里一个水库用。

我用力瞅了半天，哦，看见了，大青石就像一尊卧佛，露着光溜溜的小半个身子，躺在一汪幽静之中。

一二二 | 单行线

人生的很多场景会不经意地深埋在记忆中，等到再次闪现时你才会发现，它就像一粒种子，一直在悄悄地生根发芽。

泵房的这块青石和这片幽静多次在我的梦境中出现，配以各种瑰丽而又魔幻的拼图，完成着尘世间的我未能尽全力的各项事业。

我和母亲去泵房是在大冬天的一个周末，父亲当时被乡里抽调去做全县村级财务的一次交叉大检查，很长的一段时间都在外地巡回蹲点。母亲接手泵房是没有办法的办法。

山村的冬天萧索而沉寂。母亲穿起厚厚的棉袄，将那条灰色的毛围巾——她在北京工作的堂哥赠送的结婚礼物，认真地从头罩下，仔细地裹扎在脖间，吩咐我将父亲的蓝色军大衣穿上，并帮我扣好了每一颗扣子。我提了半篓炭，她抱起一捆柴，向泵房出发。

北风任性地掠过干冻的土地，太阳在迷蒙的云间一副没睡醒的样子，雀鸟在果木园的树下蹦蹦跳跳找寻着遗失的残果。

我走在前面，“单行线”上不时有暗冰出现，母亲不停地吩咐小心再小心。我走几步就会停下来，等等她，裹了棉袄的母亲显得很笨拙，再加上抱着一捆柴火，基本上就是在挪。这条“路”根本就不属于女人。

在一块巨石前面，母亲终于“挪”不动了，旁边到处都是暗冰，我们必须趴着石面翻过去。我说，歇歇吧，母亲放下柴火，顺势坐在了地上，白色的呵气从她的嘴里呼出来，迅速消散在山谷间。

我小心翼翼翻过巨石后，母亲将炭篓递了过来。当我再次伸出手准备去接过柴火时，柴火散了，我只接住一半，另一半滑到了巨石下面的暗冰上。我说，有这一半够吗？母亲说，怕是不够。还没等我采取挽救行动，母亲已经做了决定，她，就像一个孩童，蹲下身曲起腿坐滑梯一样，沿着石面溜了下去，摔在了柴火上……

那一刻，我的内心澎湃翻滚……莽莽太岳，我们母子。

前年母亲生病住院，我与她在病床前聊起这段经历，她说，不记得了。

到泵房后，母亲用了少一半的柴火将门前的火炉点燃，烧旺之后加了黑炭，另一半的柴火放在泵机的旁边——这个黑家伙需要先给它融冰后才能工作。

幽静、湿冷的泵房内，两团火苗就像两位生猛的先锋将，迅速将局面打开，不大的工夫，泵房顶上的水珠开始向地面滴滴答答。母亲跨过泵机，站在马蹄门下探出手去将回水阀用力拧紧。然后退出来，合上了电闸，整个山谷瞬间万马奔腾，泵机啪啪啪啪声响震天，水流猛烈地冲击着铁管，如猛虎，如蛟龙，如天地洪荒，如宇宙爆炸……

这台泵机是离心泵，主要工作原理是，三个偏心轮带动三条拉杆轮番完成真空吸入和加压输送。三个偏心轮就像三个亲兄弟，你上我下你退我进默契得让人叫绝。由于扬程比较高（海拔至少也有五六百米），看得出兄弟三人都在竭尽全力，它们发出的巨大声响要比磨坊高出几百分贝，人在泵房内根本无法交谈，即便用力喊叫，也只能听到大概。

看泵机不是很费心，皮带不会飞，只需要个把小时涂抹一次沥青油增加摩擦。泵机更不存在塞机和破筛，只需要过十来分钟在油孔内滴几滴机油让三兄弟的腿胳膊更加灵活。

泵房外天寒地冻冷风呼啸，我和母亲坐在火炉旁边的石块上，烤着炉火默然相对。

炉火渐渐烧红，黑炭的黑烟渐渐散尽，母亲起身将炉灰捅开，整个泵房暖和起来，猩红的火光将石壁照亮，马蹄门下的那个灯泡反倒显得可有可无。这时，母亲从棉袄的夹层里掏出不大的几个红薯，轻轻放在了炉盖的铁圈上。不一会儿，红薯开始冒出丝丝热气，泵房内开始弥漫起馋人的香味。出发时，我真没觉察母亲是什么时候将这些宝贝揣在了怀里。

一二三 | 毛布条

焦嫩香甜的红薯就是我和母亲的午饭。

三四个小时之后，炉火渐渐暗去，母亲拉下了电闸，咆哮的山谷突然间安静了下来，犹如猖狂的响马劫了金银后绝尘而去。

母亲笨拙地跨过泵机，再次钻到了马蹄门下，探出手去准备将退水阀打开——这道工序必不可少，架在山间的输水管道在大冬天是不能存水的，不然一旦结冰就会撑裂，那可就会惹下相当大的麻烦。

母亲龇牙咧嘴用力拧了好几次没有拧开。几百米扬程的压力都憋在了这里，再加上铁阀轮冰冷刺骨，她的手力完全搞不定。

母亲退出来，我上，用尽全力，也是不行，狗日的就像赌气一样要看我们的好看。

我和母亲轮流上阵，马蹄门下几番强攻，死硬分子纹丝不动。房子里温度越来越低，我的手被冰得生疼。

怎么办？母亲说，看来不能这样死干。

她开始在石房内寻找可以借力的工具，管钳不行，太粗，插不进阀轮的空瓣中；改锥不行，太短，借不上力；皮带卡不行，柴火棍不行……

片刻之后，母亲将围巾解了下来，我还没来得及反应，她已拿起剪刀咔嚓咔嚓溜边剪下了两条指宽的毛布条。啊？那可是母亲平日里都舍不得戴的，来自北京的，她和父亲最珍贵的结婚礼物啊……

母亲将两条毛布条仔细地一圈一圈缠在了阀轮的转盘上，然后用力扎死。从容地退出工作面后对我说，你的气力比妈大些，你进去试试。我把手放在嘴边哈了哈，铆足了浑身的力气——吱呀一声，阀轮转动，满管的水喷涌而出，它们从塬上，穿越村庄厚厚的土层，跨过这褶皱里的梁梁峁峁，哗啦啦冲向“卧佛”的怀抱。

山上的将士们全部回营后，母亲用水将炉火扑灭，我们提了炭篓，关掉电灯，掩了房门，锁好搭扣，一前一后踏上了回村的“单行道”。

变天了。虽是午后，但太阳已经提前收工，完全不见踪影，厚厚的天幕遮盖在山谷的上空，一切都静止了下来，好像都在专心注视着我们母子走路。那些岩石间的松柏仿佛也接受了长官的命令，一言不发地肃立着，一棵一棵挺拔苍劲。

快进村的时候，雪花盈盈地飘落了下来，一片一片洒在了我和母亲的棉衣上。当我们走过村口三株老槐树的时候，白白的一层已将村庄覆盖，道路、田地、房顶，猪圈、马厩、鸡舍，麦垛、柴堆、树梢，以及墙沿、台阶、木墩……全部俯首帖耳，静待上苍的赏赐。烟囱里的白烟不紧不慢地从高高低低的窑背上升起，仿佛在为一场盛大的降临缓缓启幕。

第二年暑假的时候，我和二哥全面接管了泵房的工作。父亲跟了两次后说，完全放心。

盛夏的山谷一派葱茏，虫鸣鸟叫溪流潺潺，我们不像是在工作，更像是在郊游。泵机是不大需要操心的，除了定时上油之外，我俩就在泵房的四周哄野鸡追野兔，或者搬两块大石在泵房门外一处宽阔之地读书做作业，或者干脆躺在泵房顶暖烘烘的水泥地上闲聊逗笑。后来我们又发现一项更有意义的事情——给家里割荆条。

村里人每年夏天都要割荆条，这种细杆带叶的韧性植物，扛回去后盘起来晒干，在秋冬烧火的时候是极好的燃炭底柴。我俩采用两班倒，一人看机另一人就拿了镰刀外出行动。每次到泵房我们都会满载而归，母亲心疼，不让我们搞“兼职”，但将在外君命说不受就不受，懂事的孩子向来都是革命生产两不误。我们割回来的荆条中，有些又直又长品相不错的，父亲都挑拣出来，抽空编了两只结结实实摘果捡枣用的篓。

直到泵房被别人家承包，阀轮上的毛布条一直在上面绑着。那条缺了半边的围巾母亲后来还一直用着，每次她都会将“缺边”仔细地叠在里面。

一二四 | 留守

怦怦怦，那个傍晚待在院中如泵机般的心跳，我永远不会忘记，母亲在磨坊和泵房里的苦就像影机倒带一帧帧急速闪现。

怎么办？

毁了容的洗衣机粘着泡沫碎屑恓恓惶惶杵在地上，看着我俩。

是老实交代争取母亲的原谅，还是暂时隐瞒先让母亲欢欢喜喜在新宅过了年再说？我和二哥紧急商议后决定：执行B方案——不想让母亲在熬受了那么多艰苦，烧窑、盖房、磨面、泵水……之后，搬到新宅第一天就心中不快。

我们把地上的塑料泡沫很快打扫干净，将绣着花的布罩妥妥套好，尽量平复情绪之后，迈着沉重的步子将洗衣机抬到新宅，放在了母亲指定的位置。天已不早，母亲忙着招呼我们吃饭，没有注意。

香喷喷的拉面瓜打卤刀拨面，我俩并没有多吃。

搬家后的第二个礼拜天，我俩趁家里没人，赶紧拿出提前准备好的502胶，仔仔细细将裂缝全部粘好，并插上电源开动机器——天保佑，运转正常！

那个年过得很饱满，父母也很高兴，尽管锅灶炉台电灯水道还有不便宜的地方，但新生活更多给人的是信心，是对无穷可能的向往。站在生活的拐弯处，太岳山中的一家人心里充盈着喜悦。

寒假快开学的时候，我们将搬家时发生的“事故”如实地向上级进行了汇报。组织宽宏大量没有怪罪，干革命哪能不犯错误，以后小心就是了，并且嘱咐两位年轻人，即便发生天大的事对家里都不要隐瞒，没有什么比诚实更金贵。

只有马骡还没有搬过来，马骡搬家并不是件简单的事情，新建一个马厩和草料房尽管不需要专门雇工，但筹备砖瓦木料也不是一天两天就能完成。况且新宅需要添置完善的工作还很多，总要先把人安顿好了再说。

整个老宅就剩下了马骡，每当我们过去给它喂草添料，人刚走到大门外就会听到它哼哼唧唧的嘶鸣。大门一开，就能看到它仰着脖子冲主人瞪着大眼睛，肉乎乎的大鼻孔撑得老圆。大部分时间并不是饿，而是对主人的想念。草料倒下，它并不急着吃，总要拿头在人身上蹭蹭。母亲一开始很担心马骡单独留守在空院会招贼人惦记，但父亲说左右邻家还都住着，况且老宅墙门都很严实不会有事。他嘴上这么说，其实心里多少也是放心不下，每晚两三点都要起来，一个人回到老宅给马骡特意加一次夜草，而且专门买了一个很脆的铃铛系在了马骡的笼头上，大门的铁搭子和将军锁都换了新的。

很难想象寂静山庄深更半夜父亲和马骡见面时的情景，马骡的大眼睛在暗夜里会闪光吗？大概会吧。父亲回到老宅会点一支烟，会忽然想起一些旧事吗？

马骡与我们两院分居的时间并不算短，是它，作为灵性的存在，在一个个月圆月缺风霜雨雪的夜晚完成了我们对老宅最后的告白。

还有那个冬天的腊月，父亲从煤窑下班，路上不幸滑倒，膝盖骨裂三四个月不能下炕。马骡该是怎样的想念……

一二五 | 跳槽

新宅主体建成后，父亲进行了轰轰烈烈的醋工厂运动，可惜最后基本以失败告终。家计所迫，不得已只好在煤窑寻了一个“伺候人的活计”。

20 世纪 90 年代，小煤窑正是风口，稍微在县里有点关系就能拿到采矿证，有的甚至有证没证都不好说，反正只要寻见炭口就好办，炭一挖出来钱就来了，有钱就没有办不到的事情。河道、乡路、莽原上爬满了运煤的卡车，它们从一个个沟沟岔岔中冒着浓烟荡着尘土进进出出，承载着一个个能人们的发财梦。

不大的“乌龟”身下，很快出现了两个规模不小的矿井，名曰一矿、二矿，两个矿分别在乌龟右侧前后腿的位置。二矿离泵房不远，也就四五百米的样子。村里老人系列爱村主义理论的两个核心论断百十年都没有得到很好验证，伟大的市场经济实践却在一夜之间就用真金白银极大地丰富了“乌龟论”的深刻内涵。长寿和做官都显得有点闲扯淡，兜里有钱先富起来才是检验真理的第一标准。

父亲一开始在一矿的食堂，后来去了二矿的后勤。之所以不长的时间就选择“跳槽”，最主要的原因是一矿的一位副领导是本村人，此人不仅不念乡谊邻道，而且常常“尿得挺高”。

二矿的领导是母亲娘家村人，和做泥瓦匠的老赵一样，也是幼年随父母从河南逃荒过来落户到了乡里。外来户比不得本乡本土的大族，无根无脉无三兄六弟可以帮衬，但恰恰是这些如同《白鹿原》上的冷先生们更容易在本地户的家族争斗中左右逢源赢得空间。二矿的这位段领导，正是靠着极好的智商情商一步步从生产队副队长走到村主任村书记，进而成为集体经济的领导人。当然，段领导为人也很宽厚，特别是谨记人的好处，时常挂在嘴边的话是：俺老段可记得当年哩。所以，当母亲以娘家人的身份上门求到老段的时候，老段二话不说满口应允，父亲得以成功跳槽。

二矿属于三村联办，父亲作为一村的会计，好歹也算常委级别，本来可以在煤矿班子组建时谋取财务岗位的，但母亲说，人家都是削尖脑袋往里钻，你摆出一副万事不求人靠本事吃饭的样子，怎么可能轮到你！

父亲并没有因为没干上会计就平添多少懊恼，也没有因为是锅炉工就觉得矮人一头。他反倒认为看锅炉这活计挺好，不是特别缠人而且地里的农活也能在倒班时兼顾。

锅炉主要是供澡堂用水，一两百名工人三班倒，每班出来都得洗个热水澡。澡堂没有淋浴，只有一个不大的水泥池子。有一次我正好碰到出坑的他们，满身满脸的黑，每人头盔上顶着一个矿灯，有的矿灯可能蓄电已快耗尽，昏昏黄黄。

将矿灯交到充电房后，他们就会一股脑儿涌向澡堂。这可能是他们一天当中最惬意的时刻，说说笑笑讲着粗口泡在热热的池水中。他们根本算不上工人，泡过这池热水后，回到塬上就得拿起农具忙活地里的营生，一家老小的吃喝还得依靠地里的收成。父亲没下过井坑，但他知道里面的艰难，完全靠炸药和人工掘进的小矿井，很多地方的高度连腰都直不起来。瓦斯、透水、冒顶时时刻刻都在威胁着生命，死人是常有的事。

所以父亲很知足，尽管井内井外收入会相差不少，但他知道那钱是拿命赌来的。他做不到。

父亲的温控技术在醋工厂的时候已经练得炉火纯青，煤窑的锅炉虽然破旧，但在他的悉心操控下，没有一次让村人们提出过意见。无论春夏秋冬，大家都能“美美地泡上一阵子”。

锅炉上的工作侍弄好之后，空出来的时间，父亲大多在看书，但一旦煤场上传来“军情”，他就会立刻奔赴过去。

一二六 | 装车

村办的小煤窑刚开始起步的时候，完全依靠的是人力，别说铲车和挖掘机这些彪悍玩意儿，就连坑道里往外运煤都没有绞车，全靠男人们一辆平车搭一根皮带吭哧吭哧往出死拽。土地上的人们似乎没有吃不下的苦。虽然这样的劳动效率极其低下，对资源的浪费也相当严重，但能挣到土地之外的钱，对急于摆脱贫穷的村人来说，哪能管得了那么多。

产煤大县连一个像样的焦化厂都懒得建，吃煤就够了，洗煤啊炼焦啊这些要投资费脑筋的事让那些祖上没有留下“乌龟”的外县人去干吧。这就催生了一个行业——运输户，一些能人们买了卡车，跑起了一带一路，在县际之间甚至更远的路上，做着倒买倒卖。

最早的运煤车只是普通的卡车，也就三五吨的样子，连自卸功能都没有，上货卸货完全靠人工一锹一锹。即便后来先富起来的能人们，鸟枪换炮将普卡升级成有了千斤顶的大卡，卸的问题解决了，装的问题仍然还是问题，还得组织人力。

运输户为了多拉快跑，一般都有自己相对固定的装车队伍，专挑有力气的后生，给的待遇也高。但这样的苦不是谁都能吃得消的，四五米高的卡车，好几吨的容量，一锹一锹将死沉死沉的炭块甩上去，精干后生干几天也得歇一歇，他们一歇，煤场上就会传来“军情”，父亲就会利用空闲挣点外快。

初冬的一天晚上母亲心急如焚，灶上预备给父亲煮面的水开了一次又一次，离平常下班已经超过一两个钟头，可就是迟迟不见父亲回来。母亲出去向煤窑上的村人打听，人家说下班走的时候看见父亲正在装车。以前父亲也常常因为临时补缺回家晚，但从没有晚到如此程度。母亲实在担心，于是焖了火，披了件外衣，叫上我一起到煤窑看一看。

月亮已经老高，照着清冷的村庄，夜鸟在远处鸣叫。我和母亲沿着通向窑上的小道迤逦而行，母亲嘴里不停地念叨，装上一车半车也就行了，就不知道让人担心……

我俩出村下山没多远，就看见山坳里一个矮小的身影正缓慢向上移动，正要仔细辨认，山谷里传来了一阵持续不断的咳嗽声，是父亲。

回到家，停电了。那时候村里停电是常有的事，甚至除夕大年也不放过，乡里供电站的老乔说是要减负荷，其实后来出外上学我才知道是在保障城里的供应。

母亲点起了煤油灯，捅火下面。父亲蹲在热乎乎的炕头，笑眯眯地从上衣口袋里掏出了那天加班挣下的钱，那时还没有伍拾壹佰的大钞，黑乎乎的零钞折叠起来，厚厚的，不少。昏黄的油灯下，父亲额上皱纹里仍在渗着细汗，没有完全洗净的黑尘，顺着“河道”蜿蜒流下。

母亲说，你和人家壮后生们飙劲，不要老命了这是……

父亲说，不知道为啥今天来的车特别多，人手根本不够，不能看着钱不挣嘛……

我和二哥当时正在上高中，大哥准备结婚，父亲这样拼是因为肩上的担子沉。

出事几乎是注定了的。年近腊月的深冬，又是一次很晚的加班装车，疲惫的父亲没能注意到山路上的暗冰，脚一滑，跪到了地上……起初的疼痛他以为是骨骼错位扭了筋，凭着自己在医书上学到的知识，坐在路边开始揉啊捏啊，然而不断加剧的痛感告诉他，可能是出了大问题。

一二七 | 枣山

放了寒假回家后，我才知道父亲做了大手术，整个一条腿上裹着厚厚的石膏板，躺在炕上不能行动。左腿膝盖被震裂了，手术是拿医用钢丝将裂了的膝盖骨圈起固定。X 光片上清清楚楚，裂纹和钢圈。

父亲在县医院住院的十多天，全家人都瞒着我，怕影响我的学习。我高中完全住校，县城离家二十多里，每礼拜只有周日放假一天，没有公交，高二以后只要不缺粮草就很少回去，特别是快到放假的时候，复习紧张就更得忍着。

学校距离医院并不算太远，我哭着责怪母亲。

就在父亲受伤的那天晚上，我生平第一次失眠。也没什么心思，辗转反侧就是睡不着。因为是第一次经历那样的痛苦，所以日子记得特别清楚。父子连心，遥遥感应。

那是搬到新宅后的第二个年，没有磨豆腐也没有杀猪，一家人过了一个素淡的正月。虽然在吃喝上做了些精简，但为了让躺在炕上的父亲高兴，节日的气氛我们搞得很热烈。

三姐已经学会了蒸枣山蒸花馍做油糕，无论花样还是味道都快赶上母亲了。特别是枣山，母亲的做法一般是四三二一的阵型，三姐那年愣是加了一层变成了五四三二一结构。她说，这样摆在灶前更虎气。

枣山是花馍的一种，如果按母亲的四三二一阵型，就是由十个单体联结而成，其中九个单体的中间都盘着一颗红枣，顶上的那个“一”最大，盘的不再是枣而是一颗核桃，为了让这颗“大脑袋”显得不至于过分傻愣，在它的下颌处会打上漂亮的“领结”——也像刚刚展开的树叶。发面、揉面、盘花、压纹、架山、饧塑、上屉、蒸制、出笼、点红……整个过程下来需要大半天的工夫。所以，三姐看似只加了一组“五”，实际上牵涉到了“山体”的方方面面，要想成功，并非易事，幸亏有母亲在旁监制。

我一直认为，枣山的造型就是仿寿星老头，取福寿长久之意，特别是顶上的那颗“大脑袋”，活脱脱就是寿星老仙人的那个大额头。然而母亲并不太同意我的解读，她说，枣山是摆在灶柜上祭灶王爷的，就是丰收富足的意思。好吧，确实，每家每户都会在除夕夜就把它们摆在灶头，也不知道是不是为了向第二天前来拜年串门的亲戚邻里展示手艺炫耀武力。

三姐的创意居然很成功，上门来的婆姨们赞不绝口，父亲母亲自然很高兴。

让亲戚邻里称赞的还有大门上的红灯笼。这是二哥的杰作。

在老宅过年的时候，二哥就动过制作灯笼的念头，我俩为此专门爬上岩窑(位于南窑和主屋之间，离地两米多高，有门板门槛，两米进深，成人进去不得直立。功用不得而知，常年放些杂物），从一堆旧物中找出那两个祖上留下的，父亲认为不可能修复的宫灯骨架，试图让它们重放异彩，然而，多次努力都以失败告终，竹条的骨架少了很多零件，而且形制庞大，撑架起来并不简单。

这一年，二哥决定另起炉灶，放弃“修复工程”，改用现代工艺铁丝焊接，打造一对完全自主知识产权的曹府新灯。

一二八 | 灯笼

二哥的焊接手艺是在父亲痴迷无线电的那段时间学下的，也算是点儿童子功。父亲为了研制“半导体”买下了不少仪表仪器，其中就包括焊接用的电烙铁。电烙铁一大一小有两个，功率不同威力也不同。起先我们只是在父亲作业时站在一旁看新鲜，慢慢地就有些手痒痒，可父亲始终不吐口让我们试一试。他总是说带电的东西又是百千度的高温，可不是闹着玩的。然而他越是这样严管，我们心里就越想。这倒有点像天朝禁书，官方越禁，民间越传，你不让印刷，我们就手抄——没用多长时间，二哥和我就偷艺成功。

父亲发现时，我们的技术已经成熟，成熟的标志就是，焊起的导线两个人使劲拽，导线拽断焊点都不会断。父亲只有默许，而且还又买了些焊丝焊油回来，怕我们不够玩。

焊接技术可分为大焊和小焊。大焊就是平常在建筑工地上强光闪耀、火花四溅的那种，是要将两种材料硬生生熔在一起，是用了电阻原理生拉硬拽。小焊则属于软连接，是用焊锡把两个元件粘在一起，和补胎有点相似，好商好量撮合办事。

我们玩的电烙铁自然是小焊。电烙铁长得像电笔，上半部是塑料手柄，下半部是铁头焊嘴。通电三两分钟，焊嘴就会烧热，烧热的焊嘴需要在焊油里戳上一下，目的是增强黏性。这样的原理起先我们并不懂，只是照葫芦画瓢，既然父亲那样戳，我们肯定也得那样戳。哧啦一声，白烟升腾，狗日的气味并不怎么好闻。焊嘴一热就可以靠近焊丝，焊丝的成分是锡，锡这家伙为什么能够左右逢源，粘住铜丝铁片，想来是爹娘给的吧。

取锡是焊接的关键，焊嘴名义上叫嘴，其实既不会咬也不会吞，也就是一个光溜溜的马蹄弯头，要想让熔化了的锡待在上面，必须小心翼翼，而且得取量合适，要不多不少刚刚好，取多了就会从嘴上滑掉，取少了自然威力不够，焊接不牢。这大概一如做媒，话多话少得趁着劲儿，既不能天花乱坠，也不能含糊不清。

大媒要想做成除了嘴上功夫，还得及时撒手。人家已经对上眼了，你还赖着不走，只能适得其反惹人生厌。只要焊锡在元件上一稳定，烙铁就得马上离开，不然锡珠就会被重新熔化死皮赖脸地跟着焊嘴回娘家。

自从偷艺成功且被师傅发现以后，我们的焊接工作就由地下转为了地上，也就开始凡所能焊无所不焊，甚至异想天开尝试着用小焊解决大焊的活儿。比如掉了把儿的炒勺，锈蚀了的手电筒。

最后，自然统统是以失败告终。实践长知识，大焊小焊虽然都是焊，但玩的完全不是一个套路啊。

用铁丝做灯笼骨架，这本该是大焊的活儿，可我们只有小焊的家什和本事，要想达到成功的彼岸必须进行技术攻关。

年前的假期并不长，二哥和我在没有火炉的闲窑里，一次次试验一次次失败，终于在一卷焊丝快要用完的时候，取得了关键性的突破，开创了焊接史上铜丝加铁丝混合制连接的革命性胜利，腊月二十八，灯笼骨架完美竣工。我们又用了大半天的时间，在母亲的帮助下，用写对联的红纸漂漂亮亮将它裱糊起来，在除夕到来之前，曹府的大门上大红的灯笼高高挂了起来。

整个山村因为有了这一笼别样的红，显得格外精神。整个塬上，在萧索的寒冬里，在苍黄的天底下，因了这一笼别样的红，年的味道变得立体起来。

一二九 | 裂纹

我们寒假快结束的时候，父亲勉强能够撑着双拐下地活动，但要拆掉石膏板还得一段时间。开学那天，母亲搀着父亲送我到院门口，大红的灯笼在他们的头顶轻轻晃动，我沿着刚刚融化开的雪道，走过老宅，走过石塄，走过村庙……

直到父亲离开我们，膝盖上的钢圈都在，之后十多年里，那条有伤的腿总是不能太用力，走起路来多少有点跛。清晨或夜晚，半梦半醒之间，我无数次听到院子里踱踏踱踏走路的声音，早起晚归的父亲深一脚浅一脚忙来忙去。

高中大学，工作生子，回家的次数越来越少，山村离我越来越远，宅院渐渐成了年节才能相见的老友。每次回去，年幼的儿子都会问我，爸爸，你真的是在这样的院子里长大的吗？

老宅越来越老，只有过年的时候，我们才回去打扫一次。石条、椽廊、月亮门被风雨剥蚀得碱渍斑斑，玉黄树、李子树早已不再挂果，阳光照在裂纹很深的铭柱上，冷风吹过不再糊纸的窗棂……

对于我们一年一次的探望，老宅总是强打精神，当我们推开残破的大门，当大红的对联贴在墙上，荒芜之上的亲切，破败之中的温柔总是让人百感交集。

年轻人大都出外营生，整个山村渐渐枯萎，只有老宅门外那棵皂角树一年比一年兴旺。

它是山村唯一的一棵皂角树。它的年龄爷爷也说不清。

小的时候，姐姐们听了爷爷的话，将晒干的皂角捣成粉溶在水里浆洗被单，夜晚，被窝里会有一股淡淡的草木香。父亲说，皂角刺是可以入药的，能拔毒祛风破痈清疮，这让我想起了老宅月亮门旁边的蜈蚣墙，上面的飞天蜈蚣也是一样的功效呢，当年它们是不是结伴在曹府安家落户的呢？

过年的时候，按照塬上的风俗，每棵树上都要贴一片红联，上面写上四字的吉祥话。父亲每年都会吩咐我们，“根深叶茂”一定要贴在皂角树上，这究竟是什么讲究，父亲也解释不清，只是说老辈就是这样。

也许正是这个特殊的“规矩”，让儿子兴奋莫名，每年都会抢着完成这联“根深叶茂”，而且还要让我抱着把它贴到他可能的最高处。

村里的老树大都遭过雷劈，村口的三抱老槐更是遍体鳞伤，有一棵甚至被毁去大半。然而，这棵皂角树却看不出遭过任何劫难，每年夏天荚角繁坠，浓荫如盖，直至后来田园被毁村庄不再，它仍然壮硕如象，孤单单威凛凛立在上头道的中央。

父亲的膝盖完全康复后，仍旧回到煤窑照看锅炉。母亲下了命令，绝不允许再装一次车，哪怕车老板们给的钱再多。

空闲的时间，父亲只能看书。他研究起了周易八卦。

那是些极难懂的书，我偶尔翻开，光是爻象巽艮这样的生字

就让人痛苦不堪，更别说那些艰涩繁杂的卦辞和图形。很难想象，在黑黢黢乱哄哄的窑上，父亲是怎样做到的闹中取静，遗世而独立。

我大学准备开始实习的时候，二哥完婚，家里的经济压力大为缓解，父亲辞掉了煤窑上的工作，回到村里开始拾掇他的果木园，那些果树大都老枯，早已不再结果。父亲决定重新赋予那片土地以生机。

一三〇 | 太美

果木园分为上下两园：上园不到两亩，大多是以果子树为主；下园五亩左右，国光、富士、红元帅、黄香蕉、九月红等苹果种类应有尽有。承包果木园并没有带来多少经济收益，一来是父亲不善商贾，二来是在它最繁盛的年代常有“小集团”来祸害（参阅前章八十六）。虽然经济效益不怎么样，但它的社会效益却是杠杠的，每年暑假里的果木园完全就是我们的欢乐园。

果木园刚刚承包到手的时候，家里还养着一只老山羊，据母亲说，这只山羊当年是专门为我养的，因为生下我时奶水不够，需要靠它来“贴补贴补”。然而事与愿违，对于老山羊肚底下挤出来的“纯天然”，我是根本不予接受，宁愿饿得哇哇哭，也无法对那膻味十足的水水呱呱呱。无奈，老山羊只好“改行”，由主要生产奶变成了主要生产羊羔。老山羊通体纯白，长长的毛长长的须弯弯的角，体格健硕体态俊美，在我要上小学的时候，它已子孙满堂，它的子孙们也是一个个修长挺拔，特别是那些小羊羔，白生生可爱至极。老山羊老去后，家族人丁更加兴旺，父亲饲养不过来，于是决定让它们投靠“大部队”——交给村里专门的放羊人代管。听说它们要走，我们弟兄动了感情，在我们的强烈恳求下，父亲答应把最小的羊羔留下来，条件是我们必须在假日里好生伺候。

果木园树下杂草肥美，是最好的放牧地点，一到假日我和二哥就牵上小羊让它出外美餐。渐渐地小羊发现了这个规律，一见我们吃完早饭就在外院活蹦乱跳急着要走，甚至我们还没收拾停当，它早在那里咩咩叫个不停，一副迫不及待出国游的样子。

下沟的山路很窄，旁边就是悬崖深沟，为了防止意外，一开始我们拿缰绳牵拽着，可小家伙欲火中烧很不听话，好几次都有险情出现。我们只好一出村就把它抱起来。毛茸茸肉乎乎的小家伙抱起来很是享受，每次我和二哥都争抢，争执不下就用石头剪刀布决定当天的权利归属。后来，驴驴、二小这些小伙伴听说我们有了抱羊羔这样的好事，也纷纷要求加入抱抱团。小家伙一下子成了全村“70后”的宠儿。经过集体酝酿民主集中，我们给它取了小名，唤作“太美”。

抱着太美的感觉实在太美了，抱抱团的队伍迅速扩大，特别是到了暑假的时候，二小的妹妹她们也哭着喊着加入进来，一时间“革命的队伍就连成了片”。

把太美安排到树下后，小家伙噌噌噌吃着大餐，我们一帮人却一下子无事可干。一开始我们就在园子里捉迷藏追逐打闹，很快这种无组织无规则的游戏就玩腻了，于是有人提出就像军棋里那样分为红蓝两方搞战斗吧。抱抱团一下子就沸腾了，好好好，再不能的好。

整个上下两园就变成了军演场。按照体力强弱兼顾男女搭配，两支队伍迅速组建起来，并且军师旅团营连排封了军衔官职，还有战地医院担架班等等，该有的就全有了。两军的“司令员”殚精竭虑谋划着自己军队的发展，很快，“红军”有了自制的臂章，很快，“蓝军”有了自制的“步枪”“手榴弹”……

太美在青草间绿荫下酣畅地饱餐，咩咩地唱着。我们在田野上果林中列队、喊操、攻击、埋伏……果木园里的假日美得不能再美。

一三一 | 果木园

一个假期，太美迅速长大，我们的恩宠渐渐成了它的禁锢，体重和体力的增加让它有了冲破束缚的资本，最终，在我们快开学的时候，即便是驴驴这样能爬石塄、敢下地窖的顽主，也抱它不得——三下两下太美就会从怀里挣脱，顺着山路直扑果园。全体抱抱团成员，只能大眼瞪小眼眼巴巴地站在村口徒生感叹。

田园牧歌转瞬即逝。在葳蕤青葱的果木园里，一只羊和一群孩子的童年相遇，即便短暂，也足够在记忆中美好、温存。

第二年太美归了“大部队”，我们抱抱团在假期怀旧式地搞了几次“军演”，但大家都觉得再也玩不出原来的味道。

驴驴和二小没上完初中就辍学了，驴驴去了县里的艺校，开始学戏练武生，二小到汾阳的矿上接了他父亲的班，下井当工人。年节的时候我们偶尔碰面，提起当年的果木园，大家都会不由得想起太美。

果木渐渐老去，有一年更是染上了一种虫害，枝叶迅速枯黄，一树接着一树地病枯。窑里专门用来储果的三四只老木箱，变得空空荡荡，直至后来连专供我们的百八十斤也不能保证。父亲觉得这六七亩的土地实在可惜，在煤窑上的时候，他就利用空闲开始整治，但近百棵的果树要连根拔起清理出去，并非易事。虽然度过了家里经济压力最大的时期，父亲还是迫不及待，斧头、锯条、镢头、小平车，忙累了近一年，才基本可以复耕。当我们把园里最后的枯枝树根拖拽回宅院的时候，父亲用皲裂的双手拍掉身上的尘土，笑着说，明年保证让你们啃上果木园的嫩玉米。

父亲的这个表情像极了爷爷当年对于洼里的信心，对于土地的热爱和勤劳的回报，他们都是一样的笃定。

一车一车的粪肥，一遍一遍地锄耕，夏雨过后，当秋风把宽大的玉米叶哗哗吹得山响，果木园彻底换了行装。

收了好几茬玉米黄豆之后，父亲母亲的体力渐渐跟不上了，山沟道路险峻，运肥收割都成了难事。父亲决定让它回归本来，继续做它的果木园，不过，这次他种下的，是一株一株的核桃树。核桃树生命力旺盛，不像果树需要精细管理，只要适时剪枝即可。——其实，后来我们才知道，父亲当时已经打算着在这片土地上给我们留下遗产。

洼里的麦地也转让给了村人，我们实在不忍心父亲拖着残腿去那么远的地方耕种，说服的工作做了两三年的时间，尽管我们知道那是爷爷下过心血的地方，尽管父亲万般不舍，尽管我们兄弟也曾在那里奋斗过苦战过，但，岁月无情。

在土地上完成战略收缩后，父亲大部分的时间都用来钻研他的风水八卦，笔记做了一本又一本，我偶尔翻开那些红旗本：规规整整，分门别类，有心得体会，有手绘的图形——定宅要注意哪些忌讳，大门、厕所必须要什么朝向，订婚结婚该用什么日子，丢失的牲畜该去什么方位寻找，破裂的姻缘还有没有重续的可能……

一三二 | 看阳

大半生都热衷理工的父亲，懂得医术、会做木工、精通酿造，而且还是地地道道的无线电爱好者，不知为何最后竟然能迷上玄玄乎乎的周易八卦。母亲刚开始并不关心那些书是做什么用的，只是叨叨老了老了还点灯熬夜地看什么看，及至后来当父亲拿着罗盘铜钱比比画画，她才知道老头儿已经在风水学上登堂入室。起先，父亲只是给自家人推个吉日，比如舅舅家的表弟要结婚，比如大哥的生意要开张。后来，范围逐渐扩大，远房的亲戚、村里的莫逆也纷纷找来，这个要给新盖的房子定个向，那个要问问孩子新谈的对象能不能成……

上门的人越来越多，母亲就有些不大乐意：自己人勉强说说也就算了，给外人说道万一有了不合适，岂不是自找麻烦？然而，父亲却不这样认为，一来他坚定自己所学并非迷信，而是周文王姜太公他们几千年留下来的正经智慧，二来是他只做风水界的志愿者，完全是义务服务，不收任何人一分一厘。好与歹都是找上门来的，既然人家找上门来，就得帮这个忙，总比他们找那些纯粹胡说八道的人强吧。况且，主意从来都是当事人拿，信就信一信，不信也就不信，既不吹也不吓，是啥就是啥。

可是，没想到信的人越来越多。

丢失的羊羔顺着父亲测定的方位找到了，丧妻的男人听了父亲给的大向八字成功续弦了，结婚用的喜日从来都是风和日丽顺顺当当，既没有亲家胡搅蛮缠磕磕绊绊，也没有灶上摔盆碎碗让人心里麻烦。最让父亲引以为傲的一个案例是，一对邻村的小夫妻，因为彩礼嫁妆，婚后两家人一直吵吵闹闹，男方女方都过来问，到底还能不能过，经过父亲的一番“科学”论证后，不仅小事化了言归于好，第二年还抱上了胖小。

父亲只看阳不看阴，丧葬安坟的白事概不涉及，他说，那是阴阳先生他们干的事，人家是要靠那本事挣钱的。他也从来不对生病的人说东说西，他说，有病得去医院找医生，他不是医生。

父亲也从来不给我们测前途事业，也坚决不用他的所学指导我们的婚恋择业，我们姐弟结婚的喜日都只是选了普通的三六九日，并没有专门测算。他说，风水卦术是给需要的人服务，咱们不需要，而且卦并不能解决一切，只是一个心理辅助。

因此，他对上门的“客户”并不是“有求必应”，有些人来了说明事由后，他只是寒暄待客，笔记本根本不会往出拿。

在我几次面临工作变动需要进行选择的时候，本想听听他的“科学论证”，他只是笑着回过电话来说，测算过了，进和守都没有问题，卦上看利弊差不多，你想好了就万事大吉。后来，母亲告我，父亲根本没有测算，悄悄和她说，孩子一人在外打拼不容易，咱们懂什么，他怎么做就怎么对。

父亲不给我们参谋推测，却对自己研究得很透彻，他对母亲说，这辈子他要走在母亲的前面，而且该是何年何夕。母亲骂他闲来多事胡言乱语，他说，人哪有不去的，知道比不知道好。果然，他所言不虚，那一场大病未能逃脱，临走之前的那个月执意出院回到村里宅中，安然度过生命最后的时光。

在父亲大病的前一年，他用了全部的心血，监工完成了入村水渠道路的改造和村庙上下两院的彻底修缮。

一三三 | 梦仙

作为村里的老会计，父亲兼着很多的杂活儿，收粮催工自不用说，贴公告、搞普查、征兵、防火、弄海选、刷标语、开证明，还要招待蹲点的干部……很多大事小情都得从他手里过。村长换了一茬茬，无论是姓杨还是姓赵，无论是叫他哥还是叫他叔，父亲都是勤勤恳恳全心全意做着辅国老臣。几十年，从生产队到村小组，更迭了好几代，但老会计一直都是老会计。上了年纪后，父亲也真心推辞过几次，无奈村里人不依。

20 世纪 90 年代末，煤窑挣了大钱后，终于想到应该给村里建一所像样的学校，当然更直接的原因是村长的侄儿媳妇开始在村小学做代教，庙里上课实在不太美气。

新小学的地点选在了“乌龟”背上，父亲自然成了监工。那时村里已经没有多少上学的孩子，计划生育搞得人口锐减，活套一点儿的人家也早把孩子送到了县城。五七个孩子建一所学校，多少有些荒唐，但父亲却说，学校该建，几辈人都没有一个像样的学校，一直在庙里将就，实在不像话。尽管煤窑上和地里两头足够忙活，他还是极认真地做着他的监工，砖木灰砂门窗桌椅，就和当年给自己家盖新宅一样上心用力。

新学校盖起没两年，撤乡并镇，乡政府撤了，初中撤了，没条件进县城读书的娃们被集中到了设在大村的中心小学，村小学废了。水泥大概都还没有干透，院子就长起了蒿草，从塬上望去，“乌龟”没来由地背着一座孤清清的空壳子。

自从学校搬到“乌龟”背上，没了读书声，没了孩子们的喊闹追逐，村里的老庙迅速破败下去，先是下院的院子塌去半边，接着庙门也被滑坡的泥土掩堵。村人说，幸亏娃们搬出去了。村人又说，娃们要是还在，庙就根本不会垮。

某一天，驴驴的弟弟牛蛋做了一个梦，梦见仙人和他说，你现在发了财，但你的财是散财，要想把到手的财守住，要想发更大的财，就得赶紧把村里的庙修一修。好端端梦见仙人，牛蛋被惊出一被窝的热汗，第二天他就找了村长——他本家的兄弟，拿出十万，说干就干。

父亲自然又是监工，这是2008年，北京奥运，四川大震。

牛蛋发的财也不算散财，勉强念完初中后，跟着师傅学了两年汽修，那时全县都在挖煤跑运输，补胎加斗喷漆换轴是衍生的产业，吃香得不得了。牛蛋脑筋好，很快就学艺成功自立门户，不几年，“牛蛋修车”就在208国道旁边名声大作。老板牛蛋靠修车起家逐渐又养了好几辆“大挂”，于是日子变成了抽烟喝酒打麻将，好不舒坦。我大学还没毕业，牛蛋已经跻身县里乡里“有钱人”行列。年节时见面，牛蛋老板给我们递出的是“芙蓉王”“壹枝筆”。

牛蛋学名志文。志文要修庙，一时村里震动。

还能记得村庙老样子的老人已经不多，提出系列爱村主义价值观的王老令公也已过世，庙怎么修成了难题。好在庙的骨架尚在，需要讨论的无非是土地、财神以及送子观音这些仙人究竟下多大料立多大像。当然这也不是什么难题，邻县请的包工头一来，一问预算，心里就有了数。

清明动工，钱称手工程进展就快。汶川地震那天，我在城里二十八层的高楼上左摇右晃被吓破肝胆，慌慌地跑到楼下给父亲打电话，父亲说，他正在庙里和工人清理碎石木屑，村里只是咯噔了一下，没咋感觉到震。我问工程进展如何，父亲说，大的泥塑已经成形正准备挂彩。父亲特意嘱咐，开光的日子大致定下了，人家志文让通知你们都回来，村里要摆流水席，并且也已经约下了戏班，给仙人们唱戏三天，每家每户都要捐些功德。

一三四 | 老蓝

那是村里人最大的一次聚会，胜过了所有的年节，在村里生活过的老老小小都被通知到了。

老蓝回来了，跪在他的“故居”——药王爷殿里泪流不止。这个当年被下放到村里的右派，在这间寒窑里住了将近十年。村里人说，老蓝，你现在坐在家里每个月就是大几千的退休工资，还哭啥呢？可老蓝还是抽泣不断，唉声不绝。老蓝名叫蓝田，据说落实政策时并不顺利，颇费了些周折。

我们的张老师也回来了，领着她的永生和永艳，二永曾是我们的玩伴，也已结婚生子，他们在财神爷的那孔窑里住了五六年。张老师还是一口榆次话，村里人问，月仁咋没回来？张老师说月仁中风好几年了，行动不便。月仁是张老师的爱人，当年在乡里的卫生所做赤脚医生，是一个很爱逗笑的人，常常在课间拿了皮球单手在黑板上连拍，向我们炫技取乐。

不知何方来的僧人在鼓乐班的伴奏下，立于上院当中，用镜子采了日光，向主殿的送子娘娘脸上一照，就算开了光。家家户户进庙上香，磕头献供。

山村用神的力量召唤了她哺育过的老小，鼓乐戏文，瓜汤果菜。山村用卑微的信仰最后一次将她的子民揽入怀中。

父亲忙前忙后，将每人每户的功德一一登记入簿，便于日后刻碑志记。

热闹之后，村庙就像一位耄耋的老者过了大寿，素衣长髯寂寂立于崖边。庙门很少再被打开，村里人的结婚满月大都去了城里，无须到这里上香祈福。只有一位妇人每月按时进去烧香磕头，她的男人做了喉癌手术，每日只能喂以流食汤水。

村长让牛蛋的父亲做了看庙人，时节祥日断不断打扫一番。

庙里的神仙大概没有料到，当年被捣毁是那样的狼狈，如今被请来又是这般的孤清，更让它们没有料到的是，这样孤清的日子也只有短短两年，两年之后，突如其来的一场变革，席卷了山村，所有的神灵草木不得不面对这场有村以来最大的劫难。

一三五 | 传言

父亲的病起初就是咳嗽，每年春秋总会有一阵子，他以为和爷爷的哮喘一样，是老了的毛病，没太在意。直到那年秋收后，我们硬逼着父亲到省城医院做了检查，结果是心电图异常，心脏肥大。医生说，这样的病只能药物控制，并没有太好的介入治疗办法。从医院出来，我反复叮嘱父亲回去后一定要好好服药，父亲说，放心吧，人老了哪有不生病的，你们该干啥干啥。

村庙光彩后的那年秋末，我到某城公干，事毕后顺路回家。一到塬上就看见父亲披着棉衣和村里一帮老人搬石铲土修理入村的水渠，咳嗽的声音老远就能听到。我责怪他有病不懂得保养爱惜，他说，你们都在外，集体的事情怎么好躲着落下。母亲说，半宿半宿地咳嗽睡不下，起来还要去干活，怎么劝也劝不住，真正不要命了。

父亲该是明白了天命的。

那年的雪下得好大，村口的老槐树被压断好几枝，村人说好些年都没有见过这么大雪了，看来是人家牛蛋修庙修对了，山神爷真又请回来了。

过年回去，满塬的雪还没有化，白茫茫覆盖着梁梁峁峁，进村的道路像是一条灰色的领带，系在厚实的胸脯上。

从塬上望去，“乌龟”裹了厚厚的素衣，安然入定。老宅院外的皂荚树如华盖般顶着一头洁白，庞然而立。已经有人在村庙的大门和铭柱上贴了红色的对联，上下两院像是早早穿了过年的新衣，精精神神站在下头道，等待着尊享村族的香火。

传言已经有了，省里煤矿资源大整合，所有的小煤窑都已关停，正被国有大矿清算兼并，据说大矿要用机器大开采，矿顶上的村庄都要搬迁。尽管是传言，但已人心惶惶，村人们一方面觉得搬迁是好事，盘算着能得到一笔土地补偿款，另一方面又万分不舍，这可是祖祖辈辈的老窝啊，搬到哪里去？

不管咋先过年吧，家家户户都做了打算，这可能是在这个村里过的最后一个年，一定要过得好好的。

我们弟兄把前些年进山刨下的柏木树根都搜寻出来，挑了两三个最粗壮的架起了旺火。大雪封山，好多人家都没有砍下年柏，他们知道父亲前些年清理果木园有积攒的果木树根，纷纷寻了过来，都说今年的旺火不能将就。

半夜的时候，家家户户的旺火燃了起来，山坳里上下远近到处是柴火的光芒。稀稀落落的鞭炮声在潮湿的空气中闷声作响，有守岁的孩童放起了烟花，五颜六色的光辉在黑沉沉的夜幕下骤然而起倏忽而逝。

旺火燃起不久，父亲领着我们在家里的八仙桌前祭拜了祖先的牌位，咳嗽了一阵子，就和他的孙儿们睡下了，他还要早起忙活大年初一的餐食。

我们弟兄烤着旺火聊着家常。后半夜起风了，冷冷的山风顺着沟底蹿了上来，一时间把火堆吹得很是猛烈。烟雾开始在山村的上空汇聚，一团一团仿佛神祇真的降临。天空的星辰被遮挡起来，干枯的树梢在烟雾中招摇，它们该是已经嗅到了土地深处不一样的气息。

旺火将要燃尽的时候，天色开始放亮，倦意袭来，我们回屋小睡。

躺到炕上我竟然又清醒起来，不一会儿，远远近近的鞭炮声就炸响了，夹杂了双响炮的“呯—啪”声。父亲咳嗽着在院里碎炭捣炭，棉鞋声深一脚浅一脚走来走去。

我索性起来，披了棉衣走到屋外。天气并不晴朗，蒙蒙的像要下雪的样子。旺火基本燃尽，湿湿的土地上一摊木灰，只有一块树根还剩下马勺大小，冒着青烟，身底间或燃起一丝丝的火红。

我拿了火钩准备让它翻身燃尽，不料竟被它吓了一跳。

一三六 | 去者

牛头！是一个牛头，生动倒无需想象，黑黢黢的在木灰之上仰面朝天，角、嘴、鼻各处分明，就像刚从地底的某个神话界突然钻出来一样，红着双眼余怒未消……

我慌忙叫了父亲，父亲看了大为惊讶。母亲和哥嫂们陆续起床后，也都围着这个奇异的“火雕”啧啧称叹，大家都说这是个吉兆，牛年的第一天，旺火里就红红火火冒出一头大黑牛，这难道不是上天送来的祥瑞又是什么？孩子们起床后，更是兴奋得不得了，争着抢着要和“火牛”合影。父亲吩咐，大家都不要往外说，天机不可泄露。

每年旺火烧剩的木炭，父亲都要用火盆取了倒进炉灶里——那样的火力正好可以蒸肉碗。那一年父亲放弃了这样的做法，而是让“牛头”自生自灭。整个上午，这位不速之客都在悠悠地冒着青烟，在逐渐消融的土地上，在迷迷蒙蒙的阳光下，在山村略略的醉意里，它似乎怀揣了某个神秘的使命，一言不发，坐观了一番吉庆和欢愉之后悄然遁去。

中午时分，父亲领着我们兄弟再次祭拜了祖先的牌位，焚了黄表纸，然后一手擎着香，一手端着茶水碗送至村口的大槐树下——这是送神的老规矩，先人们每年都是以这样的方式完成和子孙们的团聚。

送神回来，父亲拿了铁锹将旺火的余灰用土掩埋。

开春之后，煤矿征地移民的传言更加有鼻子有眼，新村准备建在哪里，什么样的院子能赔偿，什么样的窑洞不赔偿，树木怎么作价，土地怎么流转……山村躁动着陷于不安。但传言终归是传言，石塄下村人们依旧车拉肩挑往地里送粪积肥，准备着一年的耕种。

春天一到，父亲的咳嗽病又犯了，他并没有太多在意，整日还是同了母亲到果木园剪枝筑堰侍弄那些核桃树。只是饭后在炉火中烧焦一些核桃来吃，他一直认为这样的偏方对咳嗽比较管用。

然而，晚上的睡眠却越来越不好，在母亲和我们的再三催促下父亲终于住进了县医院。半月的时间，病情并没有太大的改观。转至省医院后，能做的检查都做了，诊疗结果还是心脏肥大。咳嗽一日一日在加重，痰中出现了血丝。看见血丝我们惊慌失措，父亲却笑着说，没事，这就好了，肯定是气管什么地方长了个疖泡，这下终于咳破了，咳破放出脓血来肯定就好了，你们不要害怕。

又做了若干的检查，甚至包括耳鼻喉，专家会诊，认为还是心肺牵连，需要慢慢治疗。

然而父亲却渐渐没有了耐心，一天天闹着要出院，认为病已害下，北京的医院也去过了，省城的医院也住过了，医术已经穷尽，一味就是输液监护并没有太大意义，牢狱般囚禁在病房里还不如放他回去静养一段。后来竟少吃少喝向我们抗议。无奈，我们只好顺意。

作为儿女，我们迫不得已的孝和顺，结果犯下了天大的错误。

回到村里，父亲的心情和状态一下子变得很好，饭量增加了，咳嗽也轻了许多。他说，每天我看着对面的“工程”心里就高兴，人只要高兴就没病。父亲所说的“工程”是国家的西气东输管道工程——大型的机械爬山过沟正从“乌龟”的身边划开一道长长的口子。

村人并不清楚什么叫西气东输，只是说，看来煤窑征地迁村的事情没影了，国家不可能同时给咱这儿做两件事情。

父亲回村静养效果明显，母亲吩咐我赶快去有名的大庙里拜拜，一来感谢神灵保佑渡过劫难，二来保不齐是那年监工村庙时犯了什么忌讳，也好趁着消一消。

就在我赶往大庙的路上，二哥给我电话：父亲不好，还是先回来吧。我急急调转车头往回赶……

为了节约时间，选择了离家更近的县城南的高速口下，然而，上天负我，出去的道路因为拉煤车的捣毁艰难异常，及至爬到父亲上高小时的母校——仁义顶上，也就是那年夏天我到邻乡求学，被大雨浇透的地方，道路竟然彻底被雨水冲断了……

不得已，调转车头，仁义河、三湾口、韩信岭……这条十年前曾经骑车走过的路，怎么这么远……

我的，亲爱的父亲，没有等到我……

己丑年（2009 年）六月初四。

我让哥哥们把棺盖移开，用手轻轻抚摸父亲的脸，我的，亲爱的父亲，睡在了另一个世界里……

停灵的那几天，满世界的蝉仿佛都聚集在了西岭村的沟沟坎坎，放声悲鸣。

父亲的百天祭日刚过，征地迁村的明确消息就传来了。村长第一时间找来了工程队，没日没夜地开始在院子里以及房前屋后加盖简易房，为的是在拆迁时多要些补偿款。村人迅速跟进，整个山村在一夜之间面目全非，除了村庙，几乎每个院子都被砖墙和彩钢塞满。

我们家的老宅新宅依然如故，丝毫未动。母亲说，你们的父亲刚走，不能动土。

征地工作进行得很缓慢，各种纠缠拖拖拉拉。虎年春节的时候，我们随母亲回去，从塬上望去，小山村就像饿极的小孩用手塞了满村的吃食，狼狈不堪，哪儿还有什么乌龟形貌。

秋天，核桃成熟的时候，我们兄弟姐妹相约回到果木园，那些树木正是旺年，成双成对的果实在枝头相依着，簇拥着。爬上树干用力一摇，啪啪啪啪，土地上立刻响起它们密集而有力的声音。

通往果木园的道路已经十分凶险，到处是沉陷的沟壕。我们喘着气冒着汗扛着沉重的果实，踩着杂草小道向上攀行。

到达塬上的时候，体力不支的我们席地而坐。忽然听到一种凄凄厉厉的鸟叫声在井沟底盘旋，犹如婴儿在啼哭。大姐说，村子都拆干净了，鸟都恓惶成这了。

村子拆干净了，所有村人带不走的椽廊、铭柱、石条、砖瓦、门框、炕石、果树、马槽、鸡舍、栅栏都被机器轰隆隆挖塌、推倒，倒入深沟。石塄被掩埋得只露了个头。只有村庙没有拆，村长说，新来的大矿长说了，等新村建成后，会出钱把庙移过去，神该拜还要拜。

父亲是村庄毁灭之前，送走的最后一位老人。